Collection dirigée par Glenn Tavennec

L'AUTEUR

Lauréate de nombreux prix littéraires, Lissa Price est l'auteur de best-sellers internationaux, dont son premier roman *Starters*, publié dans plus de trente pays. Elle vit actuellement avec son mari en Californie du Sud.

www.starters.fr
www.lissaprice.com
@ Lissa_Price

LISSA PRICE

ENDERS

traduit de l'anglais (États-Unis) par Cécile Ardilly

roman

R

Titre original : ENDERS

Published in agreement with the author, c/o BAROR INTERNATIONAL, INC., Armouk, New York, U.S.A.

ISBN 978-2-221-12761-2
ISSN 2258-2932

Pour Gene, un Ender cher à mon cœur.

1.

Je me caresse l'arrière du crâne. Sous la peau, je jurerais sentir les contours de la neuropuce. Impossible, naturellement : elle est enfouie sous une fine plaque de métal. Ce que je sens, en revanche, c'est la cicatrice tout autour, telle une empreinte du passé marquée à l'encre indélébile.

Je la touche et la triture sans relâche comme s'il s'agissait d'une minuscule écharde plantée dans ma paume ou d'un bout de peau gênant près de l'ongle. C'en est devenu une véritable obsession. J'y pense sans arrêt. Même en ce moment, alors que je suis en train de préparer des sandwichs dans la cuisine d'Helena.

Elle a beau m'avoir légué sa somptueuse villa à sa mort, j'ai toujours l'impression d'habiter chez elle. Depuis le carrelage vert marin jusqu'au plan de travail central, tout, dans cette cuisine de gourmet, me rappelle sa présence. Même Eugenia, son employée.

Oui, Helena avait élaboré un plan complètement dingue : stopper le Vieux en utilisant mon corps pour assassiner le sénateur Harrison. Dans le fond, je ne peux m'en prendre qu'à moi-même. Pour commencer, c'est moi qui ai choisi de signer un contrat avec la *Banque des Corps* pour devenir donneuse. J'aurais vraiment accepté n'importe quoi pour aider mon petit frère Tyler, à cette époque. Et maintenant, impossible de faire machine arrière. Ou de me débarrasser de cette fichue micropuce implantée dans mon cerveau. Je déteste cette chose de toute mon âme. C'est comme un téléphone que le Vieux pourrait joindre à tout instant, un appel auquel je serais forcée de répondre, sans jamais pouvoir déconnecter la ligne. La ligne directe entre le Vieux et moi, Callie Woodland.

La dernière fois que j'ai eu de ses nouvelles, c'était il y a deux jours, tandis que j'assistais à la démolition de sa précieuse entreprise, Prime Destinations. Sur le moment, j'ai confondu sa voix avec celle de mon père ; il faut dire qu'il a employé son code secret : *Au cri du faucon, fais ton baluchon.* Le problème, c'est que mon père est censé être mort… Depuis, je n'arrête pas de tourner et retourner cette phrase dans ma tête.

Debout devant le comptoir, je finis de racler le pot de beurre. Je tartine ensuite une tranche de pain complet. Non, j'ai dû me tromper. C'est le Vieux qui a voulu me jouer un mauvais tour en se faisant passer pour mon père, voilà tout. Cruel, certes, mais pas surprenant outre mesure de la part d'un monstre pareil.

— Vous avez bientôt terminé ?

Eugenia ! Sa voix chevrotante d'Ender me ramène brutalement à la réalité. Elle s'arrange toujours pour entrer en catimini comme si elle voulait me prendre en faute. Depuis quand est-elle plantée là, à m'épier ? Je me retourne et tombe nez à nez avec son visage flétri. Elle me fusille du regard. Il n'y a pas à dire : si nous étions dans un conte de fées et que cette maison était mon château, le rôle de la méchante marâtre lui irait comme un gant.

— Allons, Callie, ça suffit. Vous allez finir par vider mon garde-manger !

Du menton, elle m'indique la bonne vingtaine de sandwichs que je viens de préparer. Elle exagère, nous avons des réserves pour plus d'un mois. Je place le dernier dans la machine, et zip ! en un tournemain, le voilà qui ressort parfaitement emballé.

— Ça y est, j'ai fini !

Je fourre les sandwichs dans un sac.

Eugenia n'attend pas mon départ pour déjà nettoyer les quelques miettes qui traînent sur le plan de travail. De toute évidence, je lui ai gâché sa journée.

— On ne peut pas nourrir le monde entier, fait-elle remarquer en frottant des taches imaginaires sur la surface immaculée.

— Je ne prétends pas le contraire, Eugenia. (Je ferme le sac et le passe en bandoulière.) En revanche, rien ne nous empêche de venir en aide à quelques Starters qui crèvent la dalle…

Je jette mon sac dans le coffre de mon coupé bleu, sans parvenir à oublier le regard accusateur de la vieille domestique. Franchement, elle pourrait faire preuve d'un peu plus de compassion à mon égard. Après tout, j'ai perdu mes parents et traversé de rudes épreuves depuis leur disparition ! En fait, je la soupçonne de me reprocher la mort d'Helena. Pourtant, ce n'est pas ma faute. Ce serait plutôt l'inverse, en réalité. Ses mésaventures ont bien failli me coûter la vie. Je claque brutalement le coffre. Eugenia n'est restée ici qu'à cause de Tyler qu'elle adore. Peu importe, je n'ai pas à me justifier auprès de cette Ender ; ce n'est pas elle, ma tutrice légale.

Perdue dans mes pensées, je porte négligemment la main à ma nuque. Je gratte ma cicatrice avant d'en prendre conscience et de m'arrêter aussitôt. Je regarde alors mes doigts et découvre, consternée, que mes ongles sont incrustés de sang.

J'attrape un mouchoir dans mon sac à main et me mets en devoir de les nettoyer. Après quoi je sors dans le jardin encore humide de la rosée du matin.

Un petit sentier de pierre me mène jusqu'à une dépendance, une maison d'amis à la courte façade couverte de rosiers grimpants. Pas un bruit, pas le moindre mouvement perceptible à travers les carreaux. Je frappe à la porte. Aucune réponse.

Je tourne la poignée dans un grincement et glisse la tête dans l'embrasure.

— Michael ?

Je n'ai pas mis les pieds dans la maisonnette depuis le jour de notre emménagement, quelques semaines plus tôt. L'endroit porte désormais l'empreinte de Michael, son odeur bien à lui, un mélange de peinture et de cèdre. Même du temps où l'on vivait dans la rue, il s'arrangeait toujours pour sentir bon.

En fait, ce sont surtout ses dessins, punaisés aux murs par dizaines, qui font de ce cottage son repaire. Le premier représente des Starters amaigris en guenilles, une bouteille d'eau en bandoulière, une lampe au poignet, le regard tourmenté par la faim qui les tenaille en permanence.

Un deuxième met en scène trois Starters se battant pour une simple pomme. L'un d'eux gît par terre, blessé. Quand je repense qu'il y a quelques mois à peine, c'était encore mon lot quotidien... Le dernier dessin m'est encore plus insoutenable.

Sara, mon amie. Une fille que j'ai tenté de sauver. Sa triste histoire, Michael la connaît maintenant par cœur pour m'avoir entendue la lui raconter à maintes reprises. Sara et moi, on s'était rencontrées à l'Institut 37, ce lieu horrible où les marshals m'avaient enfermée avec d'autres Starters orphelins. C'est grâce à elle que j'ai pu m'échapper de l'établissement pénitentiaire. C'est elle aussi qui a détourné l'attention des gardes pendant ma fuite. Résultat : elle a récolté plusieurs puissantes décharges de Taser comme unique récompense. Et elle est morte sous mes yeux, les mains agrippées au grillage. Michael ne l'a jamais rencontrée, mais comme la majorité des Starters vivant dans la rue, il sait ce que les mots « désespoir » et « courage » veulent dire. Il a réussi à saisir, dans son regard, l'expression du sacrifice qu'elle a fait pour moi.

À ce souvenir atroce, mes yeux s'embuent, rendant le dessin flou. Pauvre Sara... Je l'ai laissée tomber. Elle est morte par ma faute... Je m'en veux tellement.

La porte du cottage s'ouvre tout à coup. Je sursaute, pivote et me retrouve face à Tyler, mon petit frère.

— Callie-Coquine !

Détournant aussitôt mon visage pour cacher et sécher mes larmes, je laisse éclater un rire maladroit. Il se précipite déjà sur moi et glisse ses petits bras autour de mes jambes. Derrière lui, la silhouette de Michael se découpe à contrejour dans l'encadrement. Il me lance un sourire complice en refermant la porte, puis il pose son sac de voyage par terre.

— Tu es de retour ! lâché-je en croisant son regard.

D'un mouvement de tête, il secoue sa tignasse ébouriffée et repousse les quelques mèches blondes qui lui cachent le visage. L'inquiétude qui perce dans ma voix paraît le surprendre.

— Michael m'a rapporté ça, fait Tyler en s'écartant de moi.

Il agite un petit camion dans les airs avant de le faire rouler sur le dossier du canapé.

— Tu étais passé où ? Je me suis fait un sang d'encre !

Michael était aux abonnés absents depuis la démolition de Prime Destinations.

Il se contente de hausser les épaules et de grogner :

— J'avais juste besoin de prendre l'air.

Puis il plante son regard dans le mien. Un regard qui en dit long. Il ne se confiera pas en présence de Tyler. Je sais qu'il m'a surprise main dans la main avec Blake, le petit-fils du sénateur Harrison. Mais bon, à ce moment-là, on était sans le savoir des pantins entre les mains du Vieux.

— Écoute, ce que tu as vu… ça ne signifiait rien, avancé-je à mi-voix. Et puis, tu étais avec Florina…

— C'est de l'histoire ancienne.

On se dévisage quelques instants. Tyler est en train de jouer avec son camion à quelques pas de nous, s'amusant à faire « Vroum-vroum », mais je sais qu'il ne perd pas une miette de notre conversation. Je cherche les mots justes pour décrire mes sentiments du mieux que je peux. Le problème, c'est que je ne suis plus très sûre de ce que je ressens. Le Vieux, Blake, Michael – pour l'instant, c'est une vraie pagaille dans ma tête.

Soudain, la sonnerie de rappel de mon portable retentit, interrompant le fil de ma réflexion : trois Zings non lus.

— On dirait que quelqu'un est impatient de te joindre, fait remarquer Michael.

Je consulte l'écran. Les messages proviennent tous de Blake. Il essaie de me contacter depuis la dernière fois que nous nous sommes vus, lors de la destruction de Prime Destinations.

— C'est lui, hein ? insiste Michael.

Je fourre le portable dans ma poche, incline la tête et lui lance un regard appuyé, sous-entendu : « Ce n'est pas le moment de me mettre la pression. » La tension palpable qui nous enveloppe n'échappe pas à Tyler.

— Michael m'a promis de m'emmener au centre commercial pour m'acheter des chaussures ! s'exclame-t-il.

— Sans même me demander mon avis ? reproché-je à Michael.

— Ton frère m'a supplié…

Je pars d'un rire léger.

— Il grandit tellement vite ! Autant lui acheter tout de suite une seconde paire, avec deux pointures de plus, pour la semaine prochaine !

Quel bonheur de voir enfin Tyler en bonne santé ! Il a été si malade l'année passée, à force de dormir sur le sol humide et froid des immeubles abandonnés où nous étions réduits à squatter. En plus, aujourd'hui, j'ai largement les moyens de lui offrir des chaussures.

— Viens avec nous, Callie..., me supplie Tyler.

— Désolée, mon chéri, j'ai un truc à faire.

— Ah bon ? Tu vas où ? s'étonne Michael.

— Dans notre ancien quartier. Je vais distribuer à manger aux Starters.

— Tu veux un coup de main ?

— Pourquoi ? Tu crois que je ne suis pas capable de m'en sortir toute seule ?

Aussitôt, un mélange de surprise et de chagrin se peint sur les traits de mon ami. Qu'est-ce qui m'a pris de lui balancer ces paroles agressives à la figure ? Perplexe, Tyler nous regarde tour à tour.

— Excuse-moi... mais je pense pouvoir me débrouiller comme une grande.

— Tu viendras au moins déjeuner avec nous ce midi, Callie ? Je pourrai te montrer mes nouvelles chaussures !

Tyler n'attend pas ma réponse, il a pris Michael par la main et s'éloigne en me décochant un grand sourire.

Sac à l'épaule, je pousse la porte de service de l'immeuble abandonné qu'ont squatté Michael, Tyler – et Florina – pendant que moi, j'effectuais des locations pour le compte de la *Banque des Corps*. Je pénètre lentement dans le hall d'entrée ; la réception est vide. Mon cœur s'accélère, mais je mourrais plutôt que de l'avouer à Michael. Je tends l'oreille, à l'affût du moindre bruit suspect. J'ai beau connaître les lieux comme ma poche, de l'eau a coulé sous les ponts depuis l'époque où l'on vivait à la rue. Qui sait quel genre d'individus ont investi l'immeuble depuis le temps ?

Prudente, je m'approche de l'accueil pour m'assurer que personne ne se planque derrière le bureau. La voie est libre. Je dépose alors mon sac sur le comptoir et l'ouvre. Je m'affaire à essuyer la surface poussiéreuse lorsque des bruits de pas résonnent dans mon dos. En un éclair, quelqu'un se glisse près de moi et me chipe le sac avec toute la nourriture.

— Oh hé !

Mon voleur, une espèce de gringalet, se rue déjà vers la sortie. Dans sa hâte, quelques sandwichs s'éparpillent au sol.

— C'était pour tout le monde, imbécile !

Je m'époumone en vain : il a déjà franchi la porte et fichu le camp. Voilà, c'est râpé ! Je ne le rattraperai jamais.

Contournant le bureau d'accueil, je me baisse pour ramasser les sandwichs qu'il a perdus dans sa fuite et m'apprête à en prendre un lorsqu'on me piétine la main.

— Pousse-toi de là ! lâche une Starter qui semble avoir mon âge.

Elle accompagne ses paroles d'un geste menaçant, brandissant au-dessus de mon visage une planche hérissée de clous rouillés. D'un hochement de tête, je capitule. Elle relève alors le pied et je m'empresse de récupérer ma main douloureuse.

— Prends-le, dis-je en désignant le sandwich tout écrasé.

Sans se faire prier, elle s'en empare et en profite pour ramasser les deux autres, à proximité. Puis, elle mord dans le plastique à pleines dents, produisant de petits bruits d'animal tandis qu'elle mâche goulûment, comme si elle s'était soudain métamorphosée en bête sauvage. C'est une fille fluette, la tête surmontée d'une tignasse crasseuse coupée à la garçonne. Quatorze mois plus tôt, elle faisait sans doute partie de la classe moyenne, tout comme moi.

Moi aussi, j'ai eu la faim chevillée au ventre. Sauf que personne n'est jamais venu dans mon immeuble, jamais, pour m'offrir à manger... Maintenant, je comprends mieux pourquoi ! Trop dangereux !

Elle avale une bouchée, à la limite de s'étouffer.

— Toi. (Elle s'approche et m'effleure les cheveux.) Tu es vraiment propre. (Puis elle observe mon visage.) Parfaite. Tu es une Metal, hein ?

— Une quoi ?

— Tu sais, les Metals, c'est comme ça qu'on appelle les jeunes de la *Banque des Corps*. On t'a implanté une puce dans la tête.

Elle croque à nouveau dans le sandwich, prenant garde, cette fois, à retirer le film plastique.

— Ça fait quoi ? demande-t-elle avec curiosité.

Elle se glisse derrière moi pour examiner l'arrière de mon crâne.

Je porte pourtant les fringues les plus communes que j'aie pu dégoter dans l'armoire de la petite-fille d'Helena. Mais impossible de dissimuler ma peau immaculée, ma chevelure soyeuse, ni même la perfection de mes traits. D'un simple coup d'œil, le monde entier peut s'apercevoir de ce que je suis désormais : l'esclave d'une micropuce.

— Qu'est-ce que ça fait ? Disons que c'est comme si mon corps ne m'appartenait plus.

L'opération d'aide aux Starters sans famille est un véritable fiasco. Je me retrouve à court de sandwichs avant même d'avoir commencé la distribution. Michael avait raison : je n'aurais pas dû y aller seule. Ça m'apprendra à négliger la loi de la rue. Règle numéro un : ne jamais quitter son sac des yeux, ne serait-ce qu'une poignée de secondes. Tous mes efforts n'auront bénéficié qu'à deux ingrats qui se sont fait la malle sans même dire merci ! C'est bien ma veine.

Du squat sordide au centre commercial qui brille de mille feux, la transition est violente. Ici, des vigiles Enders montent la garde devant les magasins, passant en revue tous les Starters d'un regard dur comme l'acier. L'un d'eux remarque un groupe de garçons dépenaillés. Il faut bien avouer qu'avec leurs visages sales et leurs jeans troués, ils ne passent pas inaperçus.

Le gardien les signale aussitôt à la sécurité, qui les escorte jusqu'à la sortie manu militari.

Ce centre commercial a toujours été haut de gamme, bien avant que la Guerre des Spores ne creuse l'écart entre riches et pauvres. D'accord, affirmer que tous les Enders sont riches et tous les Starters pauvres serait un cliché, même si, dans le fond, c'est souvent l'impression que cela donne. Pourtant, ici, la galerie marchande est truffée de Starters friqués, vêtus de vêtements tendance, de petits hauts chatoyants et pantalons changeant de couleur et de texture au gré de leurs mouvements. On dirait des oiseaux tropicaux, même les garçons, le nez chaussé de lunettes airécran, une multitude de très fines écharpes autour du cou, la tête coiffée d'un chapeau avec panneaux solaires, servant à recharger les piles. Certains préfèrent garder leur veste – des vestes ornées de métal scintillant. D'autres la fourrent dans leur sac après l'avoir passée dans une machine spécialement conçue pour plier et comprimer le vêtement. On raconte que s'ils s'habillent ainsi, c'est pour qu'on ne les confonde pas avec les Starters orphelins, ces clochards que l'on ne veut pas voir. À mon avis, ils ont surtout un goût très prononcé pour les gadgets et les fringues dernier cri. (J'ai également une armoire pleine à craquer de ce genre de trucs, que je ne mettrai jamais, au grand jamais.)

Ces Starters-là ont une famille et vivent dans des résidences cossues semblables à la mienne. J'ai parfois du mal à les distinguer de ceux qui, comme moi, ont subi un remodelage complet à la *Banque des Corps*. Les « Metals ». Non, les Starters qui traînent dans ce centre commercial sont tout simplement beaux parce qu'ils en ont les moyens. Ils consultent la fine fleur des dermatologues, dentistes, coiffeurs-visagistes et j'en passe ; grâce à l'argent de leurs grands-parents, ils s'offrent les meilleures crèmes de beauté et autres cosmétiques. Autrement dit, c'est à peine si la Guerre des Spores a altéré leur train de vie dispendieux.

Une minute. Qui suis-je pour les juger ? Après tout, n'ont-ils pas perdu leurs parents, eux aussi ? Peut-être que leurs grands-parents leur font vivre un enfer, obligés qu'ils sont de voir tous les jours des visages leur rappelant le fils ou la fille qu'ils aimaient, fauchés par la mort.

La Guerre des Spores n'a épargné personne.

D'un geste machinal, je me gratte l'arrière du crâne tout en balayant les lieux du regard, à la recherche du magasin de chaussures : j'étais censée rejoindre Tyler et Michael au fast-food, mais ma mission ayant lamentablement tourné court, je suis en avance sur l'heure de notre rendez-vous. Je repère un plan des lieux interactif en plein milieu de la galerie.

— Chaussures, dis-je au micro invisible, une fois devant l'airécran.

En un éclair, un point lumineux localise l'objet de mes désirs sur la carte avant de le projeter en 3D dans les airs. Vu qu'il s'agit de la seule boutique de chaussures de sport du centre, c'est là que je vais trouver mon frère, pas de doute. Tel que je le connais, il doit être en train d'essayer toute la boutique. Michael va avoir besoin de mon aide.

Je m'apprête à me mettre en chemin lorsqu'une Ender appuyée au bras d'une charmante Starter me croise.

C'est un joli brin de fille, hein ?

Je me fige net.

Cette voix artificielle, cette voix qui me met systématiquement à cran... je la reconnaîtrais entre mille.

C'est celle du Vieux.

Bonjour, Callie. Je ne t'ai pas trop manqué ?

Je fais mon possible pour garder mon sang-froid et répondre d'une voix calme.

— Non. Pas du tout. Vous savez ce qu'on dit : loin des yeux, loin du cœur.

Songeant soudain qu'il voit à travers mes yeux, je planque mes mains tremblantes dans mon dos pour dissimuler ma nervosité.

Menteuse. Tu n'as pas cessé de penser à moi, avoue. À chaque heure, à chaque minute de chaque jour.

— Ma parole, vous vous prenez vraiment pour le centre du monde !

J'ai envie de hurler, mais les vigiles risqueraient de me prendre pour une cinglée. Je leur coule un regard à la dérobée : ils m'observent. Parce que je parle toute seule ? Non, je pourrais très bien porter une oreillette. Peut-être ont-ils remarqué mon agitation...

De toute façon, inutile de leur demander de l'aide, ils ne peuvent rien pour moi. Je m'adresse alors au Vieux :

— Qu'est-ce que vous voulez ?

Toute ton attention. Et, crois-moi, je vais l'avoir.

Ses paroles me fichent la chair de poule.

Regarde sur ta gauche et dis-moi ce que tu vois.

— Des boutiques.

Regarde mieux.

Je pivote dans la direction indiquée.

— Juste… une chocolaterie, une bijouterie, un magasin fermé.

Allons, un petit effort, Callie. Tu ne remarques rien d'autre ?

J'avance de quelques pas.

— Des gens en train de faire du shopping. Des Enders, certains accompagnés de leurs petits-enfants, des Starters…

C'est bien. Tu chauffes !

— Je chauffe ? Ne me dites pas qu'on est en train de jouer à un de vos jeux tordus !

Tu t'apercevras bien assez tôt que ce n'est pas un jeu.

Plantée au beau milieu de la galerie, j'oblige les gens à me contourner. Le Vieux cherche à attirer mon attention sur un Starter en particulier. Et il y en a un paquet… Lequel, exactement ? À cet instant, mon regard est capté par une longue chevelure flamboyante. Cette rouquine… je la reconnais, même de dos !

Reece.

Elle aussi a travaillé pour la *Banque des Corps*. C'est la donneuse que Lauren, ma tutrice légale, avait louée pour partir incognito à la recherche de Kevin, son petit-fils. Reece était alors mon amie. Naturellement, elle n'aura gardé aucun souvenir de moi, vu qu'elle était inconsciente pendant que Lauren occupait son corps.

— Reece !

Elle est plus jolie que jamais dans sa minirobe imprimée et ses ravissants escarpins argentés à petits talons. Je m'élance vers elle en me frayant un passage parmi la foule. Elle s'arrête tout à coup quelques mètres devant moi, et se retourne.

— Je m'appelle Callie, dis-je, gênée par l'incessant passage des gens entre nous. Tu ne me reconnais pas, c'est normal. Moi, en revanche, je te connais.

Elle me jette un regard très étrange, un regard que je ne lui ai jamais vu. Le coin de ses lèvres s'ourle d'un demi-sourire, qui paraît manquer de naturel. Un rictus presque… mécanique.

Il y a quelque chose qui cloche… mais quoi ?

Sans un mot, elle pivote sur ses talons et s'éloigne.

— Attends un instant !

Mais au lieu de m'écouter, elle continue sur sa lancée sans se retourner. Je remarque soudain qu'elle n'est pas seule : un Ender la suit de près. À vrai dire, je ne l'aurais jamais remarqué s'il n'avait pas eu un énorme tatouage argenté sur le cou, représentant une tête d'animal. Lequel ? Difficile à définir. Un léopard, peut-être ?

Je m'adresse au Vieux dans ma tête :

— C'était Reece, n'est-ce pas ? C'était elle que vous vouliez que je voie ?

C'est bien, Callie, tu piges vite. Avec toi je ne suis jamais déçu.

Reece accélère le pas comme si elle cherchait à semer l'homme au léopard. Lorsqu'elle s'engouffre dans un magasin, il s'arrête devant la vitrine d'à côté, faisant mine d'examiner les colliers de perles.

À peine en est-elle ressortie qu'il reprend sa filature. Je suis cet étrange ballet avec fascination.

— Qu'allez-vous lui faire ? m'écrié-je.

Un peu de patience, Callie. Tu vas voir.

La démarche mécanique de Reece... Son expression vide... Ça y est, je comprends. Quelle idiote ! J'aurais dû m'en apercevoir sur-le-champ.

— Quelqu'un occupe son corps, c'est ça ?

Même si la *Banque des Corps* a été rasée, le Vieux peut toujours accéder à mon cerveau. Et s'il avait aussi placé quelqu'un dans le corps de Reece ? Mon estomac se noue aussitôt à cette éventualité. La voix artificielle du Vieux. L'homme au tatouage. Le corps de Reece en location... Les données se bousculent dans ma tête.

La Starter se rapproche progressivement du magasin de chaussures où sont censés se trouver mon frère et Michael. Je les vois justement qui y entrent.

— Michael ! l'appelé-je, le cœur battant la chamade.

Peine perdue, la musique et le brouhaha étouffent mon cri. Six ou sept boutiques me séparent encore de lui. Il marque toutefois une pause, promène le regard tout autour puis disparaît dans le magasin.

En revanche, Reece se retourne vers moi et me lance un regard appuyé. L'homme au tatouage en profite pour la rattraper. Il lui glisse alors un mot à l'oreille, elle secoue la tête comme une automate. Il pose ensuite la main sur son bras et elle – ou la personne qui l'habite – le retire immédiatement.

— À quoi rime ce petit manège ?

Tétanisée, j'observe la séquence se dérouler sous mes yeux.

Tu as peut-être détruit les locaux de Prime Destinations, mais tu ne m'as pas détruit, moi. Ce n'était pas mon seul établissement. Il m'est toujours possible d'accéder à n'importe quelle neuropuce…

Reece s'écarte soudain de l'homme et se précipite vers le magasin de chaussures.

… et de la transformer en arme.

— Nooooon !

Je retiens mon souffle et le temps se fige. Tout s'enchaîne très vite. Autour de moi, la foule devient une masse indistincte me séparant de la boutique, vers laquelle je m'élance à mon tour. J'ai l'impression de nager littéralement à contre-courant dans cette marée humaine tant mes mouvements sont ralentis.

Je ne suis plus qu'à deux vitrines de mon but quand un Starter vêtu d'une airveste métallique surgit de nulle part et se jette sur moi. J'ai tout juste le temps d'apercevoir son visage – des mâchoires puissantes, des yeux perçants. Il m'enveloppe de ses bras et me force à reculer en toute hâte.

Une poignée de secondes plus tard, une explosion effroyable retentit. Elle provient de l'endroit où se tenait Reece. Le souffle nous propulse contre une devanture. Un éclair fulgurant. Puis plus rien.

2.

Une pluie de métal et de verre nous arrose de toutes parts. Je suis allongée sur le dos tandis que le Starter, accroupi au-dessus de moi, me tient lieu de bouclier humain, me protégeant des projectiles. Les yeux fermés, je me couvre le visage des deux mains. Une femme hurle qu'elle a été touchée. Des cris de douleur et d'effroi fusent dans toutes les directions. Les miens viennent peut-être s'y ajouter, je n'en suis pas sûre. Les secondes qui suivent semblent durer une éternité.

Passé quelques instants, le vacarme assourdissant finit par retomber. Un silence inquiétant s'abat maintenant sur le centre commercial, comme si tout le monde retenait son souffle. Puis, dans un soupir collectif, le bruit refait surface, un peu étouffé. Les sons me parviennent déformés, tel un écho de l'autre monde. Les Enders geignent, se plaignant de leurs blessures, les Starters pleurent à chaudes larmes. Certains appellent en vain papa et maman, même si les spores les ont emportés depuis longtemps, évidemment.

Je rouvre lentement les paupières. Mon mystérieux protecteur se penche sur moi pour m'examiner.

— Tu n'as rien, conclut-il. (Il tourne la tête.) Les marshals arrivent. Il faut que je file.

— Attends ! lancé-je en redressant le buste.

— On se reverra.

Le temps de me relever, il a déjà disparu. Je chasse d'un revers de main les débris de verre fichés dans mes vêtements. Le garçon s'est fondu dans le chaos de la foule, s'est volatilisé sans me laisser l'occasion de le remercier.

L'arrière de mes mains est tout écorché. Encore sous le choc, j'essaie tant bien que mal de rassembler mes esprits. Comment le Vieux a-t-il pu convertir la puce en une bombe aussi puissante ?

Oh mon Dieu ! Tyler et Michael ! Pourvu qu'il ne leur soit rien arrivé ! Ils étaient à quelques mètres à peine de Reece lorsque la bombe a éclaté !

Je mets quelques secondes à retrouver mes repères. Ça y est, j'aperçois le magasin de chaussures, pile à l'endroit où l'explosion a causé le plus de dégâts. Je m'y dirige au pas de course, mais je trébuche bientôt sur les décombres et suis forcée de ralentir mon allure. Prudente, je me fraye un passage parmi les débris jusqu'à la devanture de la boutique, où un vigile finit de couvrir avec sa veste ce qui reste de la dépouille de Reece. Non loin du corps, un escarpin argenté, constellé d'éclats de verre, semblable à la pantoufle de Cendrillon, irrémédiablement brisée.

Paniquée, je m'engouffre dans la boutique. À chacun de mes pas, le verre crisse sous mes semelles. Des blessés occupent les sièges normalement réservés à l'essayage des chaussures. Ils tamponnent leur crâne ouvert, leur visage et leurs bras ensanglantés avec des mouchoirs.

Un bref examen des lieux me révèle la présence de Michael à l'arrière de la boutique, derrière un présentoir à chaussures. Il a les yeux rivés au sol, la tête baissée. Envahie par la peur, je me précipite vers lui.

— Michael !

— Callie ! s'exclame-t-il en relevant le visage, soulagé.

— Où est Tyler ?

En entendant son prénom, mon petit frère sort le bout de son nez de derrière le comptoir. Quelques égratignures barrent son visage, mais rien de bien méchant. Mon angoisse retombe. Je fais le tour pour le serrer fort dans mes bras.

— C'était quoi ce gros BOUM, Callie ? demande Tyler.

— Une explosion, dis-je d'une voix aussi calme que possible.

— Pourquoi il y a eu une explosion ?

La confusion se lit dans son regard. Il a beau s'en être tiré avec de simples bobos, cet incident risque de laisser une nouvelle cicatrice indélébile dans sa mémoire.

— J'aimerais bien le savoir…

Deux heures plus tard, les marshals ont bloqué l'accès au magasin de chaussures et ont installé un périmètre de sécurité tout autour dans la galerie. Des postes d'interrogatoire de fortune ont été mis en place à l'aide de chaises et de tables dépareillées, ornées de publicités incongrues. Des marshals détectives, reconnaissables à leur costume civil, y mènent les entretiens. Un espace est laissé entre chaque table afin que les témoins ne puissent pas s'entendre les uns les autres. Tyler et moi attendons notre tour dans la file. Les mains sur ses épaules, je le tiens tout contre moi. On est les prochains à passer. Faut-il jouer franc jeu durant ma déposition ? Comment vont-ils réagir si je leur avoue entendre des voix ? Me croiront-ils, ou penseront-ils que j'ai perdu la tête ?

Une Starter achève son témoignage et quitte la table. Un marshal fait bientôt signe à Tyler de prendre sa place. L'instant d'après, un autre poste se libère et je m'installe à mon tour face à un détective. Même assis, l'homme me domine de toute sa hauteur. C'est un Ender d'une centaine d'années, baraqué, le teint hâlé et la tête auréolée d'une épaisse tignasse blanche. Son pistolet attire l'œil, mais c'est surtout la vue de son Taser qui me hérisse.

— Nom et prénom ?

— Callie Woodland.

Tandis que je parle, son airécran, de la taille d'une paume, enregistre ma déposition. Je vois les mots s'inscrire à l'envers sur l'écran.

— Âge ?

— Seize ans.

— Des grands-parents ?

Je fais signe que non et lui explique que Lauren est ma tutrice légale, puis lui dicte mes coordonnées téléphoniques et postales.

— Qu'est-ce qui t'amène au centre commercial ?

— J'avais rendez-vous avec mon petit frère pour lui acheter des chaussures.

— Il est là ?

Je hoche la tête en signe d'acquiescement. Il indique son airécran.

— Je te demanderai de répondre à voix haute.

— Oui, il est là. Quelqu'un est en train de l'interroger à la table d'à côté.

Par réflexe, je me gratte une fois encore l'arrière du crâne. Mais en prenant conscience de mon geste, je m'arrête net. L'inspecteur me dévisage – pourvu qu'il n'ait rien remarqué. Par mesure de précaution, je me coince illico la main sous la cuisse.

— Raconte-moi ce que tu as vu.

Je prends une grande inspiration. J'ai répété ma version pendant qu'on attendait dans la queue. La question maintenant est de savoir si je vais réussir à la ressortir sans bafouiller.

— Il y avait une fille qui flânait dans la galerie.

— Tu peux me la décrire ?

— Une belle fille avec une longue chevelure rousse. Elle mesurait environ un mètre soixante et portait une jolie robe à imprimé vert et des chaussures argentées.

— Et… ?

— Elle avait un comportement bizarre…

— Comment ça ?

Je serais toi, je ferais attention à ce que je dis à ce détective, Callie…

Soudain, je me dresse comme un I sur mon siège. Le marshal en civil lève la tête, alerté par ma réaction étrange.

— Tout va bien ?

Tu sais maintenant de quoi je suis capable, Callie. On se comprend ?

Je hoche la tête.

— Tu veux bien poursuivre ? me demande l'Ender.

— La fille avait l'air… tendue. Elle jetait des coups d'œil furtifs tout autour d'elle.

Il plisse les yeux.

— Continue.

— Elle s'est arrêtée devant le magasin de chaussures. Puis il y a eu une explosion. J'ai fermé les yeux et me suis protégé le visage. Ensuite, j'ai vu qu'elle était morte. C'est elle qui devait porter la bombe.

Le souvenir de cette scène atroce m'étreint la gorge et ma voix se brise.

L'inspecteur me dévisage longuement. Son expression sévère finit par se radoucir pour laisser place à une sorte de mine compatissante. J'ai presque envie de lui dire la vérité. Mais je n'ose pas, la menace du Vieux s'avérant plus qu'explicite.

— Je n'ai rien d'autre à ajouter.

L'Ender me retient encore un peu. Du coin de l'œil, je vois Tyler se lever. Michael, qui en a déjà terminé avec son interrogatoire, l'intercepte et tous deux se dirigent vers la sortie.

Ma déposition finie, je suis enfin autorisée à quitter les lieux du drame. En m'éloignant, je m'aperçois que le Vieux a interrompu la connexion. Je parie qu'il a besoin de faire un bilan avec ses hommes de main, peut-être même consulter celui ou celle qui contrôlait le corps de cette pauvre Reece au moment de l'explosion. Tant mieux. Du moment qu'il me fiche la paix, je ne vais pas me plaindre.

Tel un fantôme, je traverse le centre commercial déserté en direction de la sortie. Les paroles de Redmond, le technicien informatique d'Helena, me reviennent alors en mémoire. D'après lui, la puce implantée dans notre tête peut s'autodétruire et exploser. Pauvre Reece ! Comment le Vieux a-t-il procédé pour mettre en scène cette sinistre tragédie ? Et surtout, que cherchait-il à prouver ? Qu'on a beau détruire Prime Destinations, il n'en demeure pas moins intouchable ? Ou bien voulait-il simplement me terroriser ?

Mon estomac se serre. Je hais cette maudite puce, ce machin démoniaque qui me parasite le cerveau ! Je ne vais pas rester ainsi les bras croisés, et laisser une espèce de psychopathe d'Ender exercer son contrôle sur moi jusqu'à la fin de mes jours.

De bien belles paroles, qui n'empêchent pas mes mains de trembler.

Prise de violents vertiges, je m'isole dans un coin près d'une porte de service et m'efforce de respirer à fond. Des images horribles refont surface : Reece, son escarpin argenté à quelques pas de sa dépouille, ses jambes fines dépassant de la veste qui la recouvre tel un linceul. Je me demande si, d'une manière ou d'une autre, j'aurais pu la sauver. Les bras autour du ventre, je prends une inspiration profonde pour me ressaisir.

Je jette un coup d'œil par-dessus mon épaule : la scène du drame est suffisamment éloignée pour que je passe inaperçue. Je sors alors mon portable de ma poche et appelle le sénateur Bohn. Je fais mon possible pour m'exprimer d'une voix calme et posée. OK, comme mes mains, elle tremble un peu, mais ce n'est déjà pas si mal étant donné la situation.

Le sénateur est mon allié. C'est grâce à lui qu'on a pu faire tomber Prime Destinations. Je lui fais entièrement confiance. Il fait partie des rares personnes au courant de l'histoire dans ses moindres détails et ayant le bras assez long pour agir en conséquence. Je lui fournis donc un récit exhaustif des derniers événements. Il étrangle un cri de surprise en apprenant que c'est le Vieux qui est à l'origine de l'attentat.

Depuis la chute de Prime Destinations, Bohn recherche le PDG activement. Sans succès.

— Je sais peut-être comment faire pour le localiser, sénateur.

Je lui soumets alors mon plan.

— Ça me paraît jouable. Il va juste falloir que j'obtienne un mandat spécial de perquisition. Avec un peu de chance, je l'aurai d'ici ce soir.

Après avoir raccroché, j'appelle rapidement Lauren et lui résume les récents développements. Maintenant, j'ai quelque chose d'autre à régler. Et pour ça, je vais devoir rompre une promesse faite à quelqu'un…

Michael et Tyler m'attendent à l'entrée du centre, à l'intérieur. À travers les vitres, j'aperçois les marshals postés devant les portes afin de bloquer l'accès au public. On reste tous les trois plantés là quelques instants, encore sous le choc.

— Comment ça s'est passé ? finis-je par lancer.

— On leur a raconté le peu qu'on savait, répond Michael en haussant les épaules.

— Y a eu une énorme explosion ! s'exclame Tyler en esquissant un champignon atomique avec ses petits bras.

Je ne peux pas m'empêcher de le serrer tendrement contre moi.

— Tu m'écrases le nez, se plaint-il d'une voix étouffée.

Mon petit frère réagit à la situation beaucoup mieux que je ne l'aurais cru. Qui sait, notre vie de chiens errants l'a peut-être endurci ? Je le lâche et me tourne vers Michael.

— Tu peux ramener Tyler à la maison et l'aider à se débarbouiller ?

Michael incline la tête, l'air interrogateur.

— On peut savoir où tu vas ?

Je parcours la zone du regard et repère les sanitaires.

— Je vais d'abord faire un saut là-bas, histoire de faire un brin de toilette. Ensuite, j'ai une affaire urgente dont il faut que je m'occupe.

Ma réponse n'a pas l'air de lui plaire.

— Viens, Tyler, on y va. Ta sœur nous rejoindra plus tard.

Je m'avance alors et les prends tous les deux dans mes bras.

— Je ne sais pas ce que je ferais sans vous, les garçons.

Michael me frictionne le dos d'une main et me glisse à l'oreille :

— Ne t'en fais pas, Callie, file. Je gère.

Après avoir déposé un baiser sur la joue ronde de Tyler, je leur dis au revoir et les suis du regard avec un long soupir. Heureusement que Michael est là pour s'occuper de mon petit frère…

Une fois seule, je dégaine mon portable et fais défiler sur l'écran les Zings manqués de Blake.

Je me passe un peu d'eau sur le visage et me voilà repartie. J'ai rendez-vous dans les environs. Une fois au volant, ma vision commence à se brouiller. Je reconnais cette étrange sensation pour l'avoir expérimentée ces derniers temps. Je prends le parti de me ranger sur le bas-côté.

En gros, je suis en train de revivre les souvenirs d'Helena comme si c'étaient les miens. Une séquelle des locations que j'ai effectuées pour la *Banque des Corps.*

Sa mémoire se superpose maintenant à la mienne. Non seulement ses souvenirs m'assaillent comme s'ils m'appartenaient, mais je suis aussi capable de ressentir ses émotions. Cette fois, je visualise sa toute première visite à Prime Destinations. L'ensemble du personnel l'accueille avec le sourire factice réservé aux clients friqués : les réceptionnistes, M. Tinnenbaum et ses équipes, puis le Vieux. Ses pensées deviennent miennes, mais ce n'est pas comme si j'entendais sa voix commenter la scène. Non, ce n'est pas ainsi que ça marche. Un torrent de rage et de frustration, ses sensations d'alors, m'envahit : *Ce sont ces gens qui m'ont volé mon Emma, me l'ont arrachée, l'ont métamorphosée avec leurs saletés de lasers, lui ont ouvert le crâne pour y implanter un bout de métal et l'ont changée à jamais. Par leur faute, ma petite-fille n'est plus là. Paf ! Disparue. Volatilisée dans la nature. Peut-être même morte.*

Le souvenir est fugace, comme souvent. Mais avec lui, une vague d'émotion me balaie et la tristesse persiste durant tout le trajet en voiture. Comment se fait-il que j'expérimente ce phénomène ? Suis-je la seule donneuse à garder des traces de l'esprit de mon ancienne locataire ?

J'ai donné rendez-vous à Blake dans un parc. Je dois ensuite retrouver non loin de là le directeur de cabinet du sénateur censé me fournir le mandat. À mon arrivée, Blake est déjà présent, assis sur une table de pique-nique. À sa vue, je m'arrête net.

Le découvrir dans ce cadre me rappelle un de nos premiers rencards dans un autre parc où l'on s'était baladés. Sauf que c'était le Vieux qui habitait son corps à ce moment-là... Pourquoi avoir choisi cet endroit ? Je me répète mes propres arguments, un peu pour me convaincre. D'abord parce que c'est tout près du lieu de mon prochain rendez-vous. Mais aussi car après l'attaque du centre commercial, mieux vaut se retrouver à l'air libre, cela me semble moins risqué. En plus, on bénéficie de la protection d'un garde du corps personnel. Toutes ces raisons semblent logiques, non ? À moins que je n'aie opté pour un parc avec en tête une raison... plus intime que je n'ose m'avouer ?

Je me dirige vers lui sans le quitter des yeux. Il se tient dans une posture familière. Comme dans mon souvenir, les coudes sur les genoux et les mains jointes. Pourtant, ce n'est plus le même. Aujourd'hui, je suis face au véritable Blake, le petit-fils du sénateur Harrison. Le garçon qui croit souffrir d'amnésie, qui ignore l'existence de la *Banque des Corps*, qui n'est au courant de notre relation que parce qu'il a trouvé une photo de nous sur son portable.

Il me tend la main pour que j'aille m'asseoir sur la table à côté de lui.

— Merci d'être venue.

— Je suis désolée, je n'ai pas beaucoup de temps, Blake. J'attends un Zing d'une minute à l'autre...

Il hoche la tête, compréhensif malgré la faiblesse de mon excuse.

— Mais je suis venue parce qu'il faut que je te parle d'un truc, poursuis-je.

— Moi aussi. Tu te rappelles tous ces moments qu'on a passés ensemble. Moi, j'ai tout oublié.

— Ça n'a plus d'importance.

— Pour moi, si. (Il sort son téléphone de sa poche.) Cette photo de nous...

Il me la montre et nous la contemplons un instant en silence. L'image nous représente tous les deux, enlacés, heureux. La parfaite évocation du bonheur.

D'un bonheur factice. Car sous le visage de Blake se cachait en réalité le Vieux.

La vue de cette photo me cause trop de peine. Je préfère détourner le regard.

— Qu'est-ce qu'on faisait ce jour-là ?

— Une balade à cheval.

— Au ranch de mon grand-père ?

— Oui.

Je déteste y repenser. J'en garde un souvenir si magique que je n'ai pas envie d'y toucher.

— On a l'air de passer un bon moment.

— C'était le cas, acquiescé-je dans un soupir.

Il croise mon regard.

— Qu'est-ce qu'on a fait d'autre ?

— On est allés à la Salle des Concerts… on a dîné au Drive-In, un restaurant rétro… et puis on a admiré un coucher de soleil.

Je garde pour moi les détails qui défilent à nouveau dans ma tête. Nos chevaux traînant des sabots, côte à côte, tandis que nous regardions le soleil décliner derrière les montagnes. La manière dont il m'a tendu l'orchidée, la première fleur qu'un garçon m'ait jamais offerte. Revivre ces souvenirs est douloureux. Non pas parce que ces instants appartiennent désormais au passé. Plutôt parce qu'ils n'ont jamais vraiment existé. Pas avec ce Blake, en tout cas.

— Mais ça n'a pas été *plus loin* ? insiste-t-il en étirant le cou de droite et de gauche comme si son col était soudain trop ajusté. Rien d'autre, tu es sûre ?

— Non. On s'est juste embrassés.

Certes, sur le moment, ça n'a pas été *juste* un baiser pour moi. Mais inutile de le préciser.

— J'aimerais vraiment m'en souvenir.

— Ça rendrait les choses plus simples, je sais…

Il me dévisage un moment, cherchant sans doute à jauger mon degré de sincérité. Puis il se penche vers moi avec une maladresse touchante, hésitant sans doute à aller jusqu'au bout de son geste, ses yeux sondant les miens dans l'espoir d'y trouver de maigres indices.

À mon tour, j'approche mon visage du sien jusqu'à l'effleurer. Son parfum boisé m'enivre, comme avant.

Nous nous embrassons. C'est… pas comme avant.

Enfin, au début, pas de différence notable. La caresse de ses lèvres, l'odeur de sa peau. Mais l'étincelle que j'ai ressentie les fois précédentes, cette douce électricité qui me grisait, a disparu. Elle n'existe plus que dans ma mémoire. Je fais une nouvelle tentative. Peut-être que c'est encore là, enfoui quelque part, mais que je n'y mets pas suffisamment du mien, que je manque de sensibilité. Peut-être que c'est moi. Parce que je suis à cran.

Détends-toi. Concentre-toi.

Mais je m'arrête. Et m'écarte de lui.

Je ne peux pas continuer cette mascarade.

L'étincelle n'est plus là, un point c'est tout.

Blake recule à son tour et oriente son regard vers le lointain, sans mot dire. Gênés, nous nous rasseyons l'un à côté de l'autre, en évitant soigneusement tout contact. Il se passe une main fébrile dans les cheveux. Je jette un coup d'œil impatient à mon portable. Toujours pas de Zing.

— Tu as l'air pressée de partir.

— Non, désolée. J'attends juste un message important.

Je repose le téléphone.

— De quoi tu voulais me parler alors ? demande-t-il.

— Il faut que tu saches que tu es en danger. Et moi aussi d'ailleurs.

— Comment ça ?

— Tu as entendu parler de l'attentat de la galerie marchande ?

— L'attentat ? Ils ont juste parlé d'une explosion, à la télé…

— Crois-moi, j'étais aux premières loges. Et j'aurais très bien pu me faire tuer à la place de la fille. Pas de doute, c'était bien un attentat.

Incrédule, il secoue la tête. Ça ne va pas être facile de le convaincre.

— J'ai promis à ton grand-père de ne rien te révéler. Sache qu'il t'a menti pour ton bien, pour te protéger. Mais il est maintenant temps que tu apprennes la vérité… Tu te rappelles l'immeuble qu'on a regardé se faire démolir à Beverly Hills – Prime Destinations ?

Il m'indique que oui, les sourcils froncés.

— On t'a kidnappé et emmené là-bas de force. On t'a implanté une micropuce dans le crâne. Ce qui a permis au PDG de Prime Destinations de se servir de ton corps. C'est ce qu'on appelle une transposition. Et c'est pour ça que tu n'as aucun souvenir de cette photo de nous deux. À ce moment-là, ce n'était pas vraiment toi, mais lui !

Blake écarquille les yeux, muet de stupeur. Je lui laisse quelques instants pour s'imprégner de l'incroyable nouvelle, puis il finit par retrouver l'usage de la parole.

— Et moi, j'étais où ?

— Disons que ton cerveau était endormi. Je n'ai pas le temps de rentrer dans les détails. Le principal, c'est que tu évites à tout prix cet Ender qu'on surnomme le Vieux. Il est reconnaissable à son masque électronique et à sa voix artificielle carrément flippante. Il avait l'intention de mettre en place un Programme Permanence. S'il l'avait mené à bien, des milliers de Starters ne se seraient plus jamais réveillés de leur sommeil artificiel et leur corps serait devenu la propriété de Prime Destinations pour toujours ! Par chance, nous avons pu le stopper avant qu'il ne soit trop tard.

— C'est du pur délire, Callie.

— J'ai bien conscience que ça a l'air dingue. Mais, crois-moi, je sais de quoi je parle. Moi aussi, j'ai une neuropuce dans la tête. Demande à ton grand-père. Jure-moi seulement de ne pas lui dire que c'est moi qui t'en ai parlé.

Visiblement choqué, il se frotte le front. Il faut bien avouer que je lui ai donné matière à penser.

Mon portable choisit justement cet instant pour se mettre à clignoter. Un Zing provenant du cabinet du sénateur Bohn s'affiche à l'écran.

— Blake, je dois te laisser…

— Déjà ? J'ai encore tellement de questions à te poser !

Ses épaules s'affaissent. Je vois bien qu'il est déçu.

— Désolée. Mais mon rendez-vous est d'une importance capitale. Il faut arrêter le Vieux coûte que coûte.

La mort dans l'âme, je l'abandonne à sa table de pique-nique après avoir lâché cette bombe. Mais on m'attend ailleurs.

— Tu en parles d'abord avec ton grand-père, hein. En attendant, pas un mot !

Il me le promet et, un tantinet rassurée, je prends congé de lui.

En m'éloignant, une douleur aiguë me transperce la poitrine. J'ai l'impression qu'on vient de m'arracher le cœur. La vérité, aussi cruelle soit-elle, c'est que Blake me manque.

Seulement, pas ce Blake-là. Mais alors, ça veut dire que…

Mieux vaut ne pas songer à ce que cela implique. Cette perspective est trop dégoûtante. Il est donc préférable de refouler cette pensée répugnante pour me concentrer à nouveau sur mon but : retrouver le Vieux et le stopper. À n'importe quel prix.

Je m'engouffre à l'arrière de la limousine, où m'attendent le directeur de cabinet du sénateur Bohn et Lauren, ma tutrice légale. C'est à la demande du sénateur et sous sa supervision que le Congrès a lancé une enquête concernant Prime Destinations. Jusque-là, l'équipe n'a rien trouvé. Les bureaux de Prime ont été perquisitionnés et les ordinateurs confisqués. Trop tard, hélas ! Il n'y a plus rien à en tirer, les données ayant été effacées des disques durs. Les enquêteurs ont épuisé toutes les pistes, sans succès.

Cependant, l'attentat a ravivé l'affaire. On recherche partout le Vieux pour les besoins de l'enquête. Mandat en main, nous sommes en route pour le seul établissement, à notre connaissance, ayant traité avec lui. Le hic, c'est qu'en de si brefs délais, le mandat obtenu ne donne droit qu'à une simple inspection des lieux. Une fois là-bas, nous serons seulement autorisés à examiner dossiers et ordinateurs, sans rien pouvoir copier ou emporter.

— C'est atroce ce qui est arrivé à Reece, gémit Lauren, encore effondrée. Je me sens terriblement responsable.

— Ce n'est pas votre faute, rétorqué-je. Reece était donneuse à la *Banque des Corps* bien avant votre entrée en scène.

Je me demande si le Vieux avait calculé son coup. Est-ce pure coïncidence si l'agneau sacrifié s'avère justement être l'ex-donneuse de ma tutrice ? Cela dit, mieux vaut garder ça pour moi, histoire de ne pas remuer le couteau dans la plaie. La pauvre Lauren culpabilise déjà assez comme ça !

— Tu as dit que Reece avait un comportement étrange ? me demande-t-elle.

— Je crois que quelqu'un contrôlait son corps. Sa démarche a éveillé mes soupçons. Elle se déplaçait comme un robot. Et ses expressions n'étaient vraiment pas naturelles…

— Je comprends que ça t'ait mis la puce à l'oreille.

— En plus, elle a échangé quelques mots avec un mystérieux Ender, juste avant l'explosion.

Le directeur de cabinet dresse l'oreille.

— Un Ender ? Tu pourrais nous le décrire ?

— Oui. Un type immense, taillé comme un athlète. Il avait un tatouage sur le cou. Une tête de léopard, il me semble. Il la suivait depuis un bout de temps déjà.

— Ils ont parlé longtemps ?

— Quelques secondes, à tout casser.

Je glisse un regard interrogateur à Lauren, qui hausse les sourcils d'un air tout aussi perplexe que le mien.

— Il a fallu qu'il choisisse une galerie marchande bondée pour commettre son attentat, craché-je, encore sous le choc. Avec des enfants, qui plus est !

Le directeur de cabinet laisse échapper un soupir.

— Il a voulu faire passer un message. Prouver que rien ni personne ne peut l'arrêter en dépit de la destruction des locaux de Prime Destinations.

Autrement dit, ce n'est pas la faute de Lauren, mais la mienne. Le Vieux a pris pour cible un lieu où il était sûr de me trouver, il a utilisé la donneuse de ma tutrice, une Starter que je connaissais, et nous a montré que nous ne sommes à l'abri de rien. En résumé, des innocents ont été blessés et Reece a perdu la vie à cause de moi.

Le chauffeur gare la limousine. Nous sommes arrivés à destination.

— Tu n'es pas obligée de nous accompagner à l'intérieur, Callie. Si tu préfères rester dans la voiture, nous le comprenons parfaitement.

— C'est gentil, Lauren. Mais je connais le Vieux mieux que vous. Ma présence peut s'avérer utile.

La vérité ? J'y vais à reculons, mais j'ai le sentiment qu'il faut le faire. Je sors du véhicule et lève la tête. Devant moi se dressent les immenses murs gris de l'Institut 37. Une chape de plomb s'abat aussitôt sur mes épaules. Le cœur lourd, j'avance vers la grille. Pour pénétrer dans le bâtiment carcéral, il faut passer de lourdes portes en fer devant lesquelles se tient un poste de sécurité. Les murs épais me narguent, comme s'ils me mettaient au défi de les franchir à nouveau. C'est peut-être une erreur d'y retourner. La dernière fois, mon amie Sara est morte sous mes yeux, sur les barbelés, en haut du mur d'enceinte. De plusieurs décharges de Taser.

Près de moi, Lauren m'adresse un sourire rassurant et de jolies pattes d'oie se dessinent au coin de ses yeux. Le soleil matinal sur sa chevelure blanche lui confère une sorte de halo.

— Ne t'en fais pas, Callie. Nous ne laisserons personne te faire du mal.

Le chauffeur reste dans la voiture à nous attendre. On se rapproche des portes. Rien ne peut m'arriver, tenté-je de me convaincre. On a désormais le pouvoir et l'argent en notre faveur. Autrement dit, on possède bien plus que les horribles personnages à la tête de l'Institut. Bien plus que cette odieuse chef de la sécurité, mon ancienne gardienne de prison – la dénommée Beatty.

Alors, pourquoi mes mains tremblent-elles autant ?

Mes frissons n'échappent pas à Lauren, qui me caresse doucement l'épaule.

— Ne t'inquiète pas. Tu ne verras pas cette femme. Le directeur de l'Institut sera notre unique interlocuteur.

J'acquiesce. Beatty a beau encore hanter mes cauchemars, il y a peu de chances que nous tombions sur elle aujourd'hui. Mais je parie qu'à l'heure qu'il est, elle est en train de torturer un pauvre Starter dans un de leurs cachots.

Lentement, les portes s'ouvrent dans un grincement sinistre. J'inspecte mes mains : elles ont cessé de palpiter.

Quelques minutes plus tard, nous nous retrouvons dans le bureau froid du directeur. Le chef de cabinet et Lauren se sont installés dans de vieux fauteuils club. Pour ma part, je suis beaucoup trop nerveuse pour m'asseoir. Tel un animal en cage, j'arpente la pièce de long en large. Pas une seule touche de couleur pour égayer l'endroit. Sur un mur est suspendue une peinture aux teintes passées représentant une scène de chasse à courre anglaise. Un cavalier brandit fièrement son trophée, un renard mort. Très approprié..., me dis-je en mon for intérieur. Sur le bureau, un objet attire soudain mon attention : un ouvre-lettre acéré dont le manche a la forme d'un serpent avec deux pierres vert émeraude en guise d'yeux. L'écran de veille de l'airécran affiche une image de Traque, un jeu de tir en vue subjective où les proies sont des Starters sans famille. Ils ont un sens de l'humour plus que douteux à l'Institut 37. Pour y avoir effectué un séjour, je sais que c'est un lieu très dur. Mais là, ils dépassent les bornes. Quelle honte !

Je sens que je vais être malade. Plus vite on obtiendra nos renseignements, plus vite on pourra déguerpir de cet infâme pénitentier. Tout ce qu'il nous faut, c'est une adresse, un contact, peut-être même un numéro de compte en banque, avec un peu de chance. N'importe quel indice, pourvu qu'il nous conduise sur la piste du Vieux.

Lauren s'inquiète en me découvrant si pâle.

— Callie, tu ne veux vraiment pas t'asseoir ?

À cet instant, la porte du bureau s'ouvre et je sens mon corps se raidir. Je me retrouve nez à nez avec Beatty.

— Callie, me salue-t-elle de sa voix râpeuse. Quel plaisir de te revoir.

Elle me tend sa main noueuse. Les grains de beauté qui criblent son visage ont grossi, semble-t-il. Au lieu de répondre, je croise les bras. Si des flammes sortaient de mes yeux, elle serait calcinée sur place.

Protecteur, le chef de cabinet se lève et vient se poster à côté de moi.

— Nous attendons le directeur.

Un léger rictus déforme alors les lèvres de Beatty.

— Vous l'avez devant vous.

Je suis consternée.

— Vous ? balbutié-je.

— Oui, ma chère Callie. J'ai été promue.

J'esquisse un pas en arrière en étouffant un cri de surprise. Le chef de cabinet pose la main sur mon épaule. Je ne comprends pas. Beatty aurait dû finir au trou après ce qui est arrivé à Sara !

— Vous êtes directrice de l'établissement ?

— C'est exact, Callie.

Lorsqu'elle prononce mon prénom, j'ai l'impression qu'on m'appelle pour monter à l'échafaud.

Beatty a troqué son uniforme gris et son insigne pour un tailleur en cachemire qui a dû lui coûter bonbon. Petite coquetterie, elle porte une écharpe orange autour du cou. J'ai une irrésistible envie de l'étrangler avec, jusqu'à ce que sa figure vire au bleu.

— Nous sommes venus vous parler du PDG de Prime Destinations, explique le chef de cabinet en guise de préambule.

— Qu'est-ce que vous voulez savoir ?

Lauren nous rejoint pendant que le conseiller du sénateur expose notre requête.

— Nous avons un mandat dans le cadre de l'enquête menée par le Sénat, lance-t-il en sortant une enveloppe. Il nous donne accès à toutes les archives et documents relatifs aux relations commerciales que l'Institut entretenait avec Prime Destinations.

— Et vous espérez trouver quoi au juste ? demande Beatty en décachetant l'enveloppe.

— Où il se cache, dis-je.

— L'Institut doit bien savoir comment le joindre, intervient Lauren. Après tout, vous étiez en affaires avec lui.

Beatty secoue négativement la tête avec vigueur, à croire qu'on lui demande la lune.

— Il a toujours pris l'initiative de nous contacter. Le précédent directeur n'avait pas non plus ses coordonnées.

— Peut-être que quelqu'un d'autre saura nous renseigner ? La secrétaire de l'ancien directeur, par exemple, insiste Lauren.

— Malheureusement, elle nous a quittés.

Beatty rend son enveloppe au chef de cabinet, un petit sourire narquois aux lèvres.

— Les gens ont une fâcheuse tendance à se volatiliser dans cet établissement, ne puis-je m'empêcher de commenter en la foudroyant du regard.

— Tu es bien placée pour le savoir, rétorque Beatty en se penchant sur mon visage, trop près à mon goût.

J'ai une folle envie de la gifler. Elle n'a pas pu s'empêcher de faire allusion à ma fuite de l'Institut, fuite au cours de laquelle Sara s'est sacrifiée.

C'est alors que trois Enders costauds surgissent en trombe dans le bureau pour venir se placer derrière chacun de nous trois. L'un d'entre eux remet un papier à Beatty, qu'elle passe aussitôt au chef de cabinet.

— Qu'est-ce que c'est ? interrogé-je ce dernier.

— Un bref de prohibition.

Je me tourne vers Lauren.

— Je ne comprends pas.

— C'est simple. On s'est fait doubler. Le tribunal classera cette affaire sans nous laisser le temps d'obtenir la moindre réponse, répond le chef de cabinet. Madame, vous devez avoir des amis haut placés.

Beatty plante alors son regard dans le mien tout en affichant son détestable sourire.

— Vous n'avez pas idée !

Puis, s'adressant aux gardes :

— Veuillez les raccompagner.

Lauren et le conseiller sont immédiatement embarqués de force. Beatty fait signe à mon garde, qui disparaît derrière eux, me laissant seule avec mon ennemie jurée.

Mon cœur s'emballe. Elle me jette à nouveau son fameux regard assassin, un regard devenu sa triste marque de fabrique.

— Comment oses-tu remettre les pieds ici ? Te croire autorisée à fouiner dans mes dossiers ? On peut dire que tu ne manques pas d'air. Tu aurais mieux fait de rester en dehors de cette histoire, Callie. Après tout, tu ne t'en tires pas trop mal avec ton manoir à Bel-Air.

Ma nouvelle adresse n'est pas un secret, mais l'idée qu'elle sache où j'habite me révulse. J'esquisse un pas en arrière, mais elle m'attrape le poignet.

— Lâchez-moi ! m'écrié-je, sachant pertinemment que la porte est trop épaisse pour qu'on m'entende.

— Tu as gros à perdre, Callie. (Elle baisse la tête, semblable à une louve prête à fondre sur sa proie.) Quand j'en aurai fini avec toi, il ne te restera plus que les yeux pour pleurer. J'y veillerai personnellement, sache-le.

Elle lit la panique sur mon visage et part d'un ricanement cruel.

— Un seul faux pas et tu seras de retour parmi nous. Je ne te donne pas longtemps. On t'a gardé ici une place bien au chaud, ne t'en fais pas ! reprend-elle en me serrant le poignet comme dans un étau.

Si je m'écoutais, je lui mordrais le bras jusqu'à ce qu'elle lâche prise. Mais c'est précisément la réaction désespérée qu'elle attend. Elle sauterait sur l'occasion pour me faire interner à l'Institut illico. Lauren devrait ensuite faire appel à un cortège d'avocats pour me libérer. Étant donné le carnet d'adresses de Beatty, je risquerais fort de finir mes jours ici. Je balaye alors la pièce du regard et celui-ci s'arrête sur l'ouvre-lettre. Je sais que je ne pourrai pas l'utiliser, mais j'ai appris dans la rue l'art de détourner l'attention. Et bingo ! Elle desserre un peu son étreinte, et j'en profite pour me précipiter vers la porte. Elle est fermée à clé et je tambourine dessus.

— Laissez-moi sortir !

Un marshal la déverrouille et me toise d'un air impassible. Il finit par s'effacer et me laisse passer.

Derrière lui, Lauren et le conseiller m'attendent, sous bonne garde. On m'escorte jusqu'à la sortie en m'empoignant par le coude. Sans vraiment réfléchir, je tourne la tête pour jeter un dernier regard à mon ancienne geôlière. Appuyée contre le chambranle, le visage criblé de grains de beauté, elle m'adresse un sourire victorieux. Cette scène révoltante s'imprime dans ma tête.

Aujourd'hui, c'est elle qui remporte la bataille.

Le chauffeur de la limousine démarre et nous emmène loin de cet établissement infernal. La situation nécessite une petite mise au point. Je n'en reviens toujours pas.

— Beatty, directrice de l'Institut ?! Après toutes les atrocités qu'elle a commises ?

Mes récriminations sont accueillies par un silence embarrassé.

— Alors quoi ? On ne va quand même pas jeter l'éponge sans se battre ! On ne peut pas demander à un juge d'annuler l'ordonnance ?

Le politicien se tortille sur la banquette, visiblement mal à l'aise.

— Si ça se trouve, ils disent la vérité et ne possèdent pas les coordonnées du Vieux… Imagine qu'il ait exigé des entrevues en direct, utilisant des intermédiaires pour ne pas laisser de trace.

— Mon Dieu, mais alors comment mettre la main sur lui ?

Le long silence que j'obtiens en guise de réponse achève de me démoraliser. Je ferme les yeux.

La limousine s'est garée et ronronne devant ma porte d'entrée. Je sais maintenant qu'ils n'ont pas l'intention de poursuivre cette piste. Lauren descend de voiture pour me prendre dans ses bras.

Elle me serre fort, puis s'écarte.

— Et maintenant ?

Abattue, elle m'adresse un faible sourire.

— Veille à rester à l'abri des ennuis.

— J'ai une bombe à retardement fichée dans le crâne. Je ne serai jamais à l'abri de rien, ni moi ni les autres Metals, y compris votre petit-fils Kevin. Vous n'avez pas le droit de baisser les bras aussi vite !

Elle rive ses yeux aux miens.

— Callie, j'ai cent soixante et un ans. Cela fait sept mois que je mène mon enquête, remuant ciel et terre pour retrouver Kevin. Aujourd'hui, j'ai eu un regain d'espoir. Mais maintenant… (Sa voix se brise.) Je ne dis pas que j'abandonne. Toutefois, tu n'imagines pas à quel point je me sens vidée. Il ne me reste plus rien… Toi, tu es jeune et belle. Tu as encore cette flamme en toi. Sers-t'en pour moi, m'implore-t-elle avec un regard appuyé.

Elle s'engouffre ensuite dans la limousine, qui redescend l'allée sinueuse. La grille se referme automatiquement derrière elle dans un mouvement paresseux.

C'est alors que la voix que j'exècre résonne dans ma tête :

Tu vois, inutile de compter sur eux. Ils ne vont pas t'aider. De toute façon, ils ne peuvent rien pour toi, ma pauvre Callie. Tu es livrée à toi-même !

3.

Le Vieux. Il est de nouveau dans mon crâne. Ici, chez moi. Je ne veux pas qu'il voie à travers mes yeux et empiète sur ma vie privée.

Callie ?

Je rejoins le garage sans attendre et ferme la porte. Puis j'éteins la lumière et m'adosse contre le mur, dans l'obscurité totale.

— Qui est la prochaine victime sur la liste ? Qui allez-vous faire exploser aujourd'hui ?

Inutile de te réfugier dans le noir. Je n'ai pas besoin de voir où tu es. Il me suffit d'envoyer un signal à ta puce. Je croyais te l'avoir clairement prouvé au centre commercial.

— Vous pouvez donc faire exploser la puce de n'importe qui sur simple signal ?

Quelque chose dans ce goût-là, oui. Mais je n'ai pas l'intention de te révéler tous mes petits secrets.

— De toute façon, vous ne feriez jamais sauter la mienne.

Bien, Callie ! Tu as enfin compris que ta puce était très spéciale. Et toi aussi…

— Tout ce que je sais, c'est que vous êtes un monstre ignoble doublé d'un assassin. Il n'y a que des mensonges qui sortent de votre bouche !

Je vais pourtant te dire une vérité. Tu m'écoutes bien ?

Si seulement il se trouvait en face de moi. Qu'est-ce que je ne donnerais pas pour lui clouer le bec !

— Ouais.

Il articule lentement dans ma tête :

Ne fais confiance à personne d'autre qu'à toi-même.

Après une longue pause, il précise :

Et encore…

— Qu'est-ce que c'est que ce charabia ?

Tu sais, Callie, tu es peut-être hors de danger pour l'instant, mais la puce de Michael ne présente aucun intérêt pour moi. Michael non plus, d'ailleurs. Tâche de t'en souvenir.

Je crispe les poings.

Sans oublier… la puce de Tyler.

Minute, raclure.

— Tyler n'a pas de neuropuce !

Détrompe-toi.

— Menteur ! Je m'en suis moi-même assurée.

De grosses gouttes de sueur perlent maintenant sur ma nuque. Je me remémore le jour où j'ai récupéré Tyler à Prime Destinations. Le Vieux l'avait kidnappé et j'avais bien cru ne plus jamais le revoir. On était si heureux de le retrouver sain et sauf ! À vrai dire, il avait même l'air en meilleure santé qu'avant son enlèvement. Sur le coup, j'étais tellement soulagée que je n'ai inspecté son corps que plus tard.

Tu m'as l'air très sûre de toi, Callie…

— Naturellement ! J'ai moi-même examiné l'arrière de son crâne. Il n'avait aucune cicatrice.

J'ai eu le temps de perfectionner cette technologie, tu sais. Il a suffi d'un petit coup de laser pour effacer l'incision. Du beau boulot, tu ne trouves pas ?

Il me fait marcher. Forcément. Je me laisse glisser le long du mur jusqu'à me retrouver accroupie. Ma tête bascule entre mes genoux. Soit c'est du bluff, soit c'est la pire nouvelle que j'aie entendue de ma vie. Parce que ça signifierait que Tyler est dorénavant le pantin du Vieux, tout comme moi.

— Vous avez tué Reece, implanté un bout de métal dans le crâne de mon petit frère. (Je fulmine.) Fichez-lui la paix, vous m'entendez ?!

Ça dépendra de toi, Callie. Qu'es-tu prête à faire pour sauver ton cher Tyler ?

Je relève la tête dans le noir.

Bien. On va se donner un petit rendez-vous, toi et moi. OK ? Et tu n'as pas intérêt à me poser un lapin.

J'ai la bouche sèche. Je m'humecte les lèvres.

— Où ça ?

Si jamais tu en souffles mot à quiconque, alertes ou zingues qui que ce soit, je te promets que Michael connaîtra le même sort que Reece. Après quoi je me chargerai personnellement de Tyler. Message reçu ?

Ai-je seulement le choix ?

— Cinq sur cinq.

Sage décision, Callie. Bien, je vois que tu es déjà dans le garage. Grimpe dans ta voiture.

Mon ennemi est ancré dans ma tête, inaccessible et invulnérable. Tout acte de rébellion serait vain et se solderait par un drame. Je rejoins donc mon coupé bleu et m'installe au volant. Le Vieux m'indique une adresse inconnue au bataillon.

La porte de sortie se soulève et je mets le contact. Un soleil éblouissant inonde peu à peu le garage, me forçant à plisser les yeux. Je sors à l'air libre. Au bout de l'allée, la grille s'ouvre et je m'engage aussitôt dans la rue.

Les ongles plantés dans le volant, je conduis en silence.

Callie, tu n'as rien à craindre. Je ne vais pas te faire de mal. Tu m'es trop précieuse.

Je ne sais pas ce qu'il sous-entend par là. Mais une chose est sûre : il me terrifie. Je cherche une échappatoire illusoire. Pas la peine de compter sur le soutien des marshals. Et pas question d'appeler Lauren ou le sénateur. Bilan : je suis complètement livrée à moi-même. Et le Vieux savoure le spectacle aux premières loges. Quoi que je fasse, il le verra. Quoi que je dise, il l'entendra.

En outre, inutile d'avertir Michael. Pour qu'il aille se cacher ? À quoi bon ? Il n'est nulle part à l'abri tant qu'il a une neuropuce implantée dans le cerveau.

La bretelle d'accès à l'autoroute apparaît bientôt dans mon champ de vision. Je ne l'emprunte pas, songeant que plus je passerai de temps au volant, plus je repousserai l'inévitable. Déjà qu'à distance je ne supporte pas d'être le pantin du Vieux, alors l'idée de le voir en chair et en os me pétrifie. Les rares fois où je l'ai approché, à l'Institut, il m'a donné froid dans le dos. Son masque pixellisé qui crépite me fiche la trouille. Je fais souvent un cauchemar dans lequel je suis enfermée avec lui dans une pièce noire où règne un silence angoissant, que seuls perturbent les grésillements de son masque.

Pourtant… dans le corps de Blake, il avait réussi à donner le change. À cette époque, il m'avait paru correct. Charmant, même. Je me demande comment un homme sans cœur ni âme parvient à jouer le rôle d'un mec bien d'une manière si convaincante. J'aurais dû m'apercevoir que quelque chose clochait quand il se faisait passer pour Blake. Il fallait vraiment que je sois à côté de la plaque pour manquer un truc aussi énorme.

Tu sais, Callie, je vois où tu es. Tu aurais dû prendre l'autoroute.

— Estimez-vous heureux, j'arrive ! Et vous trouvez encore le moyen de me donner des leçons de conduite ?

Je feins la colère pour déguiser ma peur. En vérité, une boule énorme s'est formée dans mon ventre.

En attendant, j'ai quelques questions à lui poser.

— Comment pouvez-vous accéder à ma puce ?

Tu le sauras bien assez tôt.

— Vous avez tué Helena vous-même ? Ou bien vous vous êtes contenté de la regarder mourir ?

Quelqu'un d'autre s'en est chargé pour moi.

— Qui ça ?

Peu importe. Un de mes employés.

— Et cette explosion ? C'était vraiment nécessaire ? Non seulement vous avez tué Reece, mais vous avez aussi blessé beaucoup d'innocents. Certains gravement. Des grands-mères et des enfants qui flânaient tranquillement dans le centre commercial. C'est monstrueux.

Il fallait bien que je te prouve ma toute-puissance. Ces gens n'étaient que des dommages collatéraux, de simples victimes de guerre.

— Mais de quelle guerre parlez-vous ? Celle que vous menez contre le monde entier ? Starters et Enders confondus ?

Ça y est, tu commences enfin à piger.

Ce type me sort par les yeux. Je préfère me taire pour ne plus encourager la discussion. Sa voix me dégoûte au plus haut point.

Quelques kilomètres plus loin, j'arrive au carrefour indiqué par ses directives. On est déjà à Hollywood, au pied des collines. Mon rythme cardiaque s'accélère brutalement. Je ne veux pas y aller. Il faut que je trouve un moyen, n'importe lequel, de m'extirper de là.

Causer un accident ? M'enfuir tout simplement ?

Ne fais pas l'imbécile, Callie. Pense à Michael et Tyler.

C'est comme s'il lisait dans mes pensées. Même si je n'ignore pas que c'est impossible, naturellement. En revanche, il me sait acculée.

— Et maintenant, je vais où ?

Tourne à droite.

Je m'engage à contrecœur sur la route qui serpente à flanc de coteau, dans les collines. Au détour d'un virage, un obstacle inopiné se présente en travers de la voie. Surprise, je pile et mes pneus dérapent dans un crissement affreux.

Un étrange véhicule est garé là, me bloquant le passage. On dirait un croisement entre un 4 × 4 et un char d'assaut. Les vitres, teintées, dissimulent le visage du conducteur.

— Merde alors !

Sans que j'aie le temps de comprendre ce qui m'arrive, la portière conducteur s'ouvre et un type jaillit du véhicule. Vêtu de noir de pied en cap, il porte des gants et un passe-montagne.

Je verrouille immédiatement ma voiture. Il pointe alors un petit objet brillant dans ma direction et clic ! mes sécurités se débloquent aussi sec.

Il se rue sur mon coupé. Une ombre noire passe devant la vitre, elle ouvre la portière et me met un sac opaque sur la tête tout en me coinçant les mains dans le dos pour me menotter. Je me débats telle une damnée en poussant des cris tandis qu'il m'oblige à descendre de mon véhicule. L'épais tissu noir me masque complètement la vue. L'homme me porte ensuite comme une jeune mariée avant de me déposer sur le siège de son 4 × 4 – enfin, c'est ce que j'imagine.

La portière claque. Un instant plus tard, celle du conducteur se referme à son tour.

Il démarre aussi sec, pied au plancher. S'ensuit un crissement de pneus désagréable accompagné d'un léger choc. Je jurerais qu'il a embouti ma voiture pour se frayer un passage ! Et puis merde, qu'est-ce que ça peut bien faire à présent ?

— Je vous en prie, enlevez-moi ça. J'ai du mal à respirer.

— Pas encore.

Il a dû ôter son masque car sa voix est claire. C'est celle de quelqu'un de mon âge. Un Starter ? Bizarre que le Vieux ait choisi un mineur pour m'intercepter.

Nous n'échangeons plus un mot. J'ai vraiment été naïve sur ce coup. J'aurais dû me douter que le Vieux ne me donnerait jamais son adresse. Il s'est juste arrangé pour m'attirer loin des regards. Ensuite, il n'avait plus qu'à envoyer quelqu'un me cueillir. Une façon pour lui de reprendre le contrôle sans se salir les mains.

Je crois qu'il s'approche de mon visage… Soudain, il tire sur le velcro du sac et je retrouve la vue. Les vitres teintées assombrissent l'habitacle, mais je parviens tout de même à distinguer les contours de son visage. Ses pommettes, ses mâchoires. Et ses yeux perçants.

C'est le Starter qui m'a protégée de l'explosion !

Impossible d'oublier ce regard. Ce garçon est d'une beauté peu banale, presque effrayante.

— Tu peux m'enlever mes menottes ?

— Pas avant d'être sûr que tu as compris.

— Compris quoi ?

— Que je ne te veux aucun mal.

— Je sais. Tu m'as sauvé la vie à la galerie marchande.

Il ne cherche pas à nier. Lentement, il retire ses gants. C'est à n'y rien comprendre. D'abord, il me sauve la vie. Ensuite, il me kidnappe. Est-ce vraiment le Vieux qui l'a envoyé ?

— Je m'appelle Hyden.

— Comme le compositeur ?

— Si tu veux. Ça se prononce pareil.

Un éclat de phares me fait alors remarquer que le toit et les portières sont tapissés d'un arsenal impressionnant, chaque arme étant logée dans son compartiment sur mesure.

Il se gare sur le bas-côté. Le moteur continue de tourner.

— Penche-toi en avant.

J'hésite un instant avant de coopérer.

— Surtout, ne bouge pas !

Dégainant un couteau de son ceinturon, il s'en sert pour couper les liens de mes fleximenottes, sans même m'effleurer la peau. Une véritable prouesse.

Je profite du fait qu'il range sa lame pour me ruer sur la poignée. Dommage, la portière est verrouillée.

— Je croyais que tu me faisais confiance ?!

— Je n'ai jamais dit ça. Maintenant, ça suffit. Ouvre-moi et laisse-moi partir !

— Je te déconseille de quitter cette voiture.

— Je n'ai pas franchement le choix. Si je ne vais pas à mon rendez-vous, mon frère et mon meilleur ami risquent de se faire tuer.

— C'est le Vieux qui t'a menacée ?

— On ne peut rien te cacher. Je vois que tu connais notre homme…

Je me demande si ce Starter est un Metal, lui aussi. J'examine son visage. Il est parfait. Enfin, pas vraiment : je décèle quelques défauts, de toutes petites cicatrices, quasi imperceptibles.

— Pour le connaître, je le connais ! Ses méthodes n'ont plus aucun secret pour moi. Je sais exactement de quoi il est capable. En fait, je ne pense pas exagérer en déclarant le connaître mieux que personne.

— À ce point-là ? Malgré son masque ? Comment tu peux affirmer ça ?

La main toujours sur la poignée, je me réfugie contre la portière pour m'éloigner de lui au maximum.

Il se penche alors lentement vers moi et me confie son lourd secret :

— Parce que je suis son fils.

4.

Bouche bée, je considère Hyden. Le moteur ronronne toujours. En principe, c'est le moment où il est censé décocher un sourire en avouant me faire marcher. Et si j'avais affaire à un menteur, un fou, voire les deux ?

Pourtant, son visage demeure de marbre. Je prends une grande goulée d'air. Hyden me laisse le temps de digérer la nouvelle. Il est on ne peut plus sérieux.

— Je le connais mieux que personne. Et je le hais à en crever.

Son regard perçant trahit une tristesse poignante. Je me demande s'il joue la comédie ou s'il est réellement malheureux.

— C'est ton père…

Je répète cela, comme pour m'en persuader.

Il ferme les paupières une seconde.

— Oui.

— Ce n'est pas possible ! Le Vieux est un Ender. Il aurait plutôt l'âge d'être ton grand-père.

— Il porte un déguisement.

— Ses cheveux poivre et sel…

— Une perruque. Tu ne t'es jamais demandé pourquoi il se couvrait autant, même à l'intérieur ?

— On nous a dit qu'il avait un souci de santé. Qu'il avait toujours froid…

— À part son manque total d'humanité, il est tout à fait normal. Il a même une santé de fer. C'est un mensonge qui lui servait de couverture.

J'ai toujours du mal à y croire.

— Tu insinues que le Vieux – ton père – serait en fait un *Middler* ?

— C'est ça.

— Alors comment se fait-il qu'il soit encore vivant ? Les Middlers ont quasiment tous disparu !

— Il s'est procuré juste à temps un vaccin sur le marché noir.

J'avais déjà entendu parler de ces rares chanceux qui ont eu recours à cette solution pour être épargnés. Les Middlers, cette génération d'adultes entre vingt et soixante ans ayant survécu à la Guerre des Spores. Ils ne sont pas franchement populaires, étant donné la manière dont, souvent, ils se sont procuré le vaccin… Du coup, on n'en croise que très rarement dans la rue. À moins qu'ils n'appartiennent à la classe des privilégiés auxquels le gouvernement a officiellement alloué le remède : politiciens, généraux de l'armée, scientifiques, entre autres. Et puis il y a ces Middlers au bras long, voire très long – les stars de cinéma et les milliardaires. On pardonne facilement aux stars. Mais ceux de la deuxième catégorie inspirent une haine farouche. À tel point que s'ils ont le malheur de se promener sans garde du corps dans un quartier malfamé, ils finissent généralement par se faire zigouiller au coin d'une rue.

— Ça a dû lui coûter très cher.

— La moitié de sa fortune.

Difficile d'imaginer un homme de sa trempe, cruel et implacable, se séparer d'une si grosse somme.

— Et ta mère ? avancé-je.

— Elle est décédée.

— À cause des spores ?

— Non. C'est encore une autre histoire.

Je lis une telle tristesse dans son regard que je n'insiste pas.

Des images de la dispute entre mes parents avant l'hécatombe me submergent alors. Ma mère pressant mon père pour qu'il fasse jouer ses relations et leur obtienne un vaccin contre les spores. Elle ne voulait pas nous laisser orphelins, Tyler et moi. Mais mon père avait des principes. Il a refusé de se procurer le vaccin au détriment des jeunes et des personnes âgées, plus vulnérables. D'un côté, j'admire son courage, de l'autre, je lui en veux terriblement de nous avoir abandonnés.

Les yeux de Hyden s'embuent.

— Mon père est un monstre. Le mal incarné.

— Je suis désolée. J'ignore si tu dis vrai, mais une chose est sûre : si tu ne me laisses pas partir, le Vieux fera sauter la cervelle de mon frère et de mon ami.

Hyden jette soudain un coup d'œil dans son rétroviseur.

— Oh oh, on dirait qu'on a de la compagnie…

En effet, un 4 × 4 vient à l'instant de se garer juste derrière la voiture.

Deux Enders jaillissent du véhicule et s'avancent déjà vers nous. Leur crinière argentée contraste vivement avec leur costume noir.

— Callie Woodland ? Ne vous inquiétez pas, nous sommes ici pour vous aider.

— Laissez-la descendre de voiture, enchérit l'autre.

— Ouvre cette portière, je t'en prie ! supplié-je Hyden.

Celui-ci esquisse un mouvement. Mais au lieu de déverrouiller la portière, comme je l'espérais, il donne un coup de volant sec à gauche et la voiture s'éloigne brusquement du trottoir.

— Non !

Je tente de l'arrêter mais il braque à fond. Je me retourne juste à temps pour voir l'un des Enders dégainer un pistolet de sa veste. Il nous met en joue, prêt à faire feu. Son complice lui adresse alors quelques mots. Il se ravise et baisse son arme. Ensemble, ils se ruent vers leur voiture et se lancent à notre poursuite.

— Tu avais vraiment l'intention de te rendre à ces types ? me demande Hyden, incrédule.

— Ils se rapprochent, dis-je, sans les quitter des yeux.

Il fait une embardée à gauche.

— Accroche-toi bien. Je vais les semer.

Il conduit comme un pilote de course, prenant les virages en dérapant à la dernière seconde. Il ne lui faut pas longtemps pour les perdre. Un dernier coup d'œil dans le rétroviseur, et le voilà qui s'engouffre dans un parking souterrain.

— Tu m'emmènes où ?

— À l'abri.

Il pointe son portable vers la grille, qui se lève aussitôt.

Pied au plancher, il descend la rampe en colimaçon jusqu'au dernier sous-sol. Hyden va ensuite se garer sur une place située dans un angle mort, puis coupe le contact. À une telle profondeur, le parking est désert.

— Je vais t'ouvrir. Tu peux aller te dégourdir les jambes. Mais pas la peine de chercher à t'enfuir, tu n'irais pas bien loin. S'il te plaît, donne-moi l'occasion de tout t'expliquer et tu comprendras pourquoi c'est encore avec moi que tu es le moins en danger.

Récapitulons : je suis prise au piège dans un parking souterrain avec un Starter qui clame être le fils du Vieux et nous sommes pourchassés par des tueurs. Super.

— On est d'accord ?

J'opine du chef. Il débloque alors les portières et nous sortons de la voiture. Je cherche aussitôt des yeux une issue et repère une porte de service menant à une cage d'escalier, ainsi qu'un ascenseur. Au pire, il me reste toujours la rampe d'accès…

Dommage que rien n'échappe à Hyden. Il semble anticiper le moindre de mes gestes, analyser le moindre de mes regards, comme me l'indique sa petite remarque suivante :

— N'oublie pas notre marché. Tu es censée m'écouter jusqu'au bout.

Il s'est adossé à la voiture, les bras croisés. Je vais me poster contre un pilier à quelques mètres de lui et adopte la même pose. Ça fait partie des astuces que j'ai retenues à force de vivre dans la rue. En mimant l'attitude de quelqu'un, on le met plus vite en confiance.

Est-il vraiment celui qu'il dit ? Avec les années, j'ai appris à me méfier de tout et de tous. En même temps, je ne vois pas pourquoi il s'amuserait à mentir. Qui voudrait se faire passer pour le fils d'un monstre ?

À moins qu'il ne cherche à m'amadouer.

— C'est bon, tu es enfin résolue à m'écouter ?

— Je ne sais plus qui croire… On m'a répété de ne faire confiance à personne.

— Hum… Je parie que c'est mon père qui t'a poussée à être aussi parano. Je sais qu'il communique avec toi. Dans ta tête.

Les cheveux se hérissent sur ma nuque.

— J'imagine qu'il t'a dit de ne faire confiance « à personne d'autre qu'à toi-même… et encore ». Un truc dans le genre. Je me trompe ?

Il ponctue sa question d'un haussement de sourcils.

L'entendre répéter quasiment mot pour mot les paroles du Vieux est un brin dérangeant. C'est encore pire que s'il m'avait vue toute nue.

— Comment tu le sais ?

— C'est ce qu'il avait aussi l'habitude de me dire. Mon père est un grand manipulateur. Il est très doué pour s'introduire dans la tête des gens et y insinuer le doute.

— Plus que tu ne l'imagines. Et pas seulement au sens figuré !

Je suis forcée de me rendre à l'évidence : Hyden ne ment pas. Aussi dingue que cela soit. Il est bel et bien le fils du Vieux.

— Il faut que tu restes indétectable. Et, pour ce faire, je te présente ton meilleur atout !

Il tapote le capot de sa voiture.

J'examine le véhicule de plus près. Il ressemble à un char d'assaut, en plus compact. La carrosserie est sans doute pare-balles, voire pare-bombes.

— En quoi ta voiture est-elle un atout ?

— Erreur, ce n'est pas seulement une voiture, c'est une véritable cage de Faraday. Mon bouclier. Et désormais le tien.

Je m'apprête à lui répondre lorsque le bruit étouffé d'un moteur nous interrompt. Un véhicule est en train de descendre jusqu'à notre niveau. D'instinct, je me rapproche de Hyden. Nos bras s'effleurent.

Réaction immédiate. Il bondit sur place, à croire que je viens de lui écraser un mégot sur la peau.

— Désolée. Est-ce que je t'ai… *fait mal* ?

Il ramène son bras contre son torse.

— Non. Ce n'est rien.

Je sens bien qu'il y a pourtant un truc qui cloche. Mais je n'ai pas le temps d'approfondir la question. Le véhicule pointe déjà le bout de son pare-chocs sur la rampe d'accès, accaparant toute notre attention. C'est une vieille camionnette déglinguée. Lorsqu'elle passe à notre hauteur, j'en profite pour jeter un coup d'œil à l'intérieur. Le conducteur est un Ender à l'allure de mécanicien. Un type du service d'entretien, j'imagine. Il nous lance un regard acéré avant d'aller se garer à l'angle diamétralement opposé.

Hyden attend que le type soit descendu et qu'il ait rejoint la porte de service pour déverrouiller les portières.

— Vas-y, grimpe.

Je m'exécute. Le temps que mes yeux se fassent à l'obscurité, il s'est installé côté conducteur.

— Tu vois ça ? fait Hyden en désignant les parois ultrarenforcées. C'est blindé. (Il cogne dessus.) Doublé de titane.

— Ça a dû te coûter un bras.

— Tout dépend. Tu donnes quel prix à ta vie ? me questionne-t-il, les yeux plantés dans les miens.

— Bonne question…

— Eh bien, sache que pour certains, tu as une valeur inestimable, m'apprend-il en détournant le regard. (Il tambourine nerveusement contre sa portière.) Ici, mon père ne peut pas accéder à ta puce.

Mon père. Un frisson me parcourt l'échine. Et dire que je suis assise juste à côté du fils du Vieux. Si je m'étais attendue à ça !

— À ton avis, qu'est-ce qu'il me veut ?

— Tu es unique, Callie. Comme tu le sais, ta puce a été modifiée, ton pare-crime désactivé. Résultat, un locataire peut se servir de ton corps pour tuer, ce qui est impossible avec un Metal lambda. En plus, tu demeures consciente tout au long de tes locations. Ma main à couper qu'il aimerait étudier ta puce !

— Écoute, je la lui donne avec grand plaisir ! Qu'on me retire ce machin de la tête ! Je ne demande pas mieux.

Hyden me considère d'un air grave.

— Si seulement c'était aussi simple…

Mon estomac se serre. Le type de l'entretien a disparu. Il a dû prendre l'escalier de service.

— J'ai tant de choses à t'expliquer, reprend Hyden. Mais je te préviens, ça va te paraître très bizarre.

— Qu'est-ce qui ne l'est pas, ces derniers temps ? J'entends des voix, j'ai une bombe à retardement logée dans le crâne. Et, cerise sur le gâteau, j'apprends que le seul moyen de ne pas me faire sauter la cervelle, c'est de rester planquée dans ce char d'assaut doublé de titane pour le restant de mes jours !

— Pas seulement. Le tout, c'est de se trouver en altitude ou en profondeur, de manière à brouiller le mouchard de ta puce. Comme ça, mon père ne peut pas détecter ton signal, aussi sophistiqués que soient ses appareils de traçage électronique.

— Il a pourtant réussi à me contacter quand j'étais en montagne... dans le chalet d'Helena.

— Je sais. J'ai pu traquer sa signature dans le neuro-espace.

— Le neuro quoi ?

— Je t'explique. Il s'agit du champ généré par les ondes des puces implantées dans le cerveau des Metals. Lorsque mon père cherche à entrer en connexion avec l'un d'entre eux, j'arrive parfois à y intercepter le signal qu'il émet. Une fois que je l'ai repéré, je m'arrange pour lui bloquer l'accès.

— Tu sais faire ça, toi ? Tu es quoi, un petit génie ?

— Avant même ma naissance, Brockman – mon père – travaillait déjà sur un projet ultrasensible : la mise au point d'une puce permettant le transfert de l'esprit dans un autre corps. Des tas de scientifiques s'intéressaient également à ça, de leur côté. D'après ma mère, je passais des heures dans le labo de mon père, à le contempler. Et puis, un soir d'été, avant même de savoir parler, j'ai pris un crayon et j'ai résolu une équation sur laquelle il butait depuis des jours.

— Sérieux ?

— Il se peut que ma mère ait légèrement exagéré les faits. (Il esquisse un sourire. Le premier depuis notre rencontre.) À partir de ce moment-là, je suis devenu la bête de foire de mon père, il me traitait comme son sujet d'étude. C'est moi qui ai réussi à boucler ses travaux de recherche. Ensemble, nous avons développé le projet pendant des années. Et puis, nous avons fini par nous disputer sur sa mise en pratique. Je rêvais de l'appliquer au domaine médical. Seulement, lui, il voulait en tirer un maximum d'argent.

— Dans ce cas, pourquoi ne pas avoir vendu le fruit de vos travaux au lieu de construire Prime Destinations ?

— Mon père avait besoin de Prime Destinations pour récolter les fonds nécessaires à la réalisation du projet. En outre, Prime a servi de publicité auprès des grands acheteurs potentiels.

— Tels que ?

— Les gouvernements étrangers, les organisations terroristes, et j'en passe.

— Il serait prêt à trahir son pays ?

— Sans la moindre hésitation. Il ne pense qu'à lui. À part sa petite personne, le reste ne compte pas. Voilà pourquoi tu dois absolument rester hors de sa portée.

Il éveille soudain mes soupçons.

— Je ne peux pas rentrer chez moi, c'est ça ?

— Je regrette, mais tu n'as pas franchement le choix.

— Mais que va devenir mon petit frère ? Et Michael ?

— Pour commencer, ils seront moins en danger loin de toi. Tu es une cible ambulante. Mon père serait prêt à tout pour te capturer.

— Pas question de les abandonner !

Il sort de sa poche un paquet de pastilles à la menthe, en met une dans sa bouche, puis m'en tend une dans sa paume. J'ai la bouche sèche et l'accepte avec gratitude, la laissant fondre sur ma langue.

— Et s'ils partaient se réfugier dans ton chalet de montagne ? Ils y seraient en sécurité…

— Tu sembles oublier une chose : le Vieux a retrouvé ma trace, là-bas. Ça ne l'a pas empêché de s'infiltrer dans ma tête.

Hyden plisse les yeux.

— Il connaissait le numéro d'identification de ta puce, numéro qui lui permet de te contacter plus facilement. C'est un code unique. En revanche, le reste des numéros a disparu dans la démolition de Prime Destinations.

— Comment expliques-tu alors qu'il ait réussi à contrôler Reece ?

— Il a retrouvé le signal de sa puce via un scanner.

— Un scanner ? Comme ça, au pif ?

— Il se concentre sur certaines zones, à la recherche de Metals. Je sais aussi le faire, mais ça prend du temps.

— Tu veux dire qu'il utilise une sorte de détecteur de métal ?

Je me figure une machine que j'ai vue dans un vieux film.

— Oui, mais nous parlons là d'un appareil ultrasophistiqué. (Il hésite un instant avant de reprendre.) Bon, maintenant que tu connais ma véritable identité et qu'on a éclairci deux ou trois points, je crois que tu es prête à entendre la suite.

Parce qu'il y a une suite ?...

— Je t'écoute.

— J'ai déjà pris l'initiative de faire transférer Michael et Tyler au chalet.

— Tu as fait quoi ?

— Avec Eugenia. (Il consulte sa montre.) Ils devraient y être à l'heure qu'il est...

Mais alors que je suis sur le point de lui demander des précisions, une soudaine envie de dormir me saisit. Un besoin irrépressible. Comme si je pouvais dormir pendant... un siècle.

5.

Je suis en plein rêve. Je le sais car c'est un rêve que j'ai déjà fait. Sauf que, cette fois-ci, la fin est différente. Je me trouve dans un café, installée à une table près d'une fenêtre, au fond de la salle pour mieux pouvoir surveiller l'entrée – un truc que j'ai retenu des westerns qu'on regardait avec mon père. Je fixe la porte du regard, mais elle reste résolument fermée.

Sans transition, j'atterris dans notre ranch, dans la Vallée. Avant la naissance de Tyler. Mon père me câline sur le canapé, un vieux plaid écossais jeté sur nos jambes. Dans la cuisine, ma mère est en train de préparer du popcorn salé et l'odeur vient me chatouiller les narines jusque dans le salon. Papa a emprunté un film vintage, un vieux western justement, qu'on visionne sur notre airécran.

Mon père part de son rire chaleureux, il se moque des cow-boys et de leur manière de manier le revolver.

— Ah là là, ce n'est pas du tout comme ça qu'on s'y prend !

À cet instant, une arme se matérialise dans sa main. Il me montre alors comment enrouler mes doigts autour de la crosse et m'aide à la braquer sur l'airécran.

— Tiens-le comme ça, ma grande.

Je serre mes petits doigts autour de l'énorme pistolet, qui pèse une tonne. Puis, je presse la détente et l'acteur s'effondre dans la poussière, une balle en plein cœur. Je pousse un cri d'effroi.

— Je l'ai tué, p'pa ! Je l'ai tué !

En guise de réponse, mon père éclate de rire.

Une secousse me tire de mon rêve. En rouvrant les paupières, je m'aperçois que je suis toujours assise dans le 4 × 4.

— Tu as fait une bonne sieste ? me demande Hyden au volant, sans quitter la route des yeux.

— Je... je me suis endormie ?

— Tu étais épuisée. Toutes ces aventures...

Engourdie, je m'aperçois que je ne reconnais pas du tout le coin. On est à l'évidence dans une zone industrielle. Un océan d'asphalte désert au milieu duquel est planté un ensemble d'entrepôts plongés dans le silence. On s'engage maintenant dans une allée bordée de hangars.

— On est où ?

— On arrive chez moi. Dans mon centre de recherche.

Je suis encore toute groggy. De quoi parlait-on au juste, avant que je pique du nez ?

Hyden avance la voiture jusqu'à l'arrière d'un grand bâtiment rectangulaire dépourvu de fenêtres, et s'arrête devant un lourd rideau métallique. Un faisceau laser rouge scanne la plaque d'immatriculation, puis le panneau coulisse pour révéler un garage bien ordonné. Ni vélos ni jouets stockés là. Rien que d'étranges outils et quelques conteneurs en métal. La voiture s'engouffre à l'intérieur et le rideau redescend aussitôt derrière nous.

J'attends qu'il ait coupé le moteur pour ouvrir ma portière. Hyden m'arrête en plein élan.

— Attends. Ne bouge pas.

— Pourquoi ?

— Je préfère faire un tour avant.

— Mais on est chez toi, non ?

— Oui. N'empêche, on n'est jamais trop prudent, rétorque-t-il en descendant.

Il se lance alors dans une inspection poussée du garage, examinant les moindres recoins tout en faisant courir un dispositif le long des parois et derrière chaque conteneur, sans doute à la recherche d'éventuels micros planqués. Sur un mur, je reconnais un capteur de chaleur humaine. Un point rouge se déplace en clignotant sur le moniteur pour signaler la présence de Hyden. L'appareil ne détecte aucune autre présence, pourtant Hyden s'obstine à fouiller chaque centimètre carré. Sans rien oublier.

Puis il décroche un ancien système de communication suspendu au mur, appuie sur un bouton et prononce quelques mots, après quoi il revient vers le véhicule.

— C'est bon, la voie est libre. Tu peux sortir.

Il me conduit jusqu'à une porte blindée et tape un code sur un petit boîtier fixé au mur. La porte s'ouvre dans un lourd crissement sur une cabine d'ascenseur. J'ai l'impression d'être sur le point de pénétrer dans la caverne d'Ali Baba.

À mesure que l'ascenseur descend, l'air se refroidit. Ce qui achève de me réveiller. Bien que je ne sois pas du genre claustrophobe, l'idée de m'enfoncer à une telle profondeur me plaît moyennement.

Sensible à ma nervosité, Hyden m'adresse un léger sourire, l'air de me dire de ne pas m'inquiéter, que tout va bien se passer.

Les portes de l'ascenseur se rouvrent sur un couloir. Tout au bout, une autre porte en acier donne sur un vaste laboratoire sombre. De petites lampes diffusent des taches de lumière par endroits, comme dans une salle d'exposition. Un moniteur est suspendu à chaque angle, en hauteur. Un fatras de composants divers et variés occupe l'espace – des bouts de métal déformés, de longs polytubes reluisants où s'agitent de petites diodes de couleur. En y regardant de plus près, les taches colorées représentent de minuscules formes géométriques changeantes. Bref, pour faire court : j'ai atterri au paradis des geeks.

À l'autre bout de la salle, dos à nous, un homme se tient voûté au-dessus d'un bureau. Il porte une longue crinière blanche, ébouriffée. Sa silhouette ne m'est pas inconnue. Non ! Impossible ! Serait-ce… ?

L'Ender se retourne alors, confirmant mes soupçons. Malgré la pénombre, je le reconnais tout de suite.

— Redmond !

J'ai presque envie de lui sauter au cou, mais cela semblerait bizarre. Je me contente de le rejoindre en pressant le pas, les bras ballants.

— Callie, fait-il de son accent britannique pincé. Quel accueil ! Nettement préférable au dernier que tu m'as réservé. Tu te rappelles ? La fois où tu m'as braqué un pistolet sur la tempe ?

Je sens mes joues s'empourprer.

— Sans rancune, ajoute-t-il d'un ton taquin.

— Le Vieux ne vous avait pas kidnappé ?

— Eh bien, non. Hyden est venu me trouver, répond-il en adressant un regard à ce dernier. Lorsqu'il m'a expliqué son combat, j'ai signé des deux mains ! La paye est bonne, et ça ne me dérange pas de travailler pour un petit génie.

Hyden hausse les épaules dans une tentative peu convaincante d'humilité.

— Si le Vieux ne vous a pas enlevé, alors qui a mis le feu à votre laboratoire ?

— Moi-même, rétorque Redmond. Nous avons préféré détruire toute trace de mes travaux.

Je repense à la boîte métallique où l'ingénieur m'avait laissé un objet – la clé informatique contenant ses observations sur la procédure de modification de ma puce et autres détails techniques. J'ignore s'il en a parlé à Hyden. De toute façon, je n'ai aucune raison d'aborder le sujet. Cette clé, c'est une sauvegarde avant tout, en cas de complications avec ma puce.

— Donc vous faites équipe ? lancé-je. Vous avez fait des progrès ? Trouvé comment extraire la neuropuce, par exemple ?

Hyden a beau m'avoir déjà fourni une réponse négative, je ne peux pas m'empêcher de poser la question une nouvelle fois.

Redmond secoue la tête négativement.

— Je n'ai pas beaucoup avancé de ce côté-là.

À propos de la puce… Je repense soudain à mon frère. Hyden ne m'a-t-il pas dit quelque chose avant que je tombe dans les bras de Morphée ? Oui, ça y est, je me souviens : le chalet d'Helena !

Furieuse, je pivote face à lui.

— Tu peux m'expliquer pourquoi tu as envoyé tout le monde à la montagne ? Mon frère, Michael, et même Eugenia !

— Ernie, mon garde du corps, a veillé lui-même au transfert, réplique Hyden en guise d'excuse. Tout s'est bien déroulé.

— C'est encore là qu'ils sont le moins en danger, intervient Redmond. À cette altitude, le Vieux ne peut accéder à une puce dont il ne connaît pas le numéro d'identification.

Que Redmond adhère à ce plan me soulage… un chouia.

— Un peu comme le réseau téléphonique d'autrefois ? D'après ce qu'on raconte, ça passait très mal en montagne.

— Exactement, dit Redmond.

— Callie, on n'avait plus le temps…, se justifie Hyden. Quand j'ai compris que mon père pouvait faire exploser les puces sur simple signal, j'ai dû prendre les mesures nécessaires. Pour assurer ta protection et celle de ta famille.

Je n'ose pas y penser : mon frère, perdu au cœur des montagnes de San Bernardino !

— Je n'ai même pas eu l'occasion de lui dire au revoir.

— Je sais. Du coup, je t'ai réservé une petite surprise. (Il me conduit auprès d'un airécran.) C'est exceptionnel, sache-le. On ne pourra pas prendre à nouveau ce risque – moins on émettra de signaux, mieux ce sera. Mais va pour cette fois. Je me doutais que tu voudrais t'assurer de leur bien-être par toi-même.

Il m'avance un siège devant l'écran. Puis il appuie sur une icône et le visage de Tyler s'affiche instantanément.

— Tyler !

— Callie-Coquine !

Je reconnais la tapisserie derrière lui. Il est dans le salon du chalet.

— Il est tard, chéri. Tu devrais déjà être au lit.

Michael apparaît à ses côtés.

— Je l'ai autorisé à rester debout, pour te voir.

— Ouf ! Tu es là toi aussi. Et Eugenia est avec vous ?

— Oui, on est tous ensemble, répond Michael. Et maintenant, on va bien.

— Comment ça, *maintenant* ?

— Ben, c'est vraiment bizarre, Callie. On était à la maison, tranquilles. L'instant d'après, on se réveille dans ce chalet. Sans se rappeler comment on est arrivés là. Et puis, ce type, Ernie, se ramène et…

— Tu t'es jeté sur lui ! intervient Tyler.

— Que voulais-tu que je fasse ? Un mec louche qui se pointe comme ça…

— Un Middler, Callie ! s'écrie Tyler en sautant sur place.

— Laisse parler Michael, lui dis-je.

— Merci. Donc ce type nous explique pourquoi on est plus en sécurité ici, mais pas comment on est arrivés là…

— On a été kidnappés, souffle Tyler sur ce ton mi-sérieux, mi-rieur que seuls les enfants savent adopter.

J'interroge Hyden du regard. Il hausse les épaules, l'air de dire qu'il n'avait pas eu d'autre choix. Puis il tapote sa montre pour me rappeler que l'horloge tourne.

— Je ne peux pas trop rester, Tyler… Sois sage et obéis bien à Michael, d'accord ?

L'image se brouille déjà et leur visage disparaît. Face à moi, un écran vide.

— Désolé de t'avoir pressée, s'excuse Hyden. Mais je préfère qu'on soit prudents.

Je me lève aussitôt et me campe face à lui, les mains sur les hanches. Il esquisse un pas en arrière.

— Alors, comme ça, tu as drogué ma famille ?

— Ernie leur a sans doute administré un léger somnifère pour les empêcher de paniquer. N'oublie pas que le temps comptait. Il fallait qu'ils quittent la maison sans plus tarder.

— Moi aussi j'ai été droguée, hein ? Je ne me suis jamais endormie en voiture. C'était… le bonbon à la menthe ?

— Aujourd'hui n'est pas un jour comme les autres. Il fallait tous vous mettre à l'abri. Mission accomplie. Tyler est en sécurité et toi aussi !

— Ne me refais jamais plus ce coup-là. Ni à moi ni à ma famille. La prochaine fois, essaie de me parler avant de m'endormir comme un cheval.

— Désolé. Je comprends ta réaction. Ça ne se reproduira pas.

Ses épaules s'affaissent. Soit il est sincère, soit il joue la comédie avec un talent exceptionnel. Je regarde fixement l'airécran. J'ai tellement envie de revoir le visage souriant de Tyler. J'ai maudit cette fichue puce en un millier d'occasions. Aujourd'hui, c'est encore pire. À cause d'elle, mon petit frère et moi sommes à nouveau séparés.

— Je ne peux vraiment pas aller les rejoindre ?

— Ils sont moins en danger loin de toi, me répond Hyden. N'oublie pas que le Vieux cherche désespérément à t'attraper.

— Combien de fois vais-je encore devoir dire adieu à mon petit frère ?

Je scrute l'écran dans l'espoir illusoire qu'il se rallume.

Hyden se tait un instant.

— Il est tard. Tu dois être crevée.

Je me frotte le visage, ses paroles me rappelant le rythme infernal de ces dernières quarante-huit heures.

— Et je dors où ?

Il sourit et m'escorte jusqu'à la section logement, qui s'avère d'une simplicité déconcertante. Ma chambre, comme celles des autres, est toute petite et ne contient que le strict minimum. Un lit, un minuscule bureau et une cabine de douche.

— Ce n'est pas un quatre étoiles, reconnaît Hyden. Comme tu peux le constater, je dépense tout l'argent en matériel informatique. En plus, on ne reste jamais trop longtemps au même endroit, pour des raisons de sécurité.

— Ça ne doit pas être évident…

— Tu sais ce que c'est. Déménager du jour au lendemain en abandonnant tout derrière soi. Vivre dans la peur constante d'être capturé.

À ces mots, un flot de souvenirs de l'année passée m'envahit – sac de couchage à même le sol, bureaux empilés en guise de forteresse… et puis les marshals qu'on fuyait sans cesse.

— Hyden, tu crois qu'on est combien de Metals en tout ?

— Mon père en a sans doute une cinquantaine avec lui. Ce qui veut dire qu'il en reste une cinquantaine également éparpillée dans la nature.

— Tu as entendu parler d'une Starter prénommée Emma ?

Il secoue la tête.

— Ça ne me dit rien, non. Tu es à sa recherche ?

— J'ai promis à Helena de la retrouver. C'est sa petite-fille.

— Ah… Tu sais, Callie, parfois certaines personnes ne désirent pas qu'on les retrouve.

Ce soir-là, je rêve que je suis dans un pré, en pleine nuit, au milieu de grandes herbes m'arrivant à hauteur de la taille. En face de moi, un arbre imposant. Un immense arbre rouge sang.

Le Vieux surgit de derrière le tronc. Les pixels sur son masque dansent et se pourchassent entre eux dans un grésillement, tout en émettant un halo bleu.

— Callie. Où étais-tu passée ? me demande-t-il de sa voix électronique qui me met si mal à l'aise. Tu m'as beaucoup manqué.

— Je croyais que vous étiez parti.

— Non. Je suis juste là, Callie. Près de toi. Tu le sais. Je ne partirai jamais.

Il s'avance dans ma direction. Effrayée, je fais quelques pas en arrière. À son tour, Hyden jaillit de l'herbe haute, près de l'arbre. Je crois tout d'abord qu'il est là pour me porter secours. Toutefois, il reste au côté de son père, qui se rapproche inexorablement de moi.

— Jamais nous ne partirons, annonce Hyden d'une voix sombre.

Et à mesure qu'ils approchent, je ne distingue plus que les pixels bleus.

6.

À mon réveil, il me faut quelques instants pour me rappeler où je suis. Le centre de recherche clandestin de Hyden. J'ai une migraine terrible, peut-être à cause du sédatif qu'il m'a administré à mon insu. Ou bien c'est la micropuce qui fait des siennes, une nouvelle fois.

Ces derniers temps, j'ai tendance à rejeter sur elle tous mes problèmes. Quand on a un objet aussi intrusif logé dans le crâne, on n'est jamais à l'abri des effets secondaires.

Je roule hors du lit et file me doucher. Il faut que j'arrive à voir Redmond en tête à tête. J'ai besoin de lui toucher un mot.

Mais il n'est pas au laboratoire. Seul dans la salle, Hyden est occupé à taper des lignes de codes sur un airécran. Avant que j'aie le temps de m'éclipser, il remarque ma présence et me fait signe d'approcher.

Tout autour de lui, un méli-mélo de tubes transparents flotte dans les airs comme par miracle ; à l'intérieur s'écoule un genre de plasma bizarre.

— Qu'est-ce que tu fais ?

— J'essaie de te fabriquer un bouclier magnétique.

— Pour neutraliser le détecteur de ma puce ?

— Oui. Mais ne t'emballe pas trop vite. Ça peut prendre un certain temps.

Il s'écarte de l'écran.

— Redmond m'en avait posé un, me rappelé-je en me palpant l'arrière du crâne. Mais il devait être seulement temporaire. Je le sens encore qui affleure.

Le rêve de la nuit dernière refait soudain surface. Puis-je vraiment accorder ma confiance au fils du Vieux ? Je repense au vieux dicton de ma mère : « La pomme ne tombe jamais loin de l'arbre. » De toute évidence, Hyden a hérité du génie informatique de son père. Qu'est-ce que le Vieux lui aura transmis d'autre ? Là est la question...

Il m'adresse un regard étrange.

— Je te rends nerveuse ?

Suis-je si facile à déchiffrer ?

— Je sais ce que tu penses, poursuit-il. À ton réveil, tu t'es demandé ce que tu fichais avec le fils de ton pire ennemi. Flippant, non ?

Je lui réponds par un silence qui en dit long.

— Les choix malheureux de mon père ne font pas de moi un monstre... Depuis que j'ai découvert sa vraie nature, je consacre toute mon énergie à ne pas lui ressembler.

— Les fils ne marchent-ils pas forcément dans les traces de leur père ?

— Eh bien, il va alors falloir que tu me surveilles de près. Histoire de t'assurer que je ne glisse pas du côté obscur ! Tu sais, Callie, je travaille vingt-quatre heures sur vingt-quatre pour trouver un moyen de le stopper.

Hyden se sent coupable. Forcément. Sans sa contribution déterminante, son père n'aurait jamais mis au point le processus de transposition. Et nous n'en serions pas là aujourd'hui.

— À présent, on manque cruellement de temps, ajoute-t-il. Avec l'attentat, le Vieux est passé à la vitesse supérieure.

Je fixe du regard l'un des tubes qui flottent près de son visage. Un arc-en-ciel de couleurs danse à l'intérieur.

— Je ne comprends pas pourquoi ton père a supprimé Reece. Les Metals ne sont pas légion, et ce n'est pas comme s'il pouvait en « fabriquer » d'autres.

— Le jeu en valait la chandelle. Il a voulu mettre le paquet pour te terroriser et te forcer à le rejoindre. Et il a bien failli parvenir à ses fins.

En me tournant je fais tomber une feuille par terre. Nous nous baissons tous les deux en même temps, et nos mains se frôlent. Hyden s'écarte d'un bond en retirant son bras. Puis il ferme les paupières comme pour faire passer la douleur.

— Ça va ? lui demandé-je, me remémorant la scène dans le parking souterrain.

— Oui, ce n'est rien, rétorque-t-il d'une voix qui sonne faux.

Il prend une grande inspiration. Un instant plus tard, il rouvre les yeux et une bouffée d'embarras lui échauffe les joues.

— Ne t'en fais pas, ajoute-t-il en évitant mon regard.

— Désolée, je ne l'ai pas fait exprès. Qu'est-ce qui ne va pas, Hyden ? Qu'est-ce qui est arrivé à ton bras ?

Il me scrute en remuant les lèvres, comme s'il cherchait à s'expliquer mais ne trouvait pas les mots justes. Finalement, il choisit l'esquive.

— Navré, je dois y aller, lâche-t-il en quittant la salle au pas de course.

Gênée, je me frotte la nuque. Mince alors, je suis d'une maladresse !

Distraite par cet incident, je mets un instant à me rappeler ce qui m'a amenée ici en premier lieu. Ah oui, Redmond ! Il faut que je lui mette la main dessus. Où peut-il bien se trouver ?

D'un rapide coup d'œil, je vérifie qu'il n'est pas dans la chambre stérile. La pièce est vide. De retour dans le vestibule, après avoir fureté dans les couloirs, je me triture les méninges : où un scientifique se cache-t-il lorsqu'il n'est pas dans son laboratoire ? Pile à cet instant, une délicieuse odeur de café torréfié me titille les narines. Elle me guide jusqu'à la cuisine.

L'endroit est fonctionnel, pour ne pas dire spartiate, mais vaste. Assis dos à moi, Redmond sirote une tasse encore fumante.

— Bonjour, Callie, me salue-t-il sans se retourner.

— Ma parole, vous avez des yeux dans le dos !

— Ton pas est beaucoup plus léger que celui de Hyden ou d'Ernie. Et puis, je m'attendais plus ou moins à ta petite visite, lance-t-il en pivotant vers moi, le sourire aux lèvres. Une tasse ? me propose-t-il en brandissant la cafetière.

— Oui, merci. (Je jette un œil sur le plan de travail orné d'une rangée de pots en verre contenant toutes les céréales possibles et imaginables.) Je croyais que vous, les Britanniques, ne buviez que du thé.

Je me sers une tasse de café et y ajoute un nuage de lait.

Redmond pose son index sur ses lèvres.

— Chut ! Ne le répète pas à la reine, plaisante-t-il, pince-sans-rire. Dis-moi, j'ai entendu que tu avais pris tes quartiers chez Helena ?

— Elle m'a légué sa maison. Du moins, la moitié. L'autre reviendra à sa petite-fille, une fois que je l'aurai retrouvée.

— Emma. Je la connais, tu sais. Je l'ai rencontrée à plusieurs reprises. Ainsi que sa mère.

Il baisse la tête, l'air chagriné.

— Désolée, soufflé-je en aspirant mon café.

La mère d'Emma – autrement dit la fille d'Helena – serait une Middler, si elle était encore en vie. À chaque fois qu'on évoque cette génération sacrifiée, un sentiment de mélancolie s'empare des gens. J'ignore si Redmond était proche de cette femme. En revanche, une chose est certaine : le simple fait d'évoquer la perte d'un Middler ravive le souvenir douloureux de ceux que chacun d'entre nous a perdus pendant la Guerre des Spores. Cette conversation menace de nous rendre tristes tous les deux. Il n'est pas question que je laisse Redmond nous entraîner sur cette pente glissante.

Je préfère revenir à la question qui me taraude.

— Au fait, quel genre de fille est Emma ?

— Dans cette famille, les femmes sont de véritables têtes de mule. C'est sûrement dans leurs gènes ! Surtout Emma. Elle voulait changer le monde et s'en croyait capable. Bref, une Starter dans toute sa splendeur !

— On ne sait jamais, Redmond, mais s'il vous arrivait un jour de la croiser, il faudrait l'avertir du décès de sa grand-mère. Et de l'héritage qui l'attend. Vous y penserez ?

— Si *jamais* je la rencontre, je n'y manquerai pas, me promet-il, le regard plongé dans son café. Alors, tu te plais chez Helena ?

— C'est une demeure superbe. Et j'ai un peu l'impression de ressentir sa présence.

— C'était un sacré bout de femme ! Elle s'était mis en tête de sauver les Starters, coûte que coûte... Si seulement elle avait su que le Vieux, cet homme qu'elle détestait plus que tout, avait un fils, un Starter partageant le même but qu'elle !

Hyden, l'énigmatique. Si difficile à cerner.

— Dites, Redmond, il a un problème au bras ?

— Ah, s'il n'y avait que son bras !

Je suis perplexe.

— Ce n'est pas à moi de vendre la mèche, enchaîne-t-il. Je préfère le laisser t'en parler en premier.

— Il s'est blessé ?

— Tant que tu ne le toucheras pas, tout se passera bien. Une fois, j'ai frôlé sa main sans le faire exprès. Il lui a fallu une semaine pour à nouveau se détendre en ma compagnie.

— Et pourtant il vous fait confiance, non ?

— Ni plus ni moins qu'à n'importe qui d'autre...

Ce qui me rappelle la phrase du Vieux.

— Vous connaissez son père ?

— Difficile de ne pas le connaître. Sa réputation le précède. Mais je ne l'ai jamais rencontré. J'ai surtout entendu parler de ses intentions. Si un jour il arrive à mettre à nouveau la main sur la technologie de la neuropuce, il n'aura aucun scrupule à vendre le produit au plus offrant – régime totalitaire, organisation terroriste... Voilà pourquoi j'ai accepté de vivre terré comme un animal.

— Et si on lui coupait l'herbe sous le pied ? Il suffirait de réunir l'ensemble des Metals, et de trouver un moyen d'extraire la puce de notre crâne, du moins de la rendre inutilisable !

— Impossible. Il faut trouver une autre contre-attaque.

— Et pourquoi ne pas avertir directement le gouvernement et le laisser régler le problème à notre place ?

— Hyden ne fait aucune confiance aux autorités. Je partage plutôt son avis. Quand on pense à la manière dont le gouvernement traite le problème des Starters sans famille ! En les enfermant dans des instituts !

Il n'a pas complètement tort.

— Redmond, quelqu'un qui chercherait à se connecter à ma puce devrait d'abord avoir accès à la technologie, hein ? Or seuls Hyden et son père la possèdent, n'est-ce pas ?

— Pour autant que je sache, oui.

Je repense à la voix qui s'est adressée à moi, le jour de la démolition spectaculaire de Prime Destinations. On aurait vraiment dit celle de mon père… Mais je ne vois pas comment il aurait eu accès à ma puce. Je dois faire fausse route. Redmond vient de me convaincre, une fois encore : la personne qui m'a parlé ce jour-là n'était pas mon père.

Un peu plus tard, je retrouve à nouveau Hyden dans son laboratoire. Il est occupé à résoudre une série d'équations sibyllines. Je lui demande de m'accorder quelques instants en tête à tête, Redmond étant aussi dans la pièce.

Hyden se lève et me conduit dans une salle de conférence. On s'installe autour d'une table ovale.

Au milieu trône une plante luxuriante éclairée par une lampe horticole.

— J'adore venir ici pour réfléchir. Et pour parler en privé, déclare-t-il en ouvrant un tiroir d'où il sort deux Maxitruffes. Tiens, tu m'as l'air d'avoir besoin d'un petit remontant.

Il m'en lance une, veillant à ne pas me toucher.

— Tu voulais me parler de quoi ? me demande-t-il ensuite en déballant le chocolat.

— Ne t'inquiète pas, ce n'est pas à propos de toi. (Je triture nerveusement ma Maxitruffe.) Ton père... ton père s'est fait passer pour le mien.

Hyden ouvre de grands yeux ronds.

— Quand ça ?

— Le jour de la destruction de la *Banque des Corps*. Il a imité sa voix. Il connaissait même notre code secret.

— On ne sait jamais à quoi s'attendre avec lui. Il est capable de tout. Ce n'est pas très compliqué de recréer une voix de synthèse. Il lui suffisait de trouver un enregistrement de ton père sur les Pages et d'extrapoler à partir de là. Il a sans doute fait ça pour te déstabiliser.

Un flot d'images me submerge alors, papa à la pêche, papa parlant à la caméra... Seuls les plus vieux des Enders ne ressentent pas le besoin de laisser des traces de soi accessibles à tout le monde.

Après un moment de réflexion, Hyden reprend.

— Quel était le travail de ton père ?

— Il était ingénieur. Il faisait partie de l'équipe qui a conçu la lampe de poing.

Je défais l'emballage de ma Maxitruffe.

Hyden se penche en avant, l'œil pétillant.

— La lampe de poing ? C'est énorme ! Et il travaillait sur quoi d'autre ?

— Je ne sais pas. Il ne se confiait pas beaucoup sur son boulot. Si on lui posait des questions, il se mettait aussitôt à plaisanter, prétextant que ce n'était pas digne d'intérêt. Puis il changeait de sujet, se mettait à parler de cinéma. Les vieux films, c'était sa passion. (Je prends une profonde inspiration.) Il n'avait jamais connu ses parents, et ma mère avait perdu les siens dans un accident de voiture. Elle avait la trentaine quand elle m'a eue. Après, les spores me l'ont enlevée.

— Je suis désolé.

Je hausse les épaules.

— Que veux-tu, on ne sait jamais ce que la vie nous réserve.

Je revois le visage de ma mère et une tristesse infinie s'empare de moi. Je me sens sur le point de fondre en larmes. Sur ma langue, le chocolat a un goût amer.

— J'ai vu la spore se poser sur son bras, murmuré-je. Ce jour-là, mon univers s'est effondré…

— Je vois ce que tu veux dire.

Nos regards se croisent un instant. Je sais que c'est sa manière à lui de m'apporter son soutien. C'est le genre de situation où n'importe quel être normal poserait la main sur votre bras, vous offrirait une épaule sur laquelle pleurer, vous serrerait fort contre lui. Mais pas Hyden. Je déglutis avec peine et tente de changer de sujet.

— Tu détestes les Enders, je me trompe ? À part, Redmond, évidemment.

— Pas tous. Seulement ceux qui font les lois, les lois qui décrètent que les Starters ne peuvent pas travailler et doivent être emprisonnés dans des instituts. Ne comprennent-ils pas qu'ils nous condamnent à la misère ?! s'exclame-t-il en secouant la tête avant de plonger son regard dans le mien. Toi aussi, tu devrais les haïr. Après tout ce qu'ils t'ont fait subir. À cause d'eux, tes parents sont morts, tu t'es retrouvée à devoir vivre dans la rue.

— Oui et non. J'ai appris à relativiser. (Je chiffonne l'emballage.) Certains d'entre eux, oui. Je me fais une raison. S'ils ont agi comme ça, c'est par peur. Peur de vieillir sans un sou. Ils ont pris les mesures nécessaires afin de conserver leurs emplois…

Hyden avale la dernière bouchée de Maxitruffe avant de se frotter les mains l'une contre l'autre pour en chasser les miettes.

— Si tu pouvais changer un truc dans ta vie, Callie Woodland, tu choisirais quoi ?

— Récupérer ma famille.

— Je pensais plutôt à un vœu réalisable… Quant à ta famille, tu vas devoir en construire une autre à partir de ce qu'il te reste. Comme nous tous.

Au moins, estime-toi heureuse d'avoir encore ton frère.

Tyler, mon fragile rayon de soleil.

— J'aimerais qu'il puisse vivre en paix. Dans un foyer sûr, sans avoir à craindre de se faire enlever par ton père, ou par qui que ce soit d'autre. J'aimerais qu'on nous retire cette saleté de puce du crâne. Ce serait déjà un bon début.

— Je ne peux rien te promettre, répond Hyden en baissant la tête. Peut-être que vous pourriez vous contenter de vivre au jour le jour. Pour le moment, vous êtes en sécurité.

— Non. Je ne trouverai pas le repos tant qu'on sera des Metals.

Hyden fait la moue.

— Quoi ? Tu penses que je demande la lune ?

— Je n'ai rien dit de tel, Callie…

— Tu ne sais pas ce que ça fait de sentir ce corps étranger dans ton crâne, de s'attendre à tout instant à ce qu'une immonde crapule comme ton père s'infiltre dans ta tête ! Je vis avec la peur au ventre. Tu comprends ça ? Parfois, je suis tellement à cran que j'ai bien envie de me l'arracher à mains nues, cette putain de puce !

— Callie, tes mots dépassent ta pensée !

— En tout cas, je suis prête à passer sur le billard, quels qu'en soient les risques.

— Tu sais bien qu'on n'a pas encore réussi à extraire la moindre puce avec succès. Non pas que

Redmond ait essayé sur des humains, mais il s'est exercé sur des cobayes. À ce jour, pas un seul n'a survécu à l'opération.

— Tais-toi ! J'ai besoin de me raccrocher à un espoir, même infime. (Je lance la petite boule de papier dans la poubelle.) J'ai besoin de croire qu'un jour, Tyler et moi, on n'aura plus cette chose dans le crâne. Que le Vieux nous fichera la paix une bonne fois pour toutes. Et je te parie que je ne suis pas la seule Metal à penser ça.

Mon regard s'arrête sur la plante au centre de la table. Ma vision se trouble tout à coup.

— Callie ?

La voix de Hyden semble très lointaine.

Je revis un souvenir d'Helena. Elle est à Prime Destinations. Sous ses yeux, des hologrammes de donneuses, autour desquels gravitent les termes « skieuse », « snowboardeuse », « danseuse étoile ». J'entends la voix de Tinnenbaum, le directeur commercial de la boîte, vantant les mérites de ces jeunes filles à sa potentielle locataire. Un flot d'émotion inonde Helena.

Ces visages souriants – elles ne savent pas dans quel pétrin elles se sont fourrées. Il faut les sauver !

Le souvenir s'estompe bientôt. Mais la résolution d'Helena, elle, subsiste, plus forte que jamais. Je sais désormais ce qu'il nous reste à faire.

— Il faut partir à la recherche des autres Metals !

Hyden me fixe d'un air confus, à croire que je parle une autre langue. Je détourne mon regard.

À présent, la situation m'apparaît claire comme en plein jour.

— Il faut retrouver les autres donneurs et les mettre à l'abri.

— Où ça ? fait-il en parcourant la salle des yeux. Tu veux dire ici ?

— Tu as une autre suggestion ? C'est l'endroit idéal. C'est spacieux et en plus en sous-sol. Ces Metals que nous réunirons, le Vieux ne pourra plus les contrôler, leur faire sauter la cervelle ou les utiliser à des fins diaboliques. Le temps que Redmond et toi trouviez une alternative, ça reste de loin la meilleure solution.

Hyden croise les mains derrière sa nuque, renverse la tête en arrière et contemple un instant le plafond en silence.

— Ce n'est pas l'espace qui manque, concède-t-il. Par contre, on aura besoin de quelques meubles supplémentaires.

— Tu m'as dit qu'on pouvait localiser les Metals à l'aide d'un scanner. Montre-moi comment ça marche.

On retourne dans le laboratoire où Redmond est toujours affairé. Hyden s'installe face à son airécran et se met à actionner les icônes. Une carte de Los Angeles et de ses environs s'y affiche, à laquelle se superpose un quadrillage.

Les yeux plissés, il manipule l'image, zoomant sur différents secteurs de la ville. Pour finir, il s'arrête sur un quartier en particulier où clignote un voyant rouge. S'aidant du quadrillage, il relève les coordonnées du point.

— Qu'est-ce que c'est ?

— Peut-être un Metal.

— On dirait que ce n'est pas trop loin, allons-y jeter un œil.

— Minute, Callie. Tu n'as quand même pas l'intention de foncer tête baissée, sans plan préalable ? Comment savoir si on peut faire confiance à ce Metal ? Je suis censé accueillir un inconnu chez moi ? Tout mon matériel de recherche se trouve ici !

— S'ils sont tous comme moi, ils ne comprendront rien à tes recherches et n'en auront sans doute rien à faire. Mais si ça t'inquiète tant, tu n'as qu'à fermer ton laboratoire à clé. Le problème est résolu.

Il n'a pas l'air convaincu. Je ne baisse pas les bras pour autant.

— Imagine que tu aies trouvé Reece avant ton père : elle serait toujours en vie à l'heure qu'il est. Je crois que ça vaut la peine de prendre quelques risques. Des vies sont en jeu !

Hyden se frotte la nuque, aux prises avec lui-même.

— Je ne te promets rien. Commençons par faire l'essai avec un seul Metal. Après, on verra.

Je retiens un sourire de soulagement et me contente de jubiler en mon for intérieur.

— On va avoir besoin d'un coup de main. (Il dégaine alors son portable et envoie un Zing.) Je ne sais pas trop, Callie.

Je vois bien qu'il hésite encore.

— Ton père n'est-il pas en train de récupérer tous les Metals, un à un ? Tu n'as pas envie de le battre à son propre jeu ?

Ses yeux s'étrécissent. J'ai semble-t-il tapé en plein dans le mille.

Moins d'une minute plus tard, un molosse fait son apparition dans l'encadrement de la porte. Hyden procède immédiatement aux présentations.

— Callie, voici Ernie.

La peau lisse, des muscles saillants menaçant de faire exploser son costume hors de prix, Ernie impose le respect. Pourtant, son trait le plus surprenant demeure son épaisse tignasse noire. Pareille chevelure, chez un adulte, est chose rare de nos jours.

Un Middler !

Fascinée par ses cheveux, j'ai bien du mal à en détacher les yeux. Lorsqu'il me tend la main, je m'empresse de me ressaisir.

— Vous êtes celui qui a emmené mon petit frère au chalet ?

— En effet. Lui et les autres.

— Vous vivez ici, deviné-je, remarquant que son arrivée suit de près le Zing de Hyden.

— Oui, répond celui-ci à sa place. Ernie est mon garde du corps à temps plein, et c'est un type bien. Écoute, Ernie, Callie aimerait qu'on se lance à la recherche des autres Metals. On va essayer.

— OK. Je vais préparer la voiture, déclare aussitôt Ernie.

Il sort en me saluant poliment de la tête.

— C'est un Middler…, murmuré-je.

— Oui. Et un homme très précieux.

Je me demande soudain comment un garde du corps a pu se payer le vaccin hors de prix contre les spores.

7.

Je m'installe à l'avant du véhicule, Ernie à l'arrière et Hyden au volant. Il appuie sur un bouton, et un immense airécran se déploie entre le tableau de bord et lui. Un quadrillage s'y superpose.

Je fouille l'habitacle des yeux.

— Où est l'unité centrale à laquelle il est relié ?

Ernie passe un bras entre Hyden et moi et ouvre la console centrale. On dirait l'intérieur d'un robot, tant il y a de composants.

— J'en ai une autre à l'arrière, précise Hyden. On n'a jamais trop d'ordinateurs sous la main.

Je reporte les yeux sur l'écran, un appareil ultraperfectionné, possédant toutes les options possibles et imaginables, y compris l'affichage d'images animées en 3D. Hyden joue avec les icônes, faisant apparaître une page qu'il ramène au premier plan.

Un détail me fait tiquer.

— Le scanner fonctionne dans la voiture. Elle n'est pas censée faire bouclier ?

— Elle bloque uniquement les signaux entrants. J'ai sorti l'antenne pour étendre notre rayon de balayage.

— Où est passé le voyant rouge ?

— Il a disparu. Le Metal est parti depuis longtemps.

— Aussi vite ?

— Il se déplace peut-être en voiture.

Un voyant bleu évolue sur la grille en même temps que nous. Il représente notre position. J'examine l'écran à la recherche d'un nouveau signal rouge.

— Vous pensez qu'on va bientôt en localiser un autre ?

— C'est un peu comme à la pêche, me fait remarquer Ernie. Tu as déjà pêché ?

— Oui, plein de fois.

Avec mon père. Les souvenirs de ces moments passés avec lui défilent dans ma mémoire.

— Alors tu vois ce que je veux dire : ça peut nous prendre *toute* la journée ! dit-il en insistant sur le mot.

Nous roulons pendant une demi-heure sans que le radar ne détecte le moindre signal. En apercevant un panneau de sortie, Ernie nous suggère de quitter l'autoroute. Ce quartier de Los Angeles est réputé pour son côté un peu agité. Selon lui, nous avons une chance d'y trouver notre bonheur. En effet, peu après, un voyant rouge apparaît sur le plan.

— L'appareil vient de repérer la présence d'une neuropuce, fait remarquer Ernie.

— Je suis dessus, répond Hyden en effleurant l'écran pour zoomer. OK, petit Metal, reste où tu es. On vient te chercher.

— On est loin ? demandé-je.

— Environ un quart d'heure – à supposer qu'il ne bouge pas.

Je rive mes yeux à l'écran. Le point rouge est quasi immobile. On roule pendant quelques kilomètres à travers un lacis de ruelles. À l'approche d'un bâtiment gouvernemental, je remarque un groupe de manifestants, Enders et Starters confondus, brandissant des pancartes. L'une d'elles arbore l'inscription « Ressuscitez la Croix-Rouge ! », l'une des nombreuses organisations humanitaires ayant perdu toutes ses subventions durant la crise. Des aides qui auraient pu bénéficier aux Starters sans famille…

Je suis d'accord avec eux, mais comment pourraient-ils le savoir ? Tout ce qu'ils voient, c'est un énorme 4 × 4 qui vaut la peau des fesses. Au moment où nous passons à leur niveau, ils nous noient sous une pluie d'injures.

Hyden vérifie notre position sur le plan.

— On y est presque.

Encore quelques blocs, et je constate que le signal désignant notre véhicule a quasiment atteint le voyant rouge.

— Ouvrez l'œil ! Le Metal est dans les parages, nous avertit Hyden au détour d'une rue.

À présent, les deux points se superposent. C'est Ernie qui repère l'objet de notre virée nocturne : une Starter assise sur un banc, à un arrêt de bus. Une Asiatique avec des cheveux courts.

— Vous voyez cette fille ?

— Affirmatif, répond Hyden.

— La jolie brune ? demandé-je.

— La brune *parfaite* avec zéro défaut physique, précise Hyden.

Comme si elle en avait brusquement assez d'attendre le bus, elle se lève d'un coup et s'éloigne de l'arrêt en pressant le pas.

Je suis prise d'un doute.

— Vous êtes sûrs que c'est bien elle ?

— Y a qu'une seule façon d'en avoir le cœur net, rétorque Ernie.

Hyden dépasse la jeune fille et se gare quelques mètres plus loin.

Sur l'écran, le voyant rouge s'affole.

— Vas-y, Ernie ! ordonne Hyden. Et n'oublie pas de lui bander les yeux.

— On n'avait pas dit que j'essaierais d'abord de lui parler ? me récrié-je.

Ernie s'arrête, la main sur la poignée.

— Tu préfères la convaincre à ta manière ?

— La prochaine fois, intervient Hyden, coupant court à la discussion. Dépêche-toi, on va la perdre !

Ernie attend que la sublime créature arrive à notre hauteur pour jaillir du 4 × 4 et se jeter sur elle. Mais elle l'a repéré, et bien qu'elle fronce les sourcils, elle ne semble pas le moins du monde intimidée. Elle se dérobe juste à temps d'un bond accompagné d'un petit saut périlleux, atterrit sur l'arête d'un muret, et trottine jusqu'à son extrémité. De là, elle s'élance dans les airs, se rattrape avec aisance à la branche d'un arbre dont elle se sert comme d'un trapèze pour se propulser jusqu'à la terrasse d'un café et se poser sur une table, faisant fuir les clients partagés entre le choc et l'indignation.

Ernie a beau chercher à anticiper ses mouvements, il la manque à chaque fois. Elle pique à droite, il part à gauche.

J'observe cette scène surréaliste depuis le véhicule.

— On aurait mieux fait d'employer ma méthode, soupiré-je.

— Au moins, on est sûrs que son corps n'est pas commandé par le Vieux. Ses mouvements sont trop fluides, fait remarquer Hyden.

— Qu'est-ce que tu veux dire ?

— Tu te souviens de Reece au centre commercial ? Ses gestes étaient découpés, saccadés, robotiques.

— C'est bizarre. Avant, il arrivait pourtant à contrôler un corps sans que ça se remarque…

— En des circonstances idéales, oui. Sauf que là, il n'a pas de coopération de la part du donneur, et il n'a pas effectué de test préalable de compatibilité de la puce. Ce n'est pas comme s'il était en salle de transfert à Prime Destinations, et qu'il avait pu préparer à la fois le donneur et le locataire. Le signal à distance lui fait perdre en précision.

Je hoche la tête, même si je ne suis pas certaine de tout comprendre. Entre-temps, Ernie a changé d'approche. Il semble avoir enfin compris comment anticiper les mouvements de l'acrobate. Quand elle bondit une nouvelle fois, visant l'auvent d'un magasin, il la rattrape au vol.

— Il l'a eue ! m'écrié-je.

D'une pression sur un bouton, Hyden débloque la portière, qui s'ouvre en coulissant. Ernie n'a plus qu'à jeter la furie sur la banquette arrière du 4 × 4. Elle se débat comme une diablesse en poussant des cris hystériques. Il grimpe à son tour dans l'habitacle et plaque aussitôt sa paume sur les yeux de la fille afin de lui cacher la vue. Elle a cessé de hurler. Mais lorsqu'il claque la portière, elle manque de lui arracher les yeux avec ses ongles. Par chance, Ernie est plus rapide. En un éclair, il pose la main sur son cou et elle se fige, paralysée. Ses yeux se voilent et elle tombe comme une masse.

Hyden s'inquiète mais Ernie s'empresse de le rassurer.

— Elle dort comme un bébé.

J'aperçois un disque microscopique au creux de sa paume. Il le fourre dans sa poche, l'air de rien, tandis que Hyden redémarre.

— Pourquoi lui avoir couvert les yeux ?

— Au cas où elle serait sous le contrôle du Vieux, m'explique Hyden. Même si c'est peu probable. Mieux vaut prévenir que guérir.

— Je lui aurais bandé les yeux si j'avais pu, fait Ernie. Mais elle sautait dans tous les sens comme un lapin avec la queue en feu.

— Qu'est-ce qu'on va faire d'elle ?

— Ne t'inquiète pas, Callie. La Belle au bois dormant finira bien par se réveiller ! réplique Ernie.

8.

Au bout d'une heure de route, nous sommes de retour au laboratoire. Notre nouvelle prise dort paisiblement à l'arrière, bercée par le mouvement du véhicule. Difficile de croire que cette même fille s'est attaquée à Ernie comme une bête enragée, peu avant. Je me demande comment elle réagira à son réveil.

— Il n'aurait pas mieux valu qu'elle nous suive de son plein gré ? Maintenant, elle va nous détester.

— Tu la voulais, on l'a capturée, me rétorque bêtement Ernie.

Hyden me lance un regard navré. La voiture s'engouffre dans le garage. Ernie sort en premier, pistolet à la main. Rapidement, il procède à une vérification complète de l'espace, comme Hyden avant lui.

Pour finir, il décroche le combiné du mur, appuie sur un bouton et parle dans l'interphone.

— C'est à Redmond qu'il s'adresse ?

— Oui. Histoire d'être sûr que tout roule.

Son inspection terminée, le garde du corps revient chercher la jeune fille inconsciente sur la banquette arrière. Il la soulève comme une plume et l'emporte vers l'ascenseur d'une démarche assurée, à peine affecté par le poids supplémentaire.

Nous lui emboîtons le pas. Au sous-sol, Ernie la dépose dans une chambre inoccupée, non loin de la mienne. Hyden et moi restons dans le couloir, à l'observer.

Le garde du corps fouille maintenant le sac à main de la fille. Il en extirpe un portefeuille.

— Elle s'appelle Lily, dit-il en nous rejoignant sur le seuil. Mieux vaut que ce soit Callie qui reste à son chevet.

Je m'assieds sur le bord du lit. Hyden préfère demeurer dans l'encadrement. Ernie n'a pas tort : si jamais elle le découvre, lui, à son réveil, elle voudra sûrement l'étriper. Il vaut mieux que je sois présente pour calmer le jeu.

Quelques minutes plus tard, Ernie revient avec une collation pour notre nouvelle recrue. Un sandwich et un verre de jus de pomme. Il les laisse sur le bureau et quitte la pièce.

Bientôt, Lily se met à remuer en marmonnant des paroles indistinctes. Elle cligne des paupières et rouvre brusquement les yeux.

— Où suis-je ? bafouille-t-elle, les yeux bouffis de sommeil et la voix pâteuse. Qu'est-ce que je fais là ?

— Je m'appelle Callie. Ne t'en fais pas, tu es saine et sauve. Et en sécurité.

Elle se redresse tant bien que mal.

— Pas trop d'efforts pour le moment. Repose-toi. Tu as un petit creux ?

Je place le plateau devant elle. Elle prend le sandwich et le renifle avec méfiance. La faim l'emportant, elle finit par mordre dedans à pleines dents.

— Je peux en avoir un autre ?

Sa réaction m'enlève un poids. C'est dans la poche, me dis-je alors.

Deux semaines s'écoulent pendant lesquelles nous réussissons à rallier à notre cause un maximum de Starters. Dans la plupart des cas, on arrive à les convaincre sans avoir à recourir à la force. Et, une fois au labo, ils ne veulent plus en repartir. Pour loger tout ce petit monde, il a fallu installer un véritable dortoir, un dortoir plein à craquer de Metals dotés de talents divers et variés. Certains de ces talents étaient exploités durant les locations, du temps de Prime Destinations, tels que les arts martiaux ou la lutte. Quant aux autres compétences, telles que la cuisine et le bricolage, elles améliorent sensiblement notre quotidien.

Les repas sont pris par petits groupes, le réfectoire ayant une capacité limitée par rapport à notre nombre. Située juste à côté de la cuisine, c'est une vaste salle aux murs blancs et au sol en béton, meublée de quelques tables éparses. Le petit déjeuner et le déjeuner sont pris sur le pouce. Mais j'insiste pour qu'on se réunisse au moins pour le dîner autour d'un bon repas, en partie afin de partager les corvées, mais surtout pour avoir le sentiment de vivre en communauté.

Le dîner constitue le meilleur moment de la journée, un moment très bruyant, sans doute parce qu'il n'y a ni Ender ni Middler pour faire la police. En fait, ils sont ultraminoritaires parmi nous, avec pour seuls représentants Redmond et Ernie.

Mon petit frère me manque beaucoup. J'ai envie de l'appeler, mais Hyden m'a convaincue que ce serait trop risqué. Dans le fond, c'est peut-être mieux ainsi. Ce serait trop dur pour lui comme pour moi, et ça me permet de rester concentrée sur l'opération de sauvetage en cours.

Hyden et moi sommes passés maîtres dans l'art de « collecter » les Metals. À tel point qu'il nous arrive d'aller en mission sans l'imposant chaperonnage d'Ernie. Si jamais on doit en venir aux mains, Hyden s'emmitoufle dans sa veste pour se protéger de tout contact direct. On commence désormais à mieux se connaître, mais il ne m'a toujours pas expliqué son problème.

Un jour, alors qu'on roule seuls sur l'autoroute, lors de l'une de nos virées, je prends mon courage à deux mains.

— Hyden, que t'est-il arrivé ? Pourquoi on ne peut pas te toucher ?

Il hésite un long moment avant de me répondre. Puis il se jette à l'eau dans un profond soupir.

— OK, je suppose que tu as le droit de savoir… Je travaillais au labo avec mon père. Avant notre grosse dispute. Ma mère était également présente. Elle venait de m'apporter un chocolat chaud avec des biscuits. C'est marrant, j'ai presque tout oublié de cette journée, mais je me rappelle très bien le goût de ces biscuits. Tout à coup, il y a eu une explosion. On n'en a jamais su la cause. Mon père a été épargné, mais ma mère et moi avons été brûlés au troisième degré. (Sa voix se brise.) On a dû subir de multiples opérations, je ne te raconte pas le calvaire. Personne n'a pu nous toucher durant des mois…

— C'est atroce, dis-je dans un murmure.

— Les médecins ont alors voulu nous soumettre à un traitement de désensibilisation de la peau, mais ni l'un ni l'autre ne l'avons supporté. Au contraire, la moindre caresse était un supplice.

— Ça s'est produit quand ?

Il agrippe fermement le volant.

— L'accident ? Il y a un peu plus de deux ans. Pour les médecins, c'est un miracle que j'aie survécu. Dans le temps, on n'aurait pas été capable de me sauver, m'ont-ils expliqué. Regarde, je n'ai quasiment pas de cicatrices.

Il retrousse sa manche et tend le bras. La peau est en effet impeccable.

— Puisqu'on a soigné ta peau…

— Et mes terminaisons nerveuses.

— Oui. Pourquoi… ?

— C'est mon cerveau qui déconne. Il perçoit de la douleur lorsqu'on me touche.

— Et à l'inverse, si tu touches quelqu'un ?

— C'est possible, à condition que je porte un vêtement.

— Comme lors de l'attentat du centre commercial, où tu t'es jeté sur moi pour me forcer à reculer.

Il me répond que oui.

— Ça s'arrangera un jour ?

Les câlins de mes parents me manquent cruellement, mais ce pauvre Hyden, lui, ne peut même plus recevoir le moindre réconfort physique.

— Si c'est une phobie, oui. Les médecins n'osent pas vraiment se prononcer.

Par la vitre, j'observe les panneaux d'affichage déchiquetés que personne ne peut plus se permettre de louer, le long de l'autoroute. Soudain, une pensée me vient.

— C'est pour ta mère et toi que tu as mis au point le processus de transposition, n'est-ce pas ?

Il inspire un grand coup et me répond de manière évasive.

— Je te l'ai déjà dit, j'espérais pouvoir appliquer ma découverte au champ médical. De diverses manières.

— Mais il est arrivé quelque chose ?

— Il y a eu des complications. Ma mère est morte avant que j'aie pu achever mes travaux.

— J'imagine qu'ensuite, ton père s'est approprié l'invention pour l'utiliser à ses propres fins.

— Il m'a menti sur le concept de Prime Destinations, Callie. Quand j'ai découvert ses vraies intentions, il était trop tard pour faire machine arrière…

Au bout d'un kilomètre, le radar localise un signal non loin.

— C'est au sud. Emprunte la prochaine sortie, précisé-je.

Il s'exécute et tourne ensuite à droite. Nous roulons environ un kilomètre avant que le scanner ne nous indique la proximité de notre cible.

— Par là ! dis-je en montrant le trottoir d'en face.

Seulement, pas l'ombre d'un Starter. Rien que des Enders.

Hyden vérifie les coordonnées sur le scanner.

— Au bout de la rue.

Il bifurque à droite. On ne met pas longtemps à repérer un beau Starter brun de taille moyenne, vêtu d'une chemise écossaise ouverte sur un T-shirt. Adossé à un pilier, il est en train de boire au goulot d'une bouteille d'eau.

Hyden ralentit et se range sur le bas-côté sans couper le moteur. On l'observe un moment. Un détail me dérange.

— Ses vêtements sont usés.

— Tu te prends pour une critique de mode ou quoi ?

— Tu vois ce que je veux dire : il n'a pas l'apparence d'un ex-donneur de la *Banque des Corps*. D'un Metal.

— La plupart d'entre eux sont retournés vivre dans la rue à la fermeture de Prime Destinations, réplique Hyden. Tous n'ont pas eu ta chance. Il y en a beaucoup qui n'ont pas touché l'argent promis au contrat.

Un point pour lui. Je me sens aussitôt très bête ! Je cherche juste à trouver des indices, pas à juger ce garçon. Mais j'ai omis d'examiner l'essentiel : son visage. C'est notre seul indicateur. Or il frise la perfection. Le garçon revisse le bouchon de sa bouteille et la passe sur son épaule, en bandoulière.

Hyden coupe cette fois le contact.

— Surtout, ne bouge pas de là.

Il descend de voiture et s'avance vers le Starter.

Je l'observe alors qu'il s'efforce de feindre la nonchalance. Mais le garçon ne mord pas à l'hameçon. L'air plutôt inquiet, il se contente de répondre aux questions en secouant fébrilement la tête.

Lorsque Hyden tente de l'approcher, le Starter le repousse. Le contact, quoique bref, n'épargne pas Hyden, qui esquisse une grimace de douleur. Le mec en profite pour prendre ses jambes à son cou. Hyden se lance immédiatement à sa poursuite. J'enjambe alors la console centrale, m'installe au volant et démarre. Je les suis sans les perdre de vue une seconde.

Qu'est-ce que Hyden a prévu de faire une fois qu'il aura rattrapé le fuyard ? Il ne peut pas le toucher ! Le Starter s'engouffre soudain dans une voie sans issue et s'aperçoit qu'il est pris au piège. Tandis que je gare le 4 × 4 en travers de l'allée, Hyden profite des quelques secondes de surprise de sa cible qui lui tourne le dos et essaie désespérément d'escalader le muret qui clôt le cul-de-sac. Le bras tendu, il applique un petit dispositif sur la nuque du garçon, veillant à ce que seul l'objet entre en contact avec la peau de ce dernier. Le Starter tombe aussitôt dans les pommes.

D'une pression sur un bouton, j'ouvre la portière arrière et descends du véhicule. Hyden rentre ses mains dans ses manches et, ensemble, nous soulevons le Metal et le transportons jusqu'à la banquette. Au bout de l'allée, un Ender qui nous a surpris en flagrant délit de kidnapping nous interpelle. Hyden fait mine de s'avancer vers lui, et le vieillard s'en va sans demander son reste. Puis mon acolyte grimpe à l'arrière avec le Metal, me laissant le volant.

— Démarre !

— Je vais où ?

— Rejoins l'autoroute.

Je règle le système de navigation et me concentre sur la route.

C'est alors qu'un bruit de lutte me parvient. Quelques secondes plus tard, ce n'est pas Hyden mais le type à la chemise écossaise qui s'installe sur le siège passager, à ma droite.

Paniquée, je donne un coup de volant brusque. La voiture fait une dangereuse embardée et change de voie.

— Qu'est-ce que tu as fait à Hyden ?

Je tourne la tête et aperçois le corps de mon ami, affalé de tout son long à l'arrière de la voiture.

Le type à la chemise écossaise rectifie la trajectoire du véhicule en saisissant le volant de la main gauche.

— Fais gaffe à ma caisse !

Je le dévisage, bouche bée. Il m'adresse un sourire, un sourire qui me semble vaguement… familier.

— Hyden ?

— Lui-même.

Je n'en crois pas mes oreilles !

— C'est… c'est vraiment toi ?

— En personne. Enfin, presque. Disons dans un corps d'emprunt.

— Qu'est-ce que tu fous ? Tu lui as volé son corps ?!

— C'est pour son bien. Il ne se serait pas laissé faire. (Il lâche le volant mais m'adresse un signe du menton.) Les yeux sur la route, s'il te plaît.

Je m'insère sur l'autoroute. Pendant que je me concentre droit devant, Hyden m'effleure le bras droit. Je lui coule un regard.

Il paraît vraiment soulagé et heureux de pouvoir enfin me toucher. Étrange de laisser la main d'un inconnu me caresser. Je ne sais plus quoi penser. Hyden est décidément un garçon bourré de contradictions. Dans le fond, je ne le connais pas si bien que ça…

— Tu es sûre que tu… que ton corps ne risque rien ?

Je tourne brièvement la tête pour jeter un œil sur la banquette arrière.

— T'inquiète.

— Comment s'appelle-t-il ?

— Qui ?

— Le propriétaire du corps que tu as emprunté !

Hyden tâte ses poches. Il trouve un portefeuille contenant une carte d'identité.

— Jeremy Stone. (Il fouille dans les papiers.) Très peu de liquide. Soit il fait partie des donneurs impayés, soit il a déjà claqué tout son fric.

— Comment tu as pu entrer dans le corps de Jeremy aussi vite ?

— Devine.

Je réfléchis quelques instants.

— Tu as une neuropuce, toi aussi ?!

— Qu'est-ce que tu crois ! J'ai été le premier à m'en faire implanter une. Pour tester l'invention.

Sa main est toujours posée sur mon bras. J'ai l'impression que sa chaleur se diffuse lentement à travers tout mon corps.

— Finalement, tu n'es pas si différent de ton père... Il porte un masque. Toi, tu t'attribues un corps pour te camoufler.

Il porte le regard au loin, un peu penaud sans doute. Et si ce n'est pas le cas, il devrait l'être !

— Tu ne peux pas te mettre à ma place, Callie. C'est un vrai calvaire. Je ne le souhaite d'ailleurs à personne. Imagine un peu ce que ça fait de haïr ton propre corps. J'ai l'impression qu'il me retient prisonnier. Qu'il m'étouffe.

Je réfléchis. Moi, j'ai été captive pour de vrai. À l'Institut 37. Et autant dire que je l'ai vécu comme l'expérience la plus traumatisante de ma vie. Encore pire que l'époque où je vivais dans la rue et squattais des immeubles désaffectés. Toutefois, j'ai pu m'échapper.

Hyden, lui… le peut-il ?

— Tous les Metals sont plus ou moins prisonniers, Hyden. Jusqu'à ce qu'on trouve un moyen de vaincre ton père.

9.

Hyden a une faim de loup. Il soupçonne Jeremy d'avoir sauté quelques repas. À sa demande, je fais un crochet par un fast-food. Une fois au drive-in, il commande deux menus.

— Une minute ! crié-je à l'interphone. On a changé d'avis. À la place, mettez-nous trente hamburgers, trente portions de frites et trente milk-shakes au chocolat.

Une fois la commande passée, je me tourne vers Hyden.

— Pense un peu aux autres. Pas question de rentrer en douce et d'aller ensuite bâfrer dans notre coin ! Ça ne peut que renforcer leur confiance en nous.

Nous débarquons bientôt au laboratoire les bras chargés de sacs. Très gêné de se montrer dans un corps d'emprunt, Hyden s'éclipse peu après m'avoir fait promettre d'aller le retrouver. Les Metals sont tellement excités de me voir arriver avec du ravitaillement qu'ils ne me demandent même pas pourquoi je ne reste pas manger avec eux dans le réfectoire improvisé.

Parvenue devant la porte indiquée, je frappe discrètement. J'entends Hyden m'inviter à entrer. La pièce est deux fois plus grande que les autres chambres.

— C'est ici que tu viens te réfugier ? C'est sympa de me dévoiler ton repaire !

Il attrape un drap sur une étagère et l'étale par terre.

— On pique-nique ?

— Si tu es d'accord.

L'hologramme d'une falaise surplombant l'océan recouvre un pan de mur entier. J'arrive presque à m'imaginer au milieu de ce décor somptueux et à sentir les embruns me balayer le visage.

— Pas mal !

— C'est toujours mieux que rien, rétorque-t-il en haussant les épaules. Bien que rien ne remplace un grand bol d'air frais.

Je dépose la nourriture sur le drap et demeure plantée là. À vrai dire, je n'ose pas m'asseoir tant qu'il est debout. Il fait un pas vers moi. Seules quelques dizaines de centimètres nous séparent. C'est la première fois qu'il s'approche autant. Lentement, il tend alors les bras vers moi, paumes en l'air, m'invitant à les toucher.

— Callie…

Je place mes mains dessus. Les paupières closes, il savoure la sensation de ma peau contre la sienne.

Au bout de quelques instants, il rouvre les yeux. Puis il se met à me caresser tendrement les paumes, avant d'entrelacer ses doigts aux miens.

Mon cœur bat la chamade… jusqu'à ce que le charme se rompe. Je retire mes mains immédiatement et fais un pas en arrière.

— Qu'est-ce qui cloche, Callie ?

Face à moi, le visage de Jeremy exprime la confusion.

— C'est trop bizarre !

Hyden se rapproche.

— Je t'en prie. Détends-toi un peu.

Il effleure le dos de ma main du bout des doigts. Je reste immobile comme une statue.

— Ce mec a un corps d'Apollon, commente-t-il. Vise un peu ces abdos en béton !

Joignant le geste à la parole, Hyden soulève sa chemise et me dévoile un torse à tomber par terre. Sourire espiègle aux lèvres, il lâche ensuite le vêtement, me prend la main et la pose à plat sur son ventre. À travers l'étoffe, je sens la forme de ses tablettes de chocolat.

Une boule dans la gorge, j'écarte ma main d'un geste brutal.

— Quoi ?

Je secoue la tête.

— Ce n'est pas toi, Hyden ! Ce corps, tu l'as volé. Je refuse d'être complice de ce petit jeu sordide.

— Dommage. Je n'ai pas mieux à te proposer pour le moment. Dis-toi que sous cette enveloppe charnelle, c'est moi, Hyden. Et non pas Jeremy.

J'ai beau le savoir, le principe me déplaît.

— Et quoique mon aspect ait changé, je suis toujours le même. Dans le fond, qu'est-ce qui me définit ? La peau ? Une séance de laser suffit à la transformer. Les muscles ? Ils sont faciles à développer grâce aux appareils électromédicaux. La graisse ? Un traitement par le froid et hop, elle disparaît. J'espère que je suis bien plus que tout ça réuni. Plus que ça, répète-t-il en désignant le corps de Jeremy Stone d'un geste englobant. Je suis ce que je pense. Ce que je crois. Ce que je ressens.

Il pose la main sur mon visage et fait lentement courir ses doigts de ma tempe à ma pommette.

— Ça me manque de ne rien pouvoir toucher, murmure-t-il.

Puis il effleure le bas de mon visage. Les yeux fermés, je me concentre peu à peu sur la caresse de ses doigts.

— C'est vraiment agréable, susurre-t-il.

J'esquisse un pas vers lui. Mon visage n'est plus qu'à quelques centimètres du sien. Et soudain nos lèvres se scellent dans un baiser. Enivrée par le contact de nos bouches, j'ai la tête qui tourne.

On s'embrasse jusqu'à ce que nos lèvres brûlent. Je me laisse désormais transporter dans un autre univers, un univers où plus rien n'a d'importance. Avant d'être brutalement ramenée à la réalité.

— Ton corps !

Il s'écarte et m'interroge du regard, les yeux encore alanguis.

— Quoi, mon corps ?

— On l'a oublié dans la voiture !

J'ai déjà entendu parler de personnes oubliant leur bébé ou leur chien dans la voiture, mais là, c'est une première ! Nous nous précipitons dans le garage.

Hyden fait coulisser la porte arrière du 4 × 4. Son corps respire toujours. Étrange de le voir étendu là.

— Je suis mignon tout plein, non ? sourit Hyden.

D'un geste plein de tendresse, il enveloppe son corps dans une couverture.

— Je prends le buste. Occupe-toi des pieds.

Nous le transportons jusqu'à l'ascenseur. Au début, je m'en sors plutôt bien. Passé une minute, j'ai l'impression qu'il pèse une tonne. À moitié appuyé contre le mur, Hyden entre le code d'accès sur le clavier et de longues secondes s'écoulent avant que les portes de l'ascenseur ne s'ouvrent.

Hyden entre dans la cabine à reculons et un bruit sourd retentit soudain.

— Fais gaffe à la tête ! C'est toujours ton corps, ne l'oublie pas !

— Je sais, Callie, je sais.

— Ce n'est pas en passant sans cesse d'un corps à l'autre que tu résoudras ton problème. Tu vas devoir apprendre à t'accepter comme tu es...

Il me répond par le silence.

Mes bras me font souffrir, mais je ne peux me résigner à poser Hyden par terre.

Après ce qui me semble une éternité, les portes de l'ascenseur se rouvrent sur le sous-sol.

— La voie est libre, murmuré-je après un rapide coup d'œil hors de la cabine.

— Ils sont encore au réfectoire, devine-t-il à voix basse.

Nous allons jusqu'à sa chambre et allongeons le corps inanimé sur le divan avec mille précautions. Hyden lui retire ses chaussures et jette un plaid sur ses jambes.

— Tu vas dormir combien de temps encore ?

— Sans doute des heures. (Il m'indique le patch circulaire collé sur sa nuque.) Voire plus.

— Tu n'as quand même pas l'intention de garder le corps de Jeremy ?!

Il me lance un étrange regard. Je ne sais pas si je viens de lui donner une idée ou bien s'il y a songé tout du long.

— Ça réglerait bien des problèmes, tu ne crois pas ?

— Arrête tes conneries ! rétorqué-je avec la fermeté dont ma mère usait avec nous dans les moments graves.

Tête baissée, il se gratte le front. Au bout de quelques secondes, il finit néanmoins par répliquer :

— Non. Je ne ferais jamais une chose pareille à Jeremy.

Mes épaules se relâchent.

— Tant mieux ! L'espace d'un instant, tu m'as fichu la trouille.

J'ai vraiment l'impression de nager en plein délire. Moi, parlant au corps de Jeremy tout en observant celui de Hyden, inerte sur le canapé.

— Maintenant il va falloir expliquer tout ça au reste du groupe…

— Je compte sur toi pour le faire, Callie.

— Et pourquoi moi ?

— Tu t'en sortiras beaucoup mieux. Tu es leur chouchoute.

Hyden accompagne ses paroles d'un sourire malicieux. Un sourire qui appartient en réalité à Jeremy.

— C'est seulement parce que je suis là pour les écouter quand ils ont besoin de parler et ils…

La sonnerie de mon téléphone retentit, coupant court à notre discussion. Je consulte l'écran où s'affiche le numéro de Michael. Michael ? Pourquoi m'appelle-t-il ? On s'était mis d'accord pour ne pas se contacter, au cas où les appels seraient tracés. Hyden me dit de ne pas décrocher mais j'ai trop peur qu'il soit arrivé quelque chose à mon petit frère.

— Michael ! Où es-tu ?

— À Flintridge. Devant l'ancienne bibliothèque.

— Et Tyler ? Tu en as fait quoi ?

— Il est resté au chalet avec Eugenia. Il va bien, ne t'en fais pas.

Hyden s'approche et colle son oreille à l'appareil pour suivre la conversation.

— Pourquoi avoir quitté la montagne ? Là-bas au moins, tu étais en sécurité. Ta puce n'était pas détectable !

Hyden secoue la tête, la mine réprobatrice.

— J'ai eu un flash, Callie ! Je me suis rappelé un truc qui est arrivé à mon locataire. Il fallait vraiment que je te le raconte. Du coup, j'ai préféré partir du chalet pour éviter de révéler notre position.

— De quoi tu t'es souvenu ?

Hyden m'arrache le téléphone des mains.

— Pas un mot de plus, Michael. On vient te chercher.

Il raccroche sans attendre et attrape sa veste en toute hâte.

— Ne perdons pas une seconde. Allons-y !

Parvenus à l'ancienne bibliothèque, nous nous garons sur le trottoir d'en face. Le bâtiment a été fermé au cours de la Guerre des Spores, barricadé de planches et enclos d'un grillage.

— J'y vais seule, dis-je d'un ton ferme.

— Callie..., hésite Hyden, la main sur la poignée.

— Mets-toi à sa place. Il ne t'a jamais vu alors que moi, je suis son amie. J'en ai juste pour une minute, le temps de le trouver et de le ramener à la voiture. En plus, tu n'es même pas dans ton vrai corps !

Je descends et me faufile par un trou dans le grillage. Le parking est squatté par des sans-abri. Une mer de tentes où s'entassent des Starters sans famille, ainsi qu'une poignée d'Enders dans la misère, ceux qui ont déjà épuisé leurs économies depuis quelques décennies.

L'allongement de l'espérance de vie n'a pas que des bons côtés.

Le hic, c'est que ma présence ne passe pas inaperçue. Quelques Starters m'observent d'un air suspicieux. À vrai dire, je ne me fonds plus dans ce cadre qui était pourtant le mien il n'y a pas si longtemps. Mes vêtements ne sont pas en lambeaux, ma figure et mes mains ne sont pas barbouillées. Je ne porte ni bouteille d'eau en bandoulière ni lampe de poing à l'avant-bras, et j'ai repris un peu de poids depuis que je mange tous les jours à ma faim. Bref, je n'ai pas le look adéquat pour traîner dans ce genre d'endroit.

Je parcours la foule du regard sans laisser transparaître ma nervosité, pour ne pas attirer davantage l'attention.

Michael, où es-tu ? Pourquoi ne m'as-tu pas attendu à l'entrée de la bibliothèque ?

Après un tour complet du parking, me revoilà à la case départ. On me harponne soudain par le bras pour me réclamer de l'argent. J'ai le malheur de fouiller dans mon sac à main. En un clin d'œil, je me retrouve cernée par une véritable meute. J'ai les mains moites, le front en sueur. Bien joué, Callie ! La prochaine fois, réfléchis-y à deux fois avant de sortir ton porte-monnaie dans un quartier de crève-la-faim.

J'ai du mal à respirer. On m'attrape par les vêtements, on me tire dans tous les sens. Pitié ! Qu'on me fiche la paix, à la fin !

Puis une idée m'effleure : je balance quelques billets pour faire diversion. Ils s'éparpillent au gré du vent et les Starters me lâchent immédiatement pour courir après l'argent.

Je commence à me diriger vers notre voiture lorsqu'une voix familière s'élève dans ma tête.

Callie, ma grande ? Tu me reçois ? C'est papa.

J'étouffe un petit hoquet de surprise. Ne t'emballe pas trop vite, me dis-je intérieurement, c'est peut-être encore le Vieux qui te joue un mauvais tour…

— Oui. Je t'entends.

Je me fige net pour me concentrer sur la voix.

Je suis vivant. Ne t'inquiète pas.

On dirait vraiment mon père. Le même timbre, les mêmes intonations. Mais la fois d'avant aussi…

Callie ?

— Comment savoir si c'est vraiment toi ?

Mon cœur martèle ma poitrine.

Tu te rappelles ce que je t'ai offert pour ton dixième anniversaire ? La bicyclette rouge ?

La bicyclette rouge avec un gros ruban ! Il l'avait cachée dans la buanderie. C'est lui, c'est vraiment lui !

— Où es-tu, papa ? J'aimerais tellement te revoir !

Je sais. Moi aussi, ma grande. Comment va Tyler ?

Des larmes perlent au coin de mes yeux.

— Il va bien. Tu lui manques aussi énormément, tu sais. Il regardait votre photo de toi et maman tous les soirs avant de s'endormir, jusqu'à ce qu'on la perde…

Ce n'est pas grave, ma petite Callie.

— Papa ? Comment tu arrives à te connecter à ma puce ?

La connexion s'interrompt brusquement. Des grésillements, et puis plus rien. C'est terrible. Une impitoyable sensation de néant m'engloutit aussitôt. Mon père est parti. Je me sens très vide, encore plus que lorsque je mourais de faim dans la rue.

Peu à peu, je redescends sur terre malgré moi et jette de brefs coups d'œil alentour. Derrière moi, j'aperçois un petit groupe de gens en guenilles réunis en demi-cercle. Ils me toisent, moi, la gosse de riche qui parle toute seule au beau milieu d'un parking. Je parie qu'ils sont tiraillés entre la peur de m'approcher – sait-on jamais, je suis peut-être une cinglée ? – et l'envie de me faire les poches.

Oh ! J'ai eu le malheur de croiser leur regard. Voilà qu'ils s'avancent vers moi.

Pas le temps de réfléchir, je pique un sprint jusqu'à la voiture. En m'apercevant, Hyden m'ouvre en toute hâte. À peine ai-je sauté dans le 4 × 4 qu'il démarre sur les chapeaux de roue. Je claque la portière.

— Callie, où est Michael ?

— Aucune idée. Il est introuvable.

Une poignée de Starters en haillons nous courent après, le visage déformé par la rage. On dirait des zombies tout droit sortis d'un mauvais film d'horreur.

On ne met pas longtemps à les semer. J'ai très envie de parler de papa à Hyden, mais le moment n'est pas propice.

— Tu ne veux pas essayer d'appeler Michael ? Ça vaut maintenant la peine de prendre le risque, lâche-t-il.

Je sors mon portable et compose son numéro. Plusieurs sonneries sans personne au bout du fil.

— Je tombe sur la messagerie…

Au même instant, l'airécran se remet à biper. Le radar ! Il a détecté une neuropuce.

— Tu crois que c'est lui ?

— Le signal provient des montagnes.

Le trajet qui nous sépare du voyant lumineux n'est pas long. Flintridge se situe déjà dans les contreforts, aussi le relief devient vite escarpé. Rapidement, les maisons s'espacent, laissant place à de vastes étendues de terre où de rares habitations ont été brûlées à titre préventif. Une façon d'éviter la propagation des spores…

Pourvu que le signal nous mène jusqu'à Michael. Plus on s'enfonce dans les collines, plus le bip s'amplifie et sa cadence accélère.

— On n'est plus très loin, dis-je. Tiens, regarde.

— Où ça ?

— Là-bas.

Je lui désigne un corps allongé près d'une bâtisse aux murs noircis par la fumée.

Il freine à fond et j'en profite pour bondir hors de la voiture. Michael gît à même le sol, face contre terre.

— Michael !

Je m'agenouille auprès de lui. Hyden me rejoint bientôt et reste debout derrière moi.

— Michael, répété-je.

Pas de réaction.

Je le fais rouler sur le dos et pose l'oreille contre sa poitrine. Elle est toute chaude.

— Il respire encore !

Un terrible sentiment d'impuissance m'envahit. Qu'est-ce que je dois faire ? Quel horrible spectacle de le voir ainsi, inerte et inconscient.

Je dépose sa tête avec délicatesse sur mes genoux.

— Que s'est-il passé, Hyden ?

— Si tu veux mon avis, quelqu'un s'est servi de son corps. Mais la connexion a dû s'interrompre subitement. Comme une ligne qui se coupe durant un appel. (Il balaie les lieux du regard.) Mieux vaut ne pas traîner là. On est très exposés. Et trois puces avec un détecteur, c'est loin de passer inaperçu sur un radar. Autant brandir un écriteau « Metals en cavale » !

En bas de la route, j'aperçois une poignée de gens qui viennent dans notre direction. Pour nous proposer leur aide ? Qui sait...

— On l'embarque.

Par chance, Hyden est dans le corps de Jeremy, ce qui facilite grandement les contacts. Il n'hésite pas à se baisser pour recueillir Michael dans ses bras et j'attrape les jambes. Nous le déposons avec précaution sur la banquette arrière et repartons sans demander notre reste.

À notre retour au laboratoire, Ernie nous attend dans le garage, prêt à prendre la relève. Hyden lui a envoyé un Zing sur le trajet pour le briefer concernant la situation.

— Voilà donc le corps que tu as emprunté ! s'exclame la montagne de muscles d'un hochement de tête approbateur. Depuis le temps que j'attendais de te voir faire ça !

Il dépose Michael dans une chambre vacante et Avery se charge d'évaluer ses fonctions vitales. C'est l'une de nos récentes recrues, une petite créature douce dont la mère était infirmière avant que les spores ne l'emportent.

— Tension et température normales. Tout va bien, conclut-elle en terminant son examen. Parfois, il faut juste prendre son mal en patience, en attendant que le patient se réveille.

Je la surprends à toiser Jeremy et lui apprends qu'il s'agit en réalité de Hyden.

— Je sais. Ernie nous a tout raconté.

Dans sa voix, je perçois une pointe de reproche. Mais elle est trop polie pour s'exprimer sur la question.

— Je vais rester à son chevet, dis-je. Vous pouvez y aller.

— Venez, fait Hyden aux deux autres.

Juste avant de refermer la porte, il me jette un dernier regard empreint de tristesse.

Une fois seule, je contemple le corps inerte de Michael. Une partie de mon être est ravie de le retrouver – même si ça me fait mal au cœur de le voir dans cet état. Il a l'air si vulnérable. Pourvu qu'il revienne à lui. J'ai hâte qu'il me raconte ce qui lui est arrivé.

Je lui prends doucement la main.

— Michael, murmuré-je, priant pour qu'il m'entende dans son sommeil.

Mais toujours pas la moindre réaction.

Si quelqu'un s'était emparé de son corps, comme semble le suggérer Hyden, Michael aurait déjà repris connaissance, non ? Après tout, la connexion s'est juste interrompue.

Assise sur son lit pendant un long moment, je médite sur la fragilité de la vie. Les paroles de Hyden me reviennent par bribes. Nous sommes tellement plus qu'une enveloppe charnelle… J'éponge le front de mon ami et lui glisse des mots réconfortants, faisant de mon mieux pour ne pas lui transmettre de pensées négatives. À mesure que les minutes s'égrènent, l'angoisse s'installe. Je finis par douter qu'il revienne un jour à lui. Quand, soudain, ses paupières se mettent à remuer.

— Michael ? Michael !

Il bouge la tête d'un côté, puis de l'autre, comme s'il était en plein cauchemar. Paniquée, je me lève. C'est si frustrant de ne pas savoir que faire !

— Michael, c'est moi, Callie.

Il cesse de s'agiter. Ma voix semble l'avoir apaisé. Il ouvre alors les yeux et contemple le plafond.

— Michael ?

Durant une fraction de seconde, je me demande si c'est vraiment lui, à l'intérieur. Il tâtonne le lit, manifestement désorienté. Puis ses yeux se posent sur moi.

— Callie ?

Je hoche la tête, des larmes roulent sur mes joues.

— Comment tu te sens ?

Il se palpe la tête et redresse lentement le buste.

— Vas-y doucement. Là, voilà. Chhh… Tu es en lieu sûr, ici.

Couvert de sueur, Michael pose les pieds par terre et reste prostré un instant, les yeux baissés.

— J'ai mal au crâne.

Je m'assieds près de lui.

— Et à part ça ?

— J'ai l'impression d'avoir dormi pendant des siècles. Je suis encore dans le coltard…

— Tu te souviens de quelque chose ?

— Je me rappelle m'être réveillé devant la bibliothèque. Dans une tente. Tout seul. Je suis sorti en titubant et je t'ai appelée.

— OK. Ça veut dire que tu avais encore ton téléphone à ce moment-là.

— Oui. Et c'est la dernière chose dont je me souviens. Ensuite, le trou noir.

Hyden a vu juste. Quelqu'un s'est sans doute emparé du corps de mon ami devant la bibliothèque. Mais dans quel but ? Sommes-nous tous en danger ?

Je pose une main qui se veut réconfortante sur son bras.

— Comment va mon frère ?

— Bien. Enfin, je veux dire, la dernière fois que je l'ai vu, il allait bien.

L'inquiétude se lit sûrement sur mon visage car il s'empresse de me rassurer.

— Il aime beaucoup Eugenia. Ne t'en fais pas, il n'est pas tout seul.

— J'aurais aimé lui parler plus l'autre jour, mais Hyden trouvait ça trop risqué.

On frappe à la porte. Quand je vais ouvrir, Hyden et Avery se tiennent sur le seuil. Ils jettent un œil inquiet à l'intérieur.

— Il a l'air plutôt en forme, constate Hyden, soulagé.

— En pleine forme, même ! enchérit Avery.

Ils pénètrent dans la chambre et se postent près du lit.

— Je te présente Avery.

— Et l'autre, qui c'est ? demande Michael en dévisageant le pseudo-Jeremy.

— Hyden.

Je préfère rester évasive. Pas la peine de lui confier qu'il se trouve actuellement dans le corps d'un autre. Ce serait trop compliqué à expliquer, et rien ne presse.

Avery s'approche de lui pour prendre sa température à l'aide d'un thermomètre infrarouge. Michael hausse les sourcils, sourire aux lèvres.

— Tu as mal quelque part ? insisté-je.

Il se masse les tempes.

— Toujours ce fichu mal de crâne.

— Je vais te chercher de l'aspirine, fait Avery en lui donnant une tape affectueuse sur le bras.

Hyden attend qu'elle ait quitté la chambre pour prendre la parole.

— D'après Callie, tu as eu comme un flash ?

Michael se gratte la nuque, le regard perdu dans le vide.

— Il m'est arrivé un truc très bizarre au chalet. J'étais dehors à observer Tyler qui pêchait près du lac quand ma vision s'est troublée. Une image m'est alors apparue, pareille à une eXperience. J'avais l'impression de regarder un film dont j'étais la vedette... Je me retrouve à la *Banque des Corps*. Je sors des toilettes et là, impossible de repérer la sortie. Je me perds dans un dédale de couloirs et, à un angle, j'aperçois un corps recouvert d'un drap, sur un chariot. On dirait une femme. Le cadavre d'une femme. Puis le chariot est lentement tiré vers une sortie de secours. Le drap glisse, dévoilant un visage. Celui d'une Ender. C'est là que ça devient très étrange. Dans le souvenir, je ne la reconnais pas. En revanche, moi, rétrospectivement, lorsque je me repasse la séquence, je sais qui c'est. (Son regard se pose sur moi.) C'est Helena.

J'écarquille les yeux.

— Helena ?

Michael hoche la tête.

— Je l'ai reconnue grâce à toutes les photos qui sont restées au mur, à la maison. Et accroche-toi : c'est Trax qui tire la civière.

— Trax, ce vieil Ender geek qui s'occupait des locations à Prime Destinations ?

— Des transpositions, pas des locations, me corrige Hyden qui est devenu livide.

— Ouais, le type à lunettes, reprend Michael non sans me lancer un regard interrogateur. Et donc après, je me suis éclipsé sans qu'il ne me voie. Voilà.

Lentement, Hyden se lève et quitte la pièce sans un mot.

Perplexe, je reste un temps muette, tâchant de comprendre cette réaction étrange.

— Tu as vu autre chose, Michael ? Le moindre détail peut être capital.

Il ferme les yeux pour se remémorer les images.

— Non.

— Ce sont les souvenirs de ton ancien locataire que tu revis, lui expliqué-je en me frottant les bras, parcourue d'un frisson. C'est sans doute une scène à laquelle il a assisté.

— Mais pourquoi est-ce que je m'en souviens, si c'est lui qui l'a vécu ?

— C'est un dysfonctionnement de la puce. Ça nous est arrivé à tous. Ton locataire a dû tomber sur la dépouille d'Helena par hasard, juste après avoir pris possession de ton corps. (J'arpente la chambre de long en large.) J'ai assisté à la mort d'Helena en direct, dans ma tête… Je l'ai entendue mourir. C'est Trax qui l'a tuée, j'en suis sûre.

— Callie, attends, ne tire pas de conclusions hâtives. Peut-être qu'il s'est juste contenté de passer après le tueur pour nettoyer.

— Il était en train de cacher son cadavre, Michael. Au mieux, il est complice du crime.

Il me lance un regard désemparé. Il s'attend sans doute à ce que je possède toutes les réponses à ses questions. Si seulement !

— Ça ne suffit pas qu'on leur ait prêté notre corps ? s'énerve-t-il soudain. Maintenant, il faut en plus qu'on revive leurs souvenirs ?!

Je me contente de fermer les yeux en acquiesçant d'un triste hochement de tête.

10.

Hyden me conduit dans le centre-ville. Il n'a toujours pas repris possession de son propre corps. Michael voulait nous accompagner, mais il a fini par comprendre que chaque Metal hors de la base augmentait considérablement le risque de détection. Par la vitre, je regarde le paysage urbain défiler : une succession monotone d'immeubles gris bariolés de tags.

— Tu es sûre de vouloir faire ça ? me demande Hyden pour la énième fois.

— Je dois au moins essayer.

— Mon père peut recréer la voix de n'importe qui. Il a accès aux archives téléphoniques, aux enregistrements conservés sur les Pages. C'est pour lui un jeu d'enfant de composer de nouvelles phrases à partir de ça. Méfie-toi. Je ne voudrais pas que tu sois déçue.

Je lui ai confié que mon père m'avait contactée. Qu'il avait mentionné mon cadeau d'anniversaire, un détail que lui seul pouvait connaître. La tête enfouie dans mes mains, je cherche en vain à convaincre Hyden. Comme l'on se sent seul lorsqu'on est incompris !

— C'est plus fort que moi, dis-je en écartant les mains. Mets-toi à ma place. Si tu aimais ton père…

— Impensable, désolé.

— Et qu'il te contactait alors que tu le croyais mort, tu chercherais aussi à retrouver sa trace, non ?

— Une fois encore, je ne peux pas me mettre à ta place, Callie.

Un soupir agacé m'échappe.

— Il m'a demandé des nouvelles de Tyler.

— Et alors ? Cet élément ne prouve rien. Ne sous-estime pas ton adversaire, Callie. Mon père est redoutable.

— Pourtant, on aurait vraiment dit papa… le timbre de sa voix, ses inflexions… (Je fouille ma mémoire à la recherche de détails significatifs.) Et puis, on a été coupés. Ton père aurait fait traîner la conversation ! Il aurait essayé de m'embrouiller encore plus…

Hyden m'observe comme si j'étais une enfant essayant de ranimer un poisson rouge.

— Tu prends un gros risque, Callie. Une fois sortie de cette voiture, tu ne seras plus protégée. Mon père pourra capter le détecteur de ta puce les doigts dans le nez.

Hyden s'engage dans un parking souterrain situé près d'un ensemble de bâtiments gouvernementaux ornés de statues délabrées. Une escouade de marshals paraissant s'ennuyer à mourir veille à contenir une meute de manifestants à l'extérieur du périmètre de sécurité, délimité par un cordon jaune. Hyden presse le bouton et la barrière se lève. Après avoir garé la voiture, nous remontons à la surface par l'escalier. Face à nous se dresse le Centre des Archives, dont le nom est gravé en lettres capitales sur la façade de l'immeuble.

— Sûre, Callie ? me répète mon ami une dernière fois.

Je lui adresse mon regard le plus intransigeant et grimpe la volée de marches du perron.

Dans le hall d'entrée, il nous faut passer le contrôle de sécurité. Lorsque je franchis le portique de détection, l'alarme sonne. L'appareil aurait-il détecté ma puce ? Des sueurs froides me prennent. Comment me justifier ?

L'agent de sécurité me fait signe de me mettre sur le côté. Elle me passe soigneusement le corps au magnétomètre. La machine bipe au niveau de ma poche. Je la palpe et en extirpe quelques pièces de monnaie.

Ce léger incident réglé, on pénètre enfin dans le bâtiment. Au bout d'une file interminable, une

Starter adossée à un mur. Impossible de la louper avec son look typique : plusieurs couches de vêtements en lambeaux, lampe de poing et bouteille d'eau en bandoulière. En revanche, sa peau est absolument nickel. Ni trace d'acné ni cicatrice. Elle est tout bonnement canon. Des pommettes saillantes et un corps de rêve.

Hyden lui glisse un petit regard en coin au passage. Je le taquine gentiment.

— Toi, je parie que tu aimerais bien passer son corps au crible…

Un pâle sourire se dessine sur ses lèvres, et encore, je dois me concentrer pour le voir.

— C'est au deuxième, je crois, fait-il en désignant les escaliers.

L'immeuble date de Mathusalem, il faudrait être franchement inconscient pour prendre l'ascenseur. Ni lui ni moi ne nous y risquons.

Parmi les bâtiments plus récents, certains fonctionnent au saprophyte, un système d'énergie complexe créé par les plantes se nourrissant de moisissures, de matières organiques en décomposition. Telles que la poussière de spores. Or une poignée d'entrepreneurs audacieux y ont vu un moyen de faire leur beurre. Un moyen encore controversé. Les opposants à cette source d'énergie crient au danger, ils craignent que le procédé ne libère dans les airs des résidus toxiques de spores, risquant de déclencher une nouvelle vague de contamination. À mon avis, ce n'est qu'un phénomène de mode.

Au deuxième étage, il faut faire la queue un long moment. Notre tour venu, nous nous approchons du comptoir où nous accueille une Ender équipée d'un airécran vétuste. Les images qu'il produit sont défraîchies, imprécises et saccadées, un peu comme la femme.

— Ray Woodland, dites-vous ? couine-t-elle d'une voix éraillée.

— C'est mon père.

— Mais c'est un Middler ?

Je lui réponds que oui.

— Dans ce cas, ma cocotte, il n'est plus parmi nous, réplique-t-elle, soulignant sa réplique d'un haussement de sourcils. Ils ont tous disparu, comme vous le savez.

Ce n'est manifestement pas la première fois qu'elle annonce à un Starter la mort d'un de ses parents.

— Pas tous ! m'insurgé-je. J'en connais un, personnellement. Et vous oubliez les vedettes de cinéma et les politiciens.

— Ce sont des catégories à part, fait-elle en choisissant ses mots, à croire qu'elle s'adresse à une gamine. Mais pour ce qui est du reste d'entre eux..

Elle secoue la tête d'un air chagriné.

— Ça vous ennuie de vérifier quand même ? lui demande poliment Hyden.

Lèvres pincées, elle pianote sur l'airécran de ses vieux doigts noueux. L'appareil met un temps infini à accéder à sa demande, et elle doit s'y reprendre à plusieurs fois pour obtenir un résultat.

Pour finir, une réponse s'affiche. Elle presse alors une icône et le texte s'inverse de manière à ce que je puisse en prendre connaissance par moi-même.

Ray Woodland, 55 ans, décédé.

En dessous, son adresse et son métier – ingénieur.

— Non, ça n'est pas..., bafouillé-je. Et si c'était une erreur ? Il y a eu tant de victimes en même temps parmi les Middlers. Il y a forcément eu des méprises.

Hyden me considère. Son regard – tout du moins celui de Jeremy – est empli d'une tristesse insondable.

L'Ender incline la tête, contrite.

— Mes pauvres cocos. Il faut tourner la page une bonne fois pour toutes, vous savez. Rien ne sert de ruminer le passé. Je vais vous montrer quelque chose. Je ne suis pas vraiment censée le faire, mais bon...

Elle pose l'index sur ses lèvres en m'adressant un regard entendu. Motus et bouche cousue.

— Nous nous comprenons ?

— Pas de souci.

Je scrute Hyden du coin de l'œil. Il semble aussi perplexe que moi.

— Allez m'attendre près de cette porte, nous fait-elle en nous l'indiquant d'un index crochu.

Nous nous exécutons. Un instant plus tard, la porte s'ouvre et l'Ender nous invite à entrer.

Elle place à nouveau le doigt sur sa bouche pour nous intimer de nous taire. Avec un hochement de tête, nous lui emboîtons le pas sans piper mot. Elle nous conduit jusqu'à une salle située en retrait, où œuvrent en silence des dizaines d'employés Enders, chacun installé à un bureau. Hormis la lumière des ordinateurs, la salle est plongée dans le noir. C'est un spectacle assez effrayant. Sur tous les écrans s'affichent des hologrammes de cadavres.

— C'est ici que sont enregistrés tous les décès, la plupart survenus en centre de traitement, précise la secrétaire. Durant la guerre.

Les prétendus centres de traitement où les corps de nos parents ont été transportés suite à leur contamination par les spores.

Elle se penche par-dessus l'épaule d'une collègue et lui glisse quelques mots à l'oreille.

La dame entre le nom de mon père, son adresse et sa date de naissance sur l'écran aérien. Une image sinistre s'affiche aussitôt. Celle d'un homme. Étendu sur une paillasse. Livide et inerte. Sur sa poitrine, un panneau porte son nom et son prénom, suivis d'un long numéro de matricule.

— Ray Woodland, fait la secrétaire.

Mon père. Mort. C'est comme s'il venait de mourir une seconde fois.

Je porte la main à ma bouche pour étouffer un cri de douleur. Hyden passe son bras autour de mes épaules, tandis que la secrétaire me dévisage avec compassion.

— Il vaut mieux passer à autre chose, ma cocotte, fait-elle. Au moins, maintenant, tu es fixée.

Ses paroles me rongent comme de l'acide. J'essuie mon visage noyé de larmes.

— Partons, me souffle doucement Hyden.

Dans le couloir, il me guide en silence jusqu'à la cage d'escalier en me tenant contre lui. Une fois à l'abri des regards, il s'arrête et se plante face à moi.

— Ça va aller ?

— C'est ma faute… c'est moi qui ai insisté pour savoir. Seulement, ce n'était pas la réponse… à laquelle je m'attendais, articulé-je avec peine.

— Je sais bien, fait-il en me prenant tendrement dans ses bras.

La tête enfouie au creux de son épaule, je m'effondre. Les larmes jaillissent de plus belle. Il me serre un peu plus fort, comme s'il pouvait neutraliser mon chagrin en le comprimant de toutes ses forces.

Mais une douleur incommensurable me tenaille. Et Hyden n'y peut rien. Pas plus qu'il ne peut empêcher la suite de se produire.

La voix retentit dans ma tête. Un frisson me court le long de l'échine.

Bonjour, Callie. Désolé d'interrompre ce charmant tête-à-tête.

Je m'écarte brusquement de Hyden.

— Qui est là ?

Un ami.

C'est une voix d'homme, une voix de Middler, me semble-t-il. J'ai ma petite idée sur l'identité de son propriétaire. Hyden m'interroge du regard.

Je pose discrètement l'index sur mes lèvres. L'intrus dans ma tête peut voir à travers mes yeux. Autant qu'il sache, c'est Jeremy qui m'accompagne, autrement dit un inconnu.

Tu as de la compagnie, à ce que je vois. Je suppose que c'est mon fils qui se dissimule dans ce corps ?

Je pousse un long soupir. Le Vieux est trop rusé. Hyden fait un pas en arrière et m'observe avec inquiétude. À en juger par son expression, il a compris le problème.

— Brockman, vous n'utilisez pas votre voix électronique, aujourd'hui ?

C'est tellement prétentieux. J'ai décidé d'être moi-même.

— C'est vous qui avez imité la voix de mon père ?

Le silence retombe pendant quelques instants.

Qu'est-ce que tu veux dire ?

J'ai l'impression que la température a augmenté d'un seul coup dans la cage d'escalier. Une chaleur suffocante m'étreint la gorge. Je tire sur mon chemisier pour y faire entrer un peu d'air. Et si ce n'était pas lui qui s'était fait passer pour papa, après tout ?

Tu as chaud ? Pourquoi rester plantée là ? Tu ferais mieux de sortir.

— Vous voulez que je sorte ?

Hyden fulmine en silence. Je me masque les yeux pour que son père ne le voie pas. Il boirait du petit-lait, s'il le savait dans cet état.

Dis à mon fils d'arrêter de faire joujou avec le corps des autres, tu seras gentille.

— Vous n'avez qu'à le lui dire vous-même !

J'ai une bien meilleure idée.

Je glisse un coup d'œil à Hyden et lui fais comprendre par des gestes que Brockman nous prépare un coup tordu. Des bruits de pas nous parviennent d'en bas. Ils se rapprochent peu à peu, leur écho se répercutant à travers la cage d'escalier. Quelqu'un grimpe à notre rencontre.

Prêts ?

Appuyée à la rampe, je projette mon regard vers les paliers inférieurs. Mes cheveux se dressent sur ma nuque. Une fille monte les marches. Elle ne m'est pas étrangère : nous l'avons croisée peu avant, dans la file d'attente du rez-de-chaussée. C'est la magnifique Starter qui attendait, appuyée au mur. Mais dans ses yeux, je décèle une expression louche qui ne m'est pas inconnue.

Son regard est voilé…

J'avertis aussitôt Hyden.

— Quelqu'un s'est emparé de son corps !

Sacrée Callie. Tu es vraiment une petite maligne.

— Attention, Hyden !

La fille se rue sur lui, les bras pliés dans une posture d'arts martiaux.

Je vous préviens, c'est une experte. Ceinture noire, s'il vous plaît.

— Hyden, c'est une championne de karaté !

Il la laisse venir pour l'esquiver à la dernière seconde. Elle manque se prendre le mur en plein visage.

— Jeremy n'est pas mal non plus, point de vue réflexes, rétorque-t-il.

La Starter fait volte-face et fonce à nouveau sur lui. Ils se jettent l'un sur l'autre et se lancent dans un furieux corps à corps.

Elle parvient à le plaquer contre le mur, et la tête de Hyden va heurter violemment la cloison. Aïe !

Tandis que la bagarre se poursuit et qu'il reprend momentanément le dessus, je suis prise d'une étrange sensation. Je baisse le regard. Mon petit doigt remue avec frénésie. Ce qui n'aurait rien de curieux en soi... si j'en étais responsable.

Tu as vu, Callie ? C'est moi qui le fais bouger. Sur simple commande. Tu es ma petite marionnette. Hahaha !

Je coince ma main dans mon dos et me concentre à fond pour faire cesser les tressaillements.

Pendant ce temps, la fille attrape Hyden à la gorge et se met à l'étrangler. Je me précipite sur elle par-derrière, la saisis par la taille et la tire de toutes mes forces pour le libérer.

— Prends-lui les pieds ! crié-je.

Mais elle ne se laisse pas faire et se débat comme une possédée, envoyant des coups de pied à tout-va. Hyden réussit enfin à lui attraper les chevilles. C'est un poids plume et nous la soulevons sans problème.

— Qu'est-ce qu'on fait d'elle ?

— On l'emporte au parking.

À mesure que nous descendons, la fille se calme. Le signal de sa puce commence à faiblir. Passé le rez-de-chaussée, elle cesse enfin de gesticuler et de hurler.

— C'est bon là ?

— On descend encore un étage et ça ira, fait Hyden.

Au dernier sous-sol, le signal est coupé pour de bon et les muscles de la fille se relâchent tout à fait. Elle pèse alors de tout son poids dans nos bras.

— Il est parti, fait remarquer Hyden en désignant le corps inerte.

— Qui ça ?

— Son locataire. Un des hommes de mon père.

Il pousse d'un pied une porte pare-feu et nous nous retrouvons dans le parking souterrain. Ne voyant aucun garde patrouiller dans les parages, nous la déposons par terre avec précaution. Elle a perdu connaissance.

— Je vais chercher la voiture.

Pendant ce temps, je contemple la fille. Elle paraît soudain très vulnérable, et son expression est si sereine. Sa crinière châtain se répand tout autour de sa tête telle une auréole.

Je tends le bras et examine mon auriculaire. Rien à signaler. Immobile, il ne palpite plus.

Le 4 × 4 se range à ma hauteur. Hyden baisse la vitre.

— Qu'est-ce qu'on fait ? On la porte ? demandé-je.

— Non. Elle peut marcher comme une grande.

Je fais volte-face. À ma grande surprise, la fille a rouvert les yeux et se redresse lentement. Je m'approche d'elle et lui tends la main.

— Salut. Moi c'est Callie.

Elle plaque les paumes sur le béton, dans la posture du puma prêt à bondir.

— Tout va bien, dis-je en esquissant encore un pas vers elle. Tu n'as rien à craindre. Je suis comme toi. (Je me mets dos à elle et soulève ma tignasse pour lui montrer ma cicatrice.) Tu vois ?

— Tu es une Metal…, constate-t-elle avec l'accent prononcé du Sud.

— Oui, et je suis là pour t'aider.

Elle se décrispe.

— Ces rêves… dans ma tête. Le jour… la nuit… Ils me hantent. (Sa lèvre frémit.) Des rêves tellement étranges.

— Je sais de quoi tu parles. Moi aussi, j'en ai tout le temps. Suis-moi. Je vais te donner un truc à grignoter et tu seras en sécurité.

— Tu as à manger ? Je meurs de faim.

— Des Maxitruffes dans la voiture.

— Tu es avec des Enders ?

— Non. Juste des Starters.

Elle s'avance avec méfiance. Hyden déverrouille la portière arrière. En l'apercevant au volant, elle marque un temps d'hésitation.

— Tu n'as rien à craindre, la rassuré-je. Il est avec moi.

Hyden vrille ses yeux aux miens. La jeune fille se laisse bientôt convaincre et grimpe dans la voiture.

11.

La fille s'appelle Savannah. Elle enfourne trois Maxitruffes d'affilée, et aurait sans doute continué sur sa lancée si Hyden et moi n'avions mis le holà. Inutile qu'elle se gave et vomisse dans la voiture. Le but, c'est de la remplumer, pas de la rendre malade.

— Vous avez raison. En plus, je suis bien placée pour le savoir, dit-elle en s'essuyant la bouche du revers de la main. Mon père était nutritionniste.

Voilà qui est intéressant.

— Et tu t'y connais en médecine ?

— Un peu. Ma mère était chirurgien. J'avais l'intention de marcher dans ses pas après le lycée, mais la guerre a chamboulé tous mes projets.

Hyden m'adresse un regard appuyé : une aide médicale supplémentaire ne sera pas du luxe chez nous. Ayant surpris notre échange, Savannah s'inquiète.

— Il y a un problème ?

— Non non, loin de là.

J'ai beau la rassurer, elle insiste.

— C'est juste que… tes talents pourraient nous être utiles. Ce qui est plutôt une bonne nouvelle !

J'ajoute après un moment :

— Pourquoi avoir signé avec la *Banque des Corps*, Savannah ?

Surprise par ma question, elle se raidit et m'adresse un regard en coin. Je vois bien qu'elle hésite à se confier.

— Ne t'inquiète pas, on n'est pas là pour te juger. Au contraire, s'il y a bien des gens qui te comprennent, c'est nous. Moi, par exemple, j'y suis allée parce que j'avais besoin d'argent pour mon petit frère. Il était malade. Il fallait à tout prix que je le sorte de ces squats humides et sans chauffage. Il souffrait de problèmes respiratoires. Et partager d'anciens bureaux délabrés avec les rats et les courants d'air ne faisait qu'aggraver son état. Prime Destinations représentait pour moi la seule issue possible.

Mon récit semble la mettre en confiance. Elle se jette à l'eau.

— Je ne voulais pas que les marshals me capturent. Plutôt mourir, à l'époque. Ils ont embarqué sous mes yeux tous les jeunes de mon quartier. J'aurais pu rester chez moi, mais le gouvernement a condamné ma maison. Soi-disant qu'elle était contaminée. Du coup, j'ai opté pour la *Banque des Corps*.

— Quand ça ? demande Hyden.

— Il y a quelques mois. Et puis, le jour même où j'ai empoché l'argent, un groupe de perdus m'a dévalisée…

Je hoche la tête en silence. Son histoire, je l'ai malheureusement entendue des centaines de fois.

— Vous avez été plus chanceux que moi, j'imagine, ajoute-t-elle en examinant le 4 × 4.

— On aura tout le temps d'en parler plus tard, dis-je. Tout ce qu'il faut savoir, c'est que tu peux nous faire confiance.

Elle ramène alors ses genoux contre sa poitrine et renverse la tête sur l'appuie-tête.

— Vous ne savez pas à quel point c'est agréable à entendre…

De retour au laboratoire, je tire discrètement Hyden par la chemise et lui glisse un mot à l'oreille, désignant le corps de Jeremy dans lequel il se balade toujours.

— Comment on va lui expliquer ça ?

Il hausse les épaules.

— Waouh ! s'exclame Savannah en pénétrant dans la pièce à vivre. C'est génial ! Je ne sais vraiment pas comment vous remercier de m'avoir amenée ici, lance-t-elle en pivotant vers nous. Alors, comme ça, on est chez toi, Hyden ?

— Ouais. D'ailleurs, tel que tu me vois là, ce n'est pas moi, mais un corps d'emprunt, lui lâche-t-il sans préambule.

— Quoi ? (Elle plisse les yeux avec méfiance.) Je croyais que c'étaient seulement les Enders qui faisaient ça.

— Oui. En règle générale, répond Hyden.

— Qu'est-ce que t'as fait de ton propre corps ?

— Il se repose au calme. Pourquoi ?

— Je peux le voir ?

Il s'apprête à dire non, mais j'interviens aussitôt.

— Bien sûr que tu peux le voir. Autant faire la connaissance du véritable Hyden le plus tôt possible.

Il me foudroie du regard. Je sais qu'il n'est pas très chaud, mais il est important de faire en sorte qu'aucun Metal ne se sente exclu du groupe.

Nous la menons jusqu'à la chambre. Le voilà, le vrai Hyden, en chair et en os, allongé sur le lit. Étrange : sa respiration est superficielle, son visage blême.

— Depuis quand le corps est-il dans cette position ? s'enquiert Savannah, inquiète.

— Pas longtemps, répond Hyden.

— Parce que si ça dure, il va falloir le réhydrater.

— Je sais, rétorque-t-il. Je vais m'en charger.

— Bien. À ce propos, c'est un beau corps, fait-elle avec une étincelle coquine dans les yeux.

— Merci ! s'exclame-t-il, les yeux écarquillés.

Il a l'air si surpris que je manque d'éclater de rire.

— Allez, viens avec moi, dis-je en entraînant Savannah dans mon sillage. On va te trouver une chambre.

À l'évidence, Savannah se fiche de savoir si les draps sont propres. Le temps que j'aille lui chercher des serviettes et des produits de toilette, elle s'est écroulée sur le lit et dort comme une souche.

Je préfère la laisser se reposer. En retournant dans le couloir, j'aperçois une silhouette de dos. Je tressaille en reconnaissant le propriétaire de ces épaules musculeuses et de cette tignasse ébouriffée.

Hyden. Le vrai. Dans son propre corps.

Mes jambes me lâchent et mon monde est à nouveau bouleversé. Hyden a beau être devant moi, j'ai l'impression de l'avoir perdu. J'essaie de me faire une raison. Après tout, les choses ont repris leur cours normal. Il a récupéré son enveloppe.

Même si cela signifie qu'on ne pourra plus se toucher.

— Hyden…

Il pivote face à moi. Je contemple ce visage que j'apprends encore à déchiffrer, ce regard mélancolique.

— Quoi ?

— Tu ne m'as pas prévenue, dis-je sur le ton du reproche.

Il penche la tête de côté, étonné.

— Ce n'est pas ce que tu voulais ?

Si. Mais pas comme cela. Il m'a prise au dépourvu et je suis déçue. Sans doute que je m'attendais à quelque chose, sans vraiment en avoir conscience…

Un dernier baiser, une caresse peut-être. Un geste de sa part, quel qu'il soit, pour me dire au revoir. Un moment volé avant qu'il ne redevienne Hyden, l'inaccessible.

Bien sûr, ma réaction est très égoïste.

— Je pensais que peut-être…

— Je sais, Callie. Moi aussi.

C'est comme si une barrière invisible s'était brutalement érigée entre nous. Après un long moment d'hésitation, les mots franchissent enfin mes lèvres.

— J'espérais que… tu m'attendrais.

— Impossible. Ça commençait à faire un peu long. Savannah avait raison : mon corps avait besoin d'être hydraté.

Celui de Jeremy est étendu sur le divan, près du lit où reposait celui de Hyden. À côté de Jeremy, une petite unité airécran.

— C'est relié à la voiture ?

— Chut…

Il pose un doigt sur ses lèvres.

Les paupières de Jeremy tressautent et ses lèvres remuent d'un mouvement convulsif.

Il revient peu à peu à lui. Je m'affole.

— Tu n'as pas peur qu'il essaie de te frapper à son réveil ?

— Bien vu. Je vais prévenir Ernie, juste au cas où.

Il dégaine son portable et lui envoie un Zing.

Mais avant que le garde du corps n'ait eu le temps de rappliquer, Jeremy ouvre les yeux. La panique se lit immédiatement sur son visage. Il tente de redresser le buste sans y parvenir. Il jette des coups d'œil furtifs tout autour de lui, visiblement perdu. J'essaie de le rassurer.

— Tout va bien, Jeremy.

Hyden me fait signe de me taire, mais il est déjà trop tard. Jeremy m'a entendue. Il pose les yeux sur moi.

— Qui es-tu ? Qu'est-ce que je fous ici ?

Je pourrais lui dire que ce n'est pas une façon de parler à une fille qu'il a embrassée, mais ça ne ferait qu'envenimer les choses.

Il réussit enfin à s'asseoir et se prend la tête entre les mains, sûrement en proie à une migraine épouvantable.

— Je m'appelle Callie.

— Jamais entendu ce prénom, rétorque-t-il sèchement.

Bonjour la politesse ! Ce type est aimable comme une porte de prison.

— Normal, on ne se connaît pas encore. Tu veux que j'aille te chercher un verre d'eau ?

Il commence à esquisser un oui de la tête mais s'arrête net. Son mal de crâne, sans doute.

— Oui.

Hyden me fait signe de ne pas bouger, qu'il s'en charge. Jeremy ne prend conscience de sa présence qu'au moment où il quitte la pièce.

— Qui c'est, celui-là ?

« Le mec qui a squatté ton corps », ai-je envie de répondre le plus naturellement. Mais je me ravise.

— Hyden. Un ami.

— Son visage me dit quelque chose…

Mieux vaut éviter qu'il se rappelle la bagarre ayant mené à sa capture.

— Tu es juste un peu confus. Lui et moi, on est des Metals. Comme toi.

— Des Metals. Comme moi…, répète Jeremy pour lui-même.

Hyden revient bientôt avec un verre d'eau. Jeremy le vide d'un trait.

— Alors, comme ça, vous avez aussi une micropuce dans la tête ? Vous avez bossé pour Prime Destinations ?

On acquiesce.

— Cette putain de *Banque des Corps*… Si jamais le Vieux a le malheur de croiser mon chemin, je jure que je lui briserai le cou.

Je décoche un regard à mon ami, mais ses yeux restent rivés sur Jeremy.

— Tu as l'air très musclé, remarque Hyden. Quels talents avais-tu inscrits sur ta liste à Prime Destinations ?

— Arts martiaux divers et variés. Taekwondo, kali, gatka.

Hyden esquisse un sourire approbateur.

Nous avons déjà eu l'occasion de voir ses talents à l'œuvre. Ce type est une véritable machine à tuer.

Aussi juge-t-on préférable de ne pas lui en apprendre trop d'un coup, histoire qu'il s'acclimate à son rythme. À part ma puce, qui a été modifiée par Redmond, celle des autres donneurs possède un pare-crime... actif lors des locations, empêchant les locataires de commettre une agression dans un corps d'emprunt. En temps normal, lorsque le Metal est lui-même, je doute que le pare-crime fonctionne. Et le moment est mal choisi pour un test.

Ce soir-là, alors que je suis en train de me servir une assiette dans la cuisine, Hyden se glisse près de moi et me gratifie d'un large sourire.

— Que me vaut ce plaisir ? C'est la soirée chili con carne qui te met en joie ?

— Je tenais juste à te remercier, Callie.

— Pour quoi ?

— Pour tout. Pour m'avoir persuadé de rassembler les Metals.

— Ah ! Tu vois que j'avais raison !

— Oui. Ça me fait un bien fou de savoir tous ces gens à l'abri de mon père. J'ai l'impression qu'on forme une sorte de communauté. Et puis... on mange beaucoup mieux depuis qu'ils sont là !

Je lève les yeux au plafond et me dirige vers le réfectoire où je prends place près de Redmond. Hyden s'assied à l'autre bout de la table, face à Jeremy. À les voir ainsi réunis dans la même pièce, l'un en face de l'autre, j'ai l'impression de souffrir d'hallucinations. En même temps, je suis ravie qu'ils finissent par s'entendre, après un début de relation pour le moins houleux.

Jeremy, comme le reste des Metals, s'est rendu compte qu'il avait tout intérêt à demeurer parmi nous, qu'il était plus en sécurité ici qu'à l'extérieur. À la même table, Lily l'acrobate et Derek le grimpeur. Ce dernier tente de passer un saladier à Savannah qui l'ignore, distraite par Michael. Mon ami a déjà fini son assiette et s'amuse à la dessiner. D'autres Metals sont installés à travers la salle tout autour de nous.

Jeremy fait soudain tinter son verre avec sa fourchette et les conversations se dissipent.

— J'aimerais bien qu'on parle un peu de nos flashback, lance-t-il à la cantonade.

— Ceux de nos locataires, tu veux dire ? demande Savannah, avide d'en apprendre plus.

— Écoutez-moi, je sais que je ne suis pas le seul concerné. Les rumeurs circulent. Parlons-en librement une bonne fois pour toutes. Qui veut commencer ?

Savannah lève la main.

— Ma locataire a profité de mon grade de ceinture noire pour aller casser la gueule à son ex-amant, un vieil Ender décrépit. Quand le souvenir m'est revenu, j'ai été ultrachoquée. Je ne sais pas ce qu'il a pu lui faire, mais elle s'en est donné à cœur joie.

À son tour, Michael prend la parole.

— Mon locataire était une espèce de vieux dégueulasse.

— Je confirme, dis-je. Je l'ai rencontré.

— Il voulait impressionner les filles en se servant de mes talents de dessinateur. Il leur proposait de faire leur portrait, raconte Michael.

— À poil ? demande Jeremy, goguenard.

— Qu'est-ce que tu crois ? Évidemment !

Le dégoût se peint aussitôt sur tous les visages.

— Tu dois avoir des souvenirs intéressants, alors, plaisante Jeremy.

— Non. Elles l'ont – m'ont – toutes envoyé promener. Apparemment, son petit numéro ne trompait personne. Elles l'ont vu comme le pervers qu'il était.

Lily lève ensuite la main.

— Ma locataire était une Ender de cent ans en phase terminale de cancer. Elle rêvait de faire du trapèze. En revoyant défiler ses souvenirs, j'ai ressenti son enthousiasme et son impression de légèreté. Elle a vécu une expérience inoubliable. C'était merveilleux.

Peu à peu, le bourdonnement des conversations reprend dans la vaste salle.

Redmond en profite pour s'adresser à moi à mi-voix.

— Tu as toujours la clé USB que je t'avais laissée dans la boîte métallique ?

J'écarquille les yeux.

— La clé contenant les infos relatives à l'altération de ma puce ?

— Oui, c'est ça.

— Elle est en lieu sûr.

— Bien. (Il baisse encore d'un ton.) Surtout, ne la donne à personne, sous aucun prétexte !

Au fond de ses yeux, je décèle une lueur triste. Je me demande bien ce qui peut le chagriner à ce point. J'opine du chef.

— Redmond, j'ai un service à vous demander.

— Je ne peux pas te retirer ta puce, si c'est ta question.

— Je ne pensais pas à la puce, mais à la plaque magnétique qui la recouvre. Celle que vous avez installée pour bloquer le détecteur.

— Pourquoi vouloir y toucher ?

— Elle est inutile. Elle ne fonctionne plus.

— Je t'avais prévenue que c'était seulement temporaire…

— Oui. Et c'est pour ça que je veux m'en débarrasser. Je crois qu'elle me provoque des irritations. Je n'arrête pas de me gratter le crâne.

Il écarte son bol.

— Il vaut mieux ne pas la triturer. Ça t'évite le traumatisme d'une nouvelle intervention cérébrale. Elle est inoffensive là où elle est.

— C'est ma tête. Moins j'aurai de métal dans le crâne, mieux je me porterai !

Redmond fait maintenant la moue. Quant à moi, je croise les bras d'un air résolu. Il a beau avoir raison, il est hors de question que je cède. D'une certaine manière, j'ai l'impression qu'en retirant la plaque, cela me rapprochera un peu plus de mon but ultime, à savoir l'extraction de la puce elle-même… un jour.

Hyden a donné son feu vert pour l'intervention. J'ai demandé à Michael de m'accompagner pour m'apporter son soutien. Redmond nous conduit dans une sorte de bloc opératoire flambant neuf. Tandis que Redmond prépare le matériel, une forte odeur de désinfectant m'irrite les narines.

— Tu es prête ?

J'acquiesce. Il me fait alors m'allonger à plat ventre sur une table d'opération. À l'emplacement de la tête, un trou est prévu pour permettre au patient de respirer confortablement.

— Qu'est-ce que vous faites ?

— Je dépose des bandelettes étanches autour de la plaque de manière à protéger tes cheveux.

— Mais la plaque est minuscule. J'ai l'impression que vous me recouvrez tout le crâne !

— Mieux vaut être trop prudent que pas assez, ma chère Callie.

— Ça va lui faire mal ? s'inquiète Michael.

— En théorie, non, répond Redmond. Je n'incise pas. Ça reste une opération superficielle.

Si seulement il pouvait me percer le crâne et m'extirper cette fichue puce. Mais c'est déjà un bon début. Tout vient à point à qui sait attendre. J'entends le bruit d'un vaporisateur et une onde de froid m'engourdit aussitôt le cuir chevelu.

— Ce produit forme une pellicule qui, combinée aux bandelettes, protégera ton crâne. De cette manière, le dissolvant que je suis sur le point d'utiliser ne pourra pas s'attaquer à ta peau.

— À quoi sert le dissolvant ? le questionne Michael.

J'entends dans sa voix percer la fascination. Il observe sans doute la procédure comme un enfant le nez collé à la vitrine d'une confiserie. Peut-être qu'un jour, j'aurai le plaisir de découvrir le dessin de mon opération parmi ses croquis.

— L'adhésif employé pour fixer cette minuscule plaque métallique à l'arrière de son crâne doit être dissous pour désolidariser le composant. C'est une colle très puissante – raison pour laquelle j'aurais préféré ne pas avoir à y toucher, dit-il en haussant la voix pour s'assurer que je reçois le message cinq sur cinq. Il nous faut un dissolvant corrosif.

La patience commence à me faire défaut.

— Trêve de blabla, Redmond. Allez-y !

— Bon bon. Attention, Callie, on ne bouge plus.

Je perçois bientôt le bruit du dissolvant qui mousse, bouillonne à quelques millimètres de mes oreilles. Une odeur désagréable m'attaque le nez.

— Pouah ! s'exclame Michael. Ça empeste !

— Ne t'approche pas trop, petit. À présent, à l'aide d'une pince, je vais saisir la plaque et l'arracher aussi délicatement que possible.

Quelques secondes plus tard, je sens Redmond tirer sur le métal.

— J'ai libéré le côté gauche… reste plus que le droit.

Il poursuit son œuvre avec mille précautions. Ce coup-ci, je sens la plaque se détacher complètement de mon crâne.

— Voilà, je l'ai retirée ! Génial. Une petite seconde, le temps que je nettoie tout ça, et ce sera fini.

C'est sans aucun doute mon imagination, mais je me sens tout à coup plus légère. Très fier, Michael me tapote le bras.

— Bravo, Callie ! Tu as été très courageuse.

Alors que Redmond se tourne pour attraper un aseptisant, une sirène retentit dans le couloir.

— Qu'est-ce qui se passe ? hurlé-je afin de me faire entendre.

— C'est l'alarme. Ne bouge pas de là.

Sur ces mots, Redmond se précipite hors de la salle en refermant la porte derrière lui.

Je me redresse comme un diable sort de sa boîte.

— Callie, qu'est-ce qu'il vient de te dire ! me sermonne Michael.

Ma gorge me brûle, mes yeux me picotent. Dans la salle, une odeur âcre se mêle peu à peu à celle des médicaments. Je suis maintenant prise d'une toux irrépressible. Michael et moi échangeons un regard inquiet. Puis, à son tour, il se met à tousser.

L'air est toxique. En levant la tête, j'aperçois une épaisse brume blanche filtrer à travers le conduit d'aération, semblable à un dragon crachant de la fumée.

12.

Je saute par terre, attrape une serviette et la passe en vitesse sous le robinet d'eau froide pour la mouiller. Je la tends à Michael.

— Plaque ça sur ton visage !

Je répète la même opération pour moi. L'étoffe nous protège un peu, mais pas assez. Nous suffoquons.

Dans le couloir, la fumée s'insinue par tous les conduits, son odeur âcre nous accable. Michael ne me quitte pas d'une semelle. J'écarte un instant la serviette de ma bouche pour appeler à l'aide.

— Redmond !

C'est peine perdue. L'alarme assourdissante couvre tout le reste.

L'air saturé de fumée me brûle les yeux. Aveuglée, je ne vois rien au-delà de quelques mètres. Je me dirige le long du couloir à tâtons en m'aidant du mur.

— Callie, on va où ? demande Michael.

— Redmond ! Hyden !

J'ai beau m'égosiller, la sirène étouffe mes hurlements. Je jette un coup d'œil par-dessus mon épaule, mais la fumée forme désormais un écran opaque. Je ne distingue même plus Michael derrière moi. Le bruit me désoriente, le gaz m'asphyxie. Je perds progressivement mes repères. Mes sens se paralysent. Tout à coup, une main m'empoigne le coude.

Je pivote sur moi-même et me retrouve face à un inconnu.

Un Ender très baraqué portant un masque à gaz. On dirait une espèce d'extraterrestre obèse. À son ceinturon, je remarque un petit revolver ultraléger, le grand favori des Enders. Mais c'est un Taser qu'il agite sous mon nez.

J'enroule ma jambe autour de la sienne pour lui faire un crochet, mais ma prise ne le déstabilise pas d'un pouce. Volant à ma rescousse, Michael récolte une décharge de Taser. Foudroyé, il s'affale par terre aussi sec. Je lâche mon masque de fortune. Les mains libres, je me lance dans une lutte effrénée avec l'Ender. Manque de bol, il est mille fois plus costaud que moi. Bientôt, il me bloque les poignets.

Sans le tissu sur mon nez, les effets du gaz se font vite ressentir. Je suis bientôt prise de violents vertiges et de nausées.

L'Ender approche le Taser de mon corps, s'apprêtant à me neutraliser à mon tour. Je l'esquive au dernier instant. Les électrodes se projettent contre le mur.

Il me tire alors par le bras d'un coup sec. Affaiblie par le gaz, je n'ai pas la force de résister et me retrouve à quelques centimètres de son visage. Soudain, ses yeux s'agrandissent de terreur et il s'écroule. Ernie se tient derrière lui, un masque sur la figure, un pistolet encore fumant à la main. L'alarme a dû couvrir la détonation. Vite, il arrache son masque à l'homme inanimé pour me le tendre. Dégoûtée, j'hésite tout d'abord à l'enfiler, mais ma répulsion s'envole avec la première bouffée d'oxygène.

— Ça va ? s'enquiert Ernie, la voix étouffée par son masque.

Je dégage les mèches de ma figure et hoche la tête.

— Michael est blessé, dis-je en me tournant pour lui indiquer dans quelle direction chercher.

— Il y avait d'autres personnes avec vous ?

Je fais signe que non.

— Sais-tu où est Hyden ? demandé-je, inquiète.

— Il va bien. Par contre, tous les autres ont été enlevés.

Sur ces paroles, Ernie disparaît à travers le rideau de fumée.

— Enlevés ? Tous les autres ? répété-je avec stupeur, une fois seule.

J'ai la peau moite. Je pose le regard à l'endroit où gît l'Ender qui m'a attaquée.

— Espèce de salaud !

Ses yeux se rouvrent d'un seul coup et il m'agrippe le mollet. J'étrangle un cri de surprise.

— Ernie !

J'ai beau me débattre, l'Ender se cramponne à ma cheville.

Alerté par mon cri, le garde du corps revient en courant, Michael sur ses talons, quoique nettement ralenti. La fumée se dissipe peu à peu. Ernie se penche en avant et braque son arme sur la tête de l'intrus.

— Lâche-la immédiatement !

L'Ender s'exécute. Il se renverse en arrière, épuisé et blanc comme un linge.

— Callie, écarte-toi ! ordonne Ernie d'un mouvement du menton.

Je fais quelques pas en arrière. Michael me récupère dans ses bras. Le gaz s'est quasiment évaporé. Ernie retire son masque et je l'imite.

— Pour qui tu travailles ? aboie le garde du corps.

L'Ender s'emmure dans le silence, l'expression amère et résignée.

— Écoute, papi, tu te vides de ton sang à la seconde. À vue de nez, il t'en reste pas plus de soixante à vivre. (Ernie fouille dans sa poche et en sort un objet.) Tu vois cette seringue ? Le produit qu'elle contient stoppera ton hémorragie.

L'Ender écarquille les yeux, ragaillardi.

— Tu veux sauver ta misérable vie ? Commence par passer à table. Qui t'envoie ?

Va-t-il se confier ? J'adresse un regard anxieux à Michael.

Les lèvres du vieillard se mettent lentement à remuer.

— Brockman.

Il toussote. Ernie poursuit.

— Qu'est-ce qu'il compte faire de nos Metals ? Les faire exploser ?

L'Ender secoue la tête.

— Les vendre… très cher. (Il tend le bras vers la seringue.) Le produit…

Imperturbable, Ernie éloigne son bras.

— Quand va-t-il les vendre ?

Cette fois, le blessé esquisse une grimace de douleur.

— Dans… dix… jours.

— À qui ?

— Aux plus riches… Enders… de la planète.

— Où ça ?

— L'injection…, articule le vieillard.

Consultant sa montre, Ernie lui injecte le produit d'une pression du pouce. L'Ender ne tressaille même pas.

— Où ça ? répète ensuite le garde du corps. Où est-ce qu'il va les vendre ?

Les yeux de l'homme se voilent et sa tête bascule sur le côté.

— Où Brockman se planque-t-il ? hurle Ernie en le secouant comme un prunier.

— Inutile, dis-je en posant la main sur son épaule. Je crois qu'il est mort.

Après avoir palpé son pouls, le garde du corps se relève.

— L'injection n'a pas fait effet, remarque Michael.

— C'était prévu au programme, rétorque Ernie, sans émotion. Au moins, ça lui a délié la langue. Venez, on ferait mieux de lever le camp.

Il se dirige au pas de course vers le laboratoire, suivi de nous deux. Hyden surgit devant nous, un grand sac noir à l'épaule. Et Redmond ne tarde pas à le rejoindre.

J'attrape alors Hyden par le bras pour le prendre à part.

— Ils ont kidnappé tous les Metals !

— Pas tous, rectifie-t-il, l'air sombre. Pas toi. Heureusement que tu étais au bloc. Et toi aussi, ajoute-t-il à l'adresse de Michael.

Ensemble, nous nous dirigeons vers le fond de la salle, Ernie en tête. Pourquoi nous mène-t-il dans un cul-de-sac ? Je m'apprête à lui poser la question lorsque Hyden pose la main dans une encoche dissimulée dans le mur. La cloison coulisse aussitôt, dévoilant un étroit couloir. Nous nous y engageons sans un mot et elle se referme derrière nous dans un bruit sec.

Au bout, Hyden fait apparaître un escalier exigu en colimaçon. Nous grimpons les marches quatre à quatre. Essoufflée, je cesse bientôt de compter les étages – ils semblent s'enchaîner à l'infini ! Constatant ma baisse de régime, Ernie enfile son bras sous le mien et m'aide à gravir le reste de l'escalier.

J'entends le halètement rauque de Redmond qui nous suit vaillamment malgré son âge avancé.

Parvenu enfin au sommet des marches, Hyden actionne un boîtier d'ouverture et le panneau s'ouvre sur le garage pour se refermer ensuite derrière nous. Personne ne soupçonnerait l'existence du passage secret.

Mais alors que nous rejoignons la voiture, les portes de l'ascenseur tintent. Deux Enders en jaillissent, arme au poing, le visage protégé par un masque à gaz. L'un d'eux frise les deux mètres et une crinière argentée digne d'un Viking lui recouvre les épaules.

Ernie nous couvre. Je monte à l'avant, Michael à l'arrière, et Hyden saute au volant.

Redmond puise dans ses dernières forces pour atteindre le véhicule, mais l'Ender géant le ceinture au passage.

Ernie revient aussitôt sur ses pas pour lui prêter main-forte, mais l'autre Ender, un homme plus trapu, l'ajuste et tire. La balle l'atteint en haut du torse. Je lâche un cri. Redmond pivote face à son adversaire. Dans la bagarre, une nouvelle détonation retentit et l'informaticien s'écroule par terre, une balle en pleine poitrine.

Je pousse un hurlement de douleur.

— Redmond !

Entre-temps, Ernie s'est traîné jusqu'au 4 × 4. Il pose un pied sur le rebord. Michael finit de le hisser à l'intérieur en le tirant par le coude.

Pas le temps de se réjouir : nos deux ennemis fondent sur nous. Hyden sort alors du garage en marche arrière toute et actionne un bouton. Le lourd rideau métallique s'abaisse. Mais les deux Enders sont déjà prêts à se faufiler dessous. Voyant cela, Hyden appuie une seconde fois sur le bouton, accélérant la fermeture du rideau. Ce dernier s'abat sur le Viking comme la lame d'une guillotine, lui tranchant la tête net. Mon estomac fait un bond et je détourne le regard, le cœur au bord des lèvres. Michael me cache les yeux.

Lorsque je les rouvre, nous avons quitté le parking.

— Redmond…, balbutié-je.

Les larmes me montent aux yeux à la vitesse d'un cheval au galop.

— Je sais, Callie, répond Hyden. C'est triste, mais il est mort sur le coup. Il n'a pas eu le temps de souffrir. (Il me laisse un moment pour que je reprenne mes esprits puis enchaîne.) En revanche, Ernie a été touché. Tu peux t'occuper de lui ?

Je pivote vers la banquette arrière. Le garde du corps est avachi sur le siège, la main plaquée contre le cœur. Une tache de sang s'épanouit sur sa veste.

La vue du sang me file la nausée, je me penche tout de même pour l'examiner.

— Michael, tu peux soulever ses habits, que j'inspecte la blessure ?

Avec mille précautions, il écarte la veste d'Ernie et déboutonne sa chemise jusqu'à ce que l'endroit de l'impact apparaisse. Dieu merci, le trou se situe nettement au-dessus du cœur.

— La balle l'a touché à l'épaule, dis-je à Hyden avec un soupir de soulagement.

— Il lui faut quand même voir un médecin, répond ce dernier, les yeux rivés à la route.

Ernie secoue énergiquement la tête.

— Il ne veut pas, nous signale Michael.

— Il fera ce que je lui dirai de faire, rétorque Hyden, pied au plancher.

En quelques minutes, le système de navigation nous conduit jusqu'à l'hôpital des Sœurs de la Miséricorde. De part et d'autre de l'allée, des pots de fleurs en plastique. Encore un établissement hospitalier qui, victime de notre époque, peine à joindre les deux bouts.

Hyden se rapproche de l'entrée des urgences. J'examine à nouveau Ernie. Le pauvre a le front dégoulinant de sueur et le regard vitreux. Une main posée sur son épaule et l'autre comprimant la blessure, Michael tente de le réconforter. À mon tour, je cherche des paroles rassurantes.

— Ça va aller, Ernie. On est presque arrivés…

Le garde du corps dégaine alors son arme et la pointe sur Hyden. Michael s'écarte immédiatement.

— Arrête la caisse.

Hyden se gare un peu avant l'entrée des patients.

— Je t'emmène voir un médecin, que tu le veuilles ou non, Ernie ! Tu es blessé.

— Saigner, ça fait partie de mon job, rétorque le blessé.

— Arrête ton cirque. Tu sais aussi bien que moi que tu ne vas pas me tirer dessus.

— Pas question que vous entriez dans cet hôpital, articule Ernie avec difficulté. C'est trop dangereux pour des jeunes. Vous risqueriez de vous faire arrêter. On fait à ma manière… ou pas du tout.

Hyden finit par céder et coupe le moteur. Je saute de voiture, ouvre la portière arrière et, secondée de Michael, aide Ernie à descendre. Il s'appuie contre le mur près de l'entrée des urgences et nous fait signe aussitôt de déguerpir.

— Désolé pour Redmond, nous lance-t-il en guise d'au revoir. J'ai manqué à mon devoir.

Un aide-infirmier se dirige déjà vers lui avec une chaise roulante. Nous nous dépêchons de remonter en voiture.

— C'est un dur à cuire, fait remarquer Hyden. Ne vous inquiétez pas, il reprendra contact avec moi dès qu'il ira mieux.

À l'arrière du 4 × 4, le regard hébété, Michael a l'air aussi traumatisé que moi. Hyden rejoint maintenant l'autoroute et roule en direction de l'est. Mon visage commence sérieusement à me démanger, je me gratte la joue. Un geste qui n'échappe pas à l'attention de Hyden.

— Arrête ! Ne te touche surtout pas la figure.

Il entrouvre un compartiment au plafond où est rangé un petit kit de premiers secours. Il en sort trois paquets blancs de la taille de ma paume environ.

— Qu'est-ce que c'est ?

Il m'en lance deux.

— Ouvre.

J'en passe un à Michael. Sur l'emballage est inscrit le nom à rallonge d'une molécule chimique qui m'est inconnue. Je le déchire, il contient une lingette imbibée de liquide.

— Essuie-toi le visage en premier, sans oublier le nez. Ensuite, nettoie-toi les mains, les mollets. Bref, toutes les zones de ta peau exposées au gaz.

Je fais glisser le tissu sur mes joues. Une sensation de fraîcheur pénètre instantanément ma peau.

— Ça fait du bien !

— Ce produit neutralise les résidus de la plupart des gaz.

Michael m'imite.

— Ces résidus, qu'est-ce qu'ils peuvent provoquer ?

Hyden secoue la tête.

— Tu tiens vraiment à le savoir ?

Je l'observe attentivement, et reproduis ses gestes, passant la lingette sur mon visage, puis partout où ma peau est en contact avec l'air. Pour finir, je la froisse et la jette dans une petite poubelle prévue à cet effet, dans la portière.

— Pauvre Redmond ! soufflé-je, le cœur gros.

— Tu sais, Callie, il aurait préféré se donner la mort plutôt que de travailler pour Brockman.

Un sentiment de vide terrible me ronge de l'intérieur. Comme le jour où les marshals ont enfumé notre squat, nous obligeant à fuir en abandonnant tout derrière nous, y compris le cadre holographique avec les seules photos qui nous restaient de nos parents. À ce mauvais souvenir, une envie irrépressible me saisit d'aller retrouver mon petit frère, de le prendre dans mes bras et de ne plus le lâcher.

— Il faut que je voie Tyler.

— Pour que mon père nous piste jusqu'au chalet ? Très peu pour moi.

— Il n'a pas tort, accorde Michael.

Hyden allume le radar.

— Qu'est-ce que tu fabriques ?

— Je scanne la zone, rétorque-t-il d'une voix sèche, comme si ça sautait aux yeux.

Il appuie sur un bouton et la voiture se met en conduite automatique, ce qui lui permet d'abandonner le volant.

— Tu trouves que le moment est bien choisi pour faire ça ? lâche Michael.

— Du calme, j'essaie juste de voir si on ne peut pas capter le signal des kidnappeurs. Ils ont embarqué tous nos Metals. L'écran devrait s'illuminer comme un sapin de Noël !

Je dresse l'oreille.

— Tu veux dire qu'on a peut-être encore une chance de les récupérer ?

— C'est l'idée.

J'observe l'écran tandis que Hyden le manipule, élargissant la zone de balayage du radar. Intrigué, Michael se penche aussi vers l'avant pour contempler l'évolution de nos recherches.

Hyden a beau s'acharner, augmenter le rayon d'action du scanner, le plan quadrillé reste résolument muet. Aucun résultat.

Furieux, il finit par envoyer son poing au travers de l'airécran, qui s'éteint temporairement.

— Ils sont trop rusés, fait-il avec une pointe de cynisme dans la voix. Ils bénéficient d'un bouclier similaire au nôtre ! Ils nous ont filé entre les doigts ! (Il frappe le volant.) Et tous ces Metals qui comptaient sur moi pour les sortir de ce merdier !

— Qu'est-ce que tu suggères ?

— Je ne sais pas, Callie. En tout cas, on ne peut pas retourner au labo.

Il coupe le pilotage automatique et poursuit sur la voie express quelques kilomètres supplémentaires. Je m'aperçois que Michael, éreinté, s'est endormi sur la banquette arrière. J'y vois l'occasion pour moi d'un tête-à-tête inespéré avec Hyden.

— Tu veux bien relever la vitre de séparation ?

Il jette un coup d'œil dans son rétroviseur et, découvrant Michael assoupi, appuie sur un bouton. Un écran en plexiglas s'élève jusqu'au plafond en silence, isolant l'avant de l'habitacle de l'arrière. On est à présent seule à seul.

— De quoi veux-tu qu'on parle ?

— Au Centre des Archives, quand ton père s'est infiltré dans ma tête, il s'est produit un étrange phénomène.

— Tu peux préciser ?

— Il a réussi à me téléguider, en quelque sorte.

— Comment ça ?

— Il m'a fait remuer le petit doigt. Malgré moi.

— Pourquoi tu ne me l'as pas dit sur le coup ?

— Ce n'est pas comme si on en avait vraiment eu l'occasion, tu sais.

— Ça veut dire qu'il gagne du terrain. Callie, c'est le genre d'info qu'il faut absolument me communiquer en direct !

— Je te le dis maintenant, non ? (Agacée, je me masse les tempes.) Il y a autre chose. Je n'ai pas eu le temps de t'en parler non plus.

— Quoi ?

Il me regarde en plissant les yeux.

— Quand je l'ai confronté, il n'a pas reconnu s'être fait passer pour mon père.

— Il est comme ça.

— Non. D'habitude, il s'attribue toujours le mérite de ses actions.

— Il te fait marcher, et toi tu cours. N'y pense plus.

Hyden quitte l'autoroute et nous nous retrouvons vite à longer le lit asséché de la rivière qui traversait

Los Angeles. Il s'engage ensuite dans un tunnel de maintenance qui débouche sur le fond en ciment du canal.

C'est à ce moment que Michael se réveille et se met à tambouriner contre le plexiglas.

— Tu nous emmènes où ? demande-t-il à Hyden une fois la vitre abaissée.

— La Compagnie de l'Eau et de l'Électricité a construit cette petite rampe très pratique il y a plusieurs décennies de cela. Et, comme tu vois, elle va nous permettre de descendre bien profond, donc en sécurité. En bonus, je vous promets une salle de bains !

Arrivés en bas de la rampe en colimaçon, nous découvrons un monde à part : un marché composé de tentes de fortune où s'affairent toutes sortes d'Enders et de Starters. Un jeune garçon dépenaillé se précipite sur notre 4 × 4, une bouteille et des chiffons à la main.

— Attention ! signalé-je à Hyden pour ne pas qu'il l'écrase.

— Je l'ai vu, ne t'inquiète pas. Il est là pour nettoyer d'éventuels résidus de spores.

Et de fait, dès que nous sommes garés, le Starter s'affaire à frotter vigoureusement la carrosserie. Hyden lui glisse un dollar en descendant de voiture.

— Qu'est-ce que c'est, cet endroit ?

— Le Marché aux Puces, me répond-il. On est obligés de le traverser pour accéder aux toilettes publiques.

— Bon, ben, qu'est-ce qu'on attend, nous lance Michael, les yeux brillants de curiosité.

Nous suivons Hyden jusqu'à un guichet tenu par une Ender drapée d'un châle vert à fleurs.

Il dépose trois billets devant la vieille femme et elle nous ouvre la grille.

— Amusez-vous bien, dit-elle, l'œil pétillant de malice.

Je lui trouve quelque chose de familier. Ce n'est pas son visage, plutôt… son châle. Ma mère avait la même.

Encore sous le choc de la fusillade, nous traversons les allées comme des somnambules, regardant sans les voir les objets d'un autre siècle proposés à la vente.

Michael s'arrête soudain devant un stand.

— C'est quoi ce machin ? demande-t-il en montrant du doigt une épaisse plaque rectangulaire en métal.

Le vendeur, un Ender excentrique aux cheveux tressés, sort de sa torpeur à cette question.

— Ça, mon gars, c'est un ordinateur !

— Vous voulez dire que ce gros truc était nécessaire pour accéder aux Pages, l'ancêtre de l'airécran en quelque sorte ?

— C'est ça, confirme Hyden, sauf qu'à l'époque, ils n'appelaient pas ça les Pages.

Le vendeur nous gratifie d'un sourire et soulève le capot de la relique.

— Waouh ! m'exclamé-je. Il y a des touches comme sur une machine à écrire !

— Une quoi ? m'interroge Michael tandis que nous nous éloignons après avoir remercié le vendeur.

— T'as jamais vu de machine à écrire dans les vieux films ?

Michael secoue la tête, mais laisse tomber. Il sait très bien que c'est avec mon père que je les regardais et que leur évocation m'est douloureuse.

— Pourquoi tous ces gens vivent-ils planqués sous terre ? demandé-je à Hyden, histoire de changer de sujet.

— Ils ont peur d'une nouvelle attaque et des résidus des spores. C'est pour ça qu'ils ont fait ce choix.

— Ils ne sont pas vaccinés ? s'étonne Michael.

— Pas tous. Et le vaccin ne les protégerait pas en cas de nouvelle attaque biochimique.

Rien que d'entendre ces mots me fait tourner la tête.

Je m'asperge la figure d'eau au-dessus du lavabo puis m'essuie les mains avec l'une des serviettes en papier soigneusement empilées sur le côté. La femme à l'étole a dû les piquer à un marchand de hot-dogs ambulant.

Des images de Redmond et d'Ernie tombant sous les balles m'assaillent. Je prends une profonde inspiration pour les chasser de mon cerveau et sors rejoindre les garçons.

Michael et Hyden m'attendent devant un distributeur automatique. Ils ont acheté des bouteilles d'eau et des barres chocolatées. Des versions bon marché des Maxitruffes, avec le strict minimum en termes de vitamines, juste histoire de dire qu'elles en contiennent.

Hyden m'en lance une.

— Tiens, prends ça. Ça te fera du bien.

J'attrape le chocolat, mais lorsqu'il me lance la bouteille, elle me glisse des mains. Michael la ramasse pour moi et me la tend. Je reste plantée là, immobile.

— Qu'est-ce qui cloche ? s'étonne Hyden.

— Qu'est-ce qui ne cloche pas ? réponds-je du tac au tac.

Il s'approche de moi, me prend le chocolat des mains et défait le papier qui l'enrobe, avant de me tendre la sucrerie. Je l'accepte en veillant à ne pas effleurer sa main. Puis, je croque dedans du bout des dents et mâche lentement la pâte artificielle.

— Allez, un peu d'enthousiasme, m'encourage-t-il.

La fausse Maxitruffe ne fond pas dans ma bouche.

— Qu'est-ce que je ne donnerais pas pour retrouver ma vie d'avant ! me lamenté-je.

Hyden me dévisage en silence. Michael aussi.

— J'ai eu à peine deux semaines de répit avec mon frère. Dans une maison, comme une famille ordinaire. Et maintenant, il est dans un chalet au cœur des montagnes, et moi je suis dans un parking souterrain, à me demander si on sera un jour à nouveau réunis. J'étais censée lui offrir une vie normale, et non pas le confier à une quasi-inconnue ! Quoi qu'il en soit, étant donné le tour des événements, il n'est pas dit que je vive assez longtemps pour le revoir !

Hyden esquisse un pas vers moi, tout en conservant une distance de sécurité.

— Écoute, Callie, toi et moi, on a le même objectif en tête : être libres ! (Il jette un regard à Michael, qui hoche la tête en signe d'acquiescement.) Mais il va falloir être patients. Pour le moment, contentons-nous d'y aller pas à pas. OK ?

Je refuse de croiser son regard.

— Allons, ce n'est pas comme si on avait tout perdu, insiste-t-il.

Je déglutis avec peine. Comment peut-il dire ça ?

— Non, pas tout, en effet. Redmond est mort, et les pauvres Metals qu'on avait secourus ont tous disparu ! Lily, Savannah, Jeremy et tous les autres !

Je songe un instant au danger qu'ils encourent. Peu importe ce qu'a bafouillé l'Ender avant de passer l'arme à gauche, rien n'empêche le père de Hyden de se servir d'eux comme de bombes humaines.

— Sans oublier tes travaux de recherche, ajouté-je.

— J'ai réussi à emporter l'essentiel. Avec du liquide. Quant à mes travaux de recherche, ils sont dans ma tête.

— Le laboratoire, les ordinateurs…

— Ils n'ont pas pu mettre la main sur mes données, réplique-t-il. J'ai eu le temps d'appuyer sur un bouton d'urgence, programmé pour détruire les terminaux informatiques en cas d'intrusion.

— Mais tu les as perdus du même coup.

Nous venons de ressortir du Marché aux Puces et arrivons à proximité de la voiture.

— Non, pas tous. Il me reste le scanner. Et j'ai pris mes précautions. J'ai créé une sauvegarde de tout mon boulot. (Il désigne le 4 × 4.) Je possède un véritable laboratoire itinérant.

— Où ça ?

— Ha ha, un peu de patience…

Il contourne le véhicule et ouvre le coffre. Un siège en cuir est encastré dans l'habitacle. À côté, une sorte de boîte noire. Il soulève le couvercle, révélant un méga-ordinateur.

Michael lâche un sifflement admiratif.

— Impressionnant ! C'est bien plus qu'un simple détecteur de Metals, ta bagnole.

D'accord, c'est déjà pas mal. Mais il n'y a pas de quoi sauter au plafond.

Hyden ne me quitte pas des yeux.

— Tu as raison, Callie. Ce qui est arrivé aujourd'hui est une véritable tragédie. Mais je t'interdis de baisser les bras aussi vite !

Mon regard fatigué navigue de Hyden à Michael. Leur force déteint peu à peu sur moi. Elle m'empêche de flancher. Et m'insuffle une bouffée d'espoir.

La voiture s'improvise dortoir pour la nuit. Étant donné sa phobie des contacts humains, Hyden opte pour le siège du conducteur, l'abaissant en position quasi horizontale.

Michael et moi partageons la banquette arrière rabattue. Je cherche en vain une position confortable, en dépit de l'absence d'oreiller et de couverture.

Je me réveille en sursaut, désorientée. Je suis dans la voiture, avec Michael et Hyden. J'entends le rythme régulier de leur souffle, près de moi. La cabine est plongée dans la pénombre. Ici et là, sur le tableau de bord et disséminées un peu partout à l'intérieur, de petites lumières brillant comme des lucioles dans une grotte. À travers les vitres fumées, je vois le panneau « FERMÉ » posé par l'Ender au châle vert contre la grille d'entrée du Marché. Derrière, je distingue les bâches et les couvertures que les vendeurs ont tendues sur leurs marchandises. La plupart d'entre eux font comme nous, dormant dans leur véhicule sur le parking, pour monter la garde peut-être, ou parce qu'ils n'ont nulle part d'autre où aller.

Soudain, mon regard se focalise sur la vitre elle-même et ma vision se brouille. Lorsqu'elle s'accommode à nouveau, le carreau est comme un écran derrière lequel se déroule une scène qui m'enveloppe bientôt. Je suis au *Club Rune*, et je me déplace à travers la piste de danse, me frayant un passage parmi les adolescents sexy, ou se faisant passer pour tels – pour la plupart des Enders louant le corps de petits jeunes, comme Helena avait loué le mien.

Je me faufile jusqu'au bar et brandis la photo holographique d'une jeune fille sous les yeux du barman. C'est Emma, la petite-fille disparue de Helena – une blonde à l'allure majestueuse, ayant hérité du nez aristocratique et du menton déterminé de sa grand-mère.

Encore un souvenir d'Helena qui se rejoue dans ma tête. Un peu différemment cette fois. Un brin plus visuel, peut-être. Elle s'est donc rendue au *Club Rune* sous mes traits pour mener son enquête sur Emma. Après avoir jeté un œil à la photo, le barman secoue la tête. Un océan de tristesse m'envahit.

Le chagrin d'Helena – un fragment de passé, figé à jamais dans un coin de ma mémoire.

Soudain, la vision s'interrompt et je suis de retour dans la voiture, le regard rivé à la vitre. Helena a dû se rendre dans cette boîte de nuit deux mois plus tôt. C'est à cette date que s'est déroulée la scène qui remonte à la surface aujourd'hui.

Comme si je n'avais pas déjà assez à faire avec mes propres souvenirs ! Ceux d'Helena n'en finissent pas de me hanter. Ce que j'en tire ? Sa détermination à toute épreuve. Sentiment qui m'a dominée durant toute la séquence du club. Helena n'avait pas l'intention de baisser les bras. Alors comment le pourrais-je ?

Le lendemain matin, je raconte tout à Michael et Hyden.

— J'ai eu un autre souvenir cette nuit.

Nous nous sommes réveillés tous les trois à peu près à la même heure, la bouche sèche et les vêtements froissés. Je suis sur la banquette arrière avec Michael, appuyée sur un coude. Hyden remonte son siège et glisse les doigts dans ses boucles indisciplinées.

— Un nouveau flash-back ?

— Oui. Et ça m'a fait penser à mon père.

Hyden descend et ouvre la portière arrière. Accroupi près de moi, Michael m'adresse un sourire réconfortant.

— Je sais que ce n'est pas facile, Callie, fait-il. On vient de traverser une épreuve terrible, on a perdu des proches. Et ce n'est pas la première fois.

Hyden intervient à son tour.

— Callie, on est allés au Centre des Archives… On a vu…

— J'ai un feeling…

Il sonde mon visage en silence, avant de hocher la tête.

— Je comprends. Qu'est-ce que tu proposes ?

Je tourne la question dans ma tête un instant.

— La maison. Je veux retourner à la maison.

13.

Hyden nous accompagne dans le quartier où Michael et moi avons grandi. La Vallée, une zone résidentielle du nord de Los Angeles aujourd'hui désertée par ses habitants. Par la vitre, je regarde défiler les maisons barricadées par des planches, arborant toutes, sur la porte d'entrée, une inscription à la peinture rouge.

Cette virée ravive des souvenirs douloureux. Les spores emportant nos parents, les uns après les autres. Les marshals débarquant dans le quartier pour les emmener dans un de leurs prétendus centres de traitement où ils sont morts, à l'abri des regards. Et puis les orphelins envoyés dans des instituts, sauf pour ceux qui ont eu la chance d'être recueillis par leurs grands-parents.

Ces demeures, ce sont celles de mes voisins et amis – les Surratt, les Perry et les Roger. Désormais vacantes, elles sont bordées d'un gazon mort. Ces logis auxquels je frappais le soir d'Halloween pour demander des bonbons, ces logis où l'on se réunissait à l'occasion des barbecues et des anniversaires.

À voir ce paysage apocalyptique, on croirait qu'une armée de zombies a assiégé le quartier.

Nous passons devant l'ancienne maison de Michael. Dans le rétroviseur latéral, je le surprends à se retourner pour y jeter un coup d'œil.

— Tu veux qu'on s'arrête une minute ?

Il me fait non de la tête. Hyden me lance un regard interrogateur.

— C'était la maison de ses parents.

— Ah oui ? Vous étiez voisins, c'est ça ?

— Exact. Mais on ne passait pas beaucoup de temps…

— On ne traînait pas ensemble, me coupe Michael.

— Je vois, fait Hyden avec un hochement de tête.

Nous roulons en silence le long de quelques pâtés de maisons encore. Puis, j'en désigne une sur notre droite.

— C'est là.

Il se gare devant. Tout autour, un périmètre délimité par un fil barbelé planté au petit bonheur la chance étrangle les rosiers sans fleurs.

Les précieuses roses de ma mère, mortes ! Les buissons ressemblent aujourd'hui à des squelettes tendant leurs bras décharnés dans l'espoir vain qu'on vienne les secourir.

Je ravale mes sanglots de peur de pleurer toutes les larmes de mon corps. Michael se penche vers moi et pose la main sur mon épaule pour me soutenir.

— Callie, tu te sens prête ?

— Allons-y, dis-je, la main sur la poignée.

— Attends, m'arrête Hyden.

— Quoi ?

Il me tend un masque à gaz avant d'en lancer un à Michael.

Rien qu'à l'idée de porter ce déguisement dans ma propre maison, je suis prise de nausées.

— Pas question que je mette ça chez moi.

L'endroit où j'ai passé des soirées pyjama avec mes copines. L'endroit où j'ai fait des brownies avec maman, mangé des pizzas les vendredis soir. Un masque à gaz n'a vraiment pas sa place chez les Woodland.

— C'est risqué. Outre les résidus de spores, pense au produit qui a été pulvérisé par les autorités après la guerre par mesure de précaution.

Michael triture son masque.

— Il n'a pas tort.

Hyden lui passe des gants.

— Faites comme bon vous semble, je m'en fiche, déclaré-je en ouvrant la portière.

Contrairement à moi, les garçons enfilent leur masque avant de descendre. À l'aide d'une pince, Hyden découpe le fil barbelé pour nous frayer un passage. Pendant ce temps, Michael fait le guet dans la rue. Pas le moindre signe de vie. Même pas un écureuil à l'horizon.

Dans l'allée qui nous mène au perron, je ralentis le pas, le cœur lourd. Ma maison. On a joué tant de fois dans cette rue, sur cette pelouse. Ce lieu autrefois empli de vie et d'éclats de rire est aujourd'hui plongé dans un silence mortel. Le gazon verdoyant où mon père jouait à la balle avec Tyler a jauni. Il est désormais envahi par les mauvaises herbes.

Sur le seuil, des planches clouées en travers de la porte nous barrent l'entrée, arborant l'inscription rouge sang : « CONDAMNÉE ». Une musique joyeuse se déclenche subitement, en total contraste avec notre humeur morose. C'est le petit hologramme d'accueil de ma mère, activé par notre présence. La dernière version qu'elle avait mise au point, une photo de nous quatre – papa, maman, Tyler et moi, sourire aux lèvres, nous écriant en chœur : « Bienvenue chez les Woodland ! » La peinture rouge a aspergé le coin du cadre holographique solaire.

Mes jambes se dérobent brusquement sous moi.

— Tu le veux ? me demande Michael.

Je hoche la tête. Il sort aussitôt un canif de sa poche pour décrocher le cadre.

— Tiens, il est à toi.

Reconnaissante, je le glisse dans mon sac à main.

Entre-temps, Hyden a déroulé ses manches pour se couvrir les avant-bras.

— Tu devrais faire pareil, me conseille-t-il. Par où on entre ?

Je les conduis jusqu'à la porte de derrière. Notre petite cour intérieure a désormais l'aspect d'un cimetière miniature, entre les plantes mortes et les jouets de Tyler qui jonchent le sol, tels des cadavres – notamment un tricycle, et un robot cassé en métal étendu sur le flanc. Une fois sur le pas de la porte, j'agite la main devant le boîtier d'ouverture.

Rien ne se produit.

— Sans électricité, ça ne risque pas de fonctionner, relève Hyden.

Michael triture la serrure avec son canif pendant que Hyden fait levier à l'aide de sa pince. Ensemble, ils font jouer le chambranle et réussissent à forcer la porte.

À l'intérieur, la maison est plongée dans la pénombre. Rien n'a bougé depuis notre départ – le jour où Tyler et moi avons fui les marshals. Le temps semble s'être figé. Le soleil filtre avec peine à travers les rideaux, baignant les pièces d'une lumière brune. Nos lampes de poing se seraient avérées utiles, encore aurait-il fallu qu'on les garde.

Michael tire le rideau de la cuisine et la lumière inonde la pièce.

— Tu veux commencer par où ?

— Le bureau de mon père.

Je suis tentée de recueillir sur mon passage tous les objets qui ont pour moi une grande valeur sentimentale : le pull-over que ma mère tricotait quand elle est tombée malade, le dernier livre lu par mon père, un moulage du pied de Tyler, bébé, et mon dernier bulletin scolaire aimanté au frigo. Pas question de s'éparpiller. Je dois à tout prix me concentrer sur notre objectif. On se met à farfouiller dans les papiers de mon père et dans ses fichiers. Hyden met la main sur son ordinateur.

— Il est à plat, normal. Faudra que je le recharge.

Je lui fais signe de se servir comme bon lui semble.

Nous consacrons un temps fou à éplucher les affaires de papa, passant au peigne fin cartons et tiroirs, les uns après les autres. Hyden finit par s'impatienter, nous reprochant de nous attarder sur cette seule pièce de la maison.

Notre zèle ne donne pas grand-chose. Aucun indice susceptible de nous mener sur la piste de mon père – si d'aventure il est encore vivant, naturellement.

J'entasse tout un tas de souvenirs dans un carton. Au moment de partir, j'hésite à emporter l'un des classeurs de mon père. J'en étudie le contenu en vitesse jusqu'à ce que Hyden, posté près de moi, relève un détail intéressant.

— Attends une seconde.

Dans les papiers, il pioche une carte de visite.

Lorsqu'il la brandit, un hologramme s'anime. Celui d'un groupe de Starters dansant sur un rythme saccadé.

— Qu'est-ce que c'est ? demande Michael en s'approchant avec curiosité.

— La carte du *Club Rune*, répond Hyden.

Comme l'indique l'inscription au-dessous.

Un Endroit où devenir quelqu'un d'autre.

Là où j'ai fait la connaissance de Madison et Blake.

Nous contemplons le bout de carton tous les trois sans mot dire. Je suis la première à briser le silence.

— Le *Club Rune* ? Mon père ?

Comment cette carte de visite a-t-elle atterri dans ses affaires ? Je ne comprends pas. Pour quelles raisons posséderait-il cette adresse ? C'est une boîte de nuit pour ados – et Enders de la *Banque des Corps* voulant se faire passer pour tels. Qu'est-ce qu'un Middler – et surtout mon père – aurait été fabriquer là-bas ?

Hyden soulève mon carton.

— Venez, faut pas trop traîner.

— Donne-moi encore une minute, je t'en prie.

— C'est trop dangereux. Ensemble, nous sommes trop facilement repérables.

— C'est bon, tu peux bien lui accorder un peu de répit, non ? intervient Michael.

— Je crois que t'as pas pigé, rétorque Hyden, tu sembles ne pas comprendre comment fonctionne le neuro-espace.

— C'est toi qui es bouché ! Tu penses un peu à ce que ressent Callie ? Toi, tu ne peux même pas la toucher à moins d'emprunter un autre corps !

J'en reste bouche bée, jamais je n'ai vu Michael comme ça.

Les deux garçons se toisent du regard avant que les épaules de Hyden ne s'affaissent.

— OK. Michael a raison. On va t'attendre dehors, finit-il par concéder.

Debout dans le bureau, je promène mon regard sur les meubles, me demandant quel souvenir de mon père emporter. Au sommet d'une pile de papiers trône l'une de ses montres. Une montre vintage, comme dans les vieux films qu'il affectionnait tant. Il en possédait une ou deux dans le même genre. Des objets de collection.

Sur un coup de tête, je l'accroche à mon poignet. Elle est trop grande et trop lourde pour moi, alors je la replace où je l'ai trouvée. Un dernier coup d'œil à travers la pièce. Mon regard s'arrête en haut de la bibliothèque. Son vieux borsalino. Je grimpe sur une chaise pour l'attraper. Puis, je le mets sous mes narines et le hume à plein nez. Il porte encore son odeur, un parfum musqué. Je l'inhale longuement comme si, à force de le sentir, j'allais réussir à faire apparaître mon père devant moi, à le ramener à la vie.

Faute de mieux, je tâche de mémoriser son parfum pour l'emporter avec moi.

Puis, j'éloigne mon visage du chapeau et en caresse le feutre. Il a encore l'empreinte de sa tête, mais ce n'est pas lui. Tout juste une trace de son passage sur terre. Je le dépose près de la montre et sors.

La nuit, les rues du centre-ville de LA sont plutôt calmes. Mais d'un bloc à l'autre, l'ambiance varie du tout au tout. Ce soir, nous préférons éviter l'hôtel de ville envahi par les manifestants.

Hyden s'engage dans une allée bondée de monde. Il dépasse une file de voitures arrêtées le long du trottoir et s'arrête juste devant le voiturier.

Je descends du véhicule. Devant moi, le club où j'ai connu tant d'aventures au cours des derniers mois. Jamais je n'aurais songé y revenir.

— Bienvenue au *Club Rune*, nous salue d'un ton fringant le voiturier.

— Nous n'allons pas garer la voiture, dis-je aussitôt. Il nous dépose juste.

Je claque ma portière. Avant de s'éloigner, Hyden nous jette un dernier regard.

— Amusez-vous bien !

Je me demande à quoi il pense. Michael et lui n'ont fait aucune allusion à leur dispute durant tout le trajet. Ah, les mecs !

En chemin, nous nous sommes arrêtés pour acheter des vêtements branchés, histoire de passer le test du cordon de sécurité à l'entrée du club sans avoir à brandir nos cartes d'identité. Michael porte une magnifique veste noire chatoyante. Quant à moi, j'ai dégoté une petite robe courte 3D qui change de forme et de matière selon la lumière.

Malgré la fermeture de Prime Destinations, l'apparence de la clientèle n'a pas changé d'un iota. Un mélange d'adolescents pur jus trahis par leur acné et de top models à la peau impeccable, remodelés au laser. Un relooking à imputer à la *Banque des Corps* ou à des grands-parents friqués.

Le vigile, un Ender ultra-classe, chevelure gominée et costard noir, nous barre l'entrée du club. Il porte une oreillette. À notre approche, il nous examine de la tête aux pieds.

— C'est votre première fois ?

— Très drôle, dis-je d'un ton si tranchant que le type s'écarte aussitôt pour nous laisser passer.

Deux portiers Enders en uniforme nous ouvrent l'immense porte à double battant. On croirait pénétrer dans un temple égyptien.

À l'intérieur, les basses palpitent au rythme de la dernière tendance musicale, un genre fusion-hybride. Les rayons laser colorés découpent la vaste piste de danse.

— Comme au bon vieux temps ! Rien n'a changé ici.

Je suis forcée de crier pour couvrir la musique, poussée à plein volume.

— Ce n'est pas moi qui vais te contredire, rétorque Michael. C'est la première fois que je mets les pieds ici.

Je le sens mal à l'aise. Je parie qu'il préférerait mille fois croquer la scène, à distance. Les boîtes de nuit, ça n'est pas sa tasse de thé.

Un serveur de sexe indéterminé passe devant nous avec un plateau plein de cocktails bleu fluorescent d'où s'échappe une écume blanche. À un angle de la salle est aménagée une fontaine où coule de l'eau semblable à de l'huile pailletée. Une jeune fille en maillot de bain en émerge telle une couleuvre, la peau enrobée d'une fine pellicule dorée, pareille à une statue couverte de feuille d'or.

Nous traversons le bar astrotech pour rejoindre le coin lounge, moins bondé, mais tout de même pas mal rempli. De splendides Starters occupent les sièges antigravité. Même si leur beauté paraît irréelle, elle est peut-être naturelle. Certains sont nés sous une bonne étoile.

— Tu reconnais certains visages ? s'enquiert Michael.

— Non. Et je n'ai pas forcément envie de les connaître non plus.

En plus de chercher des indices sur le lien qui unirait mon père au *Club Rune*, nous avons décidé de profiter de cette virée en boîte pour rallier de nouveaux Metals à notre cause. En espérant que, cette fois-ci, nous ne faisons pas tout cela pour que Brockman vienne récolter le fruit de nos efforts.

Nous parcourons le lounge à l'affût du moindre signe.

— Vise un peu cette fille, Callie, fait Michael en m'indiquant une Starter svelte à la longue chevelure blonde. Un vrai canon !

Elle est appuyée contre une colonne couverte de miroirs. En l'examinant, je reconnais son visage. C'est l'une des donneuses qui a rappliqué à la *Banque des Corps* au moment de sa fermeture. Enfin, disons que c'était plutôt sa locataire dans son corps.

— Va lui parler, me dit Michael.

— D'accord, mais tu viens avec moi.

— Tu l'approcheras plus facilement si tu es seule. Elle risque moins de flipper.

Sur ces mots, il me laisse en plan et gagne le bar. Je me dirige vers la fille tout en jetant un coup d'œil à mon portable, dans mon sac à main. Il a identifié un autre téléphone, appartenant visiblement à une certaine Daphne. Je fais encore quelques pas vers elle en me composant un grand sourire.

— Salut, Daphne !

Elle m'adresse un regard blasé.

— On se connaît ?

Bon, je ne suis pas tombée sur la Starter la plus sympathique du club.

— En quelque sorte. On est toutes les deux des anciennes de la *Banque des Corps.*

— Oh ! (Elle écarquille les yeux.) Écoute, ma vieille, je n'ai vraiment pas envie de repenser à cet endroit super-glauque.

— Je comprends. (Je décide malgré tout d'insister un peu.) Mais moi, ça m'arrive quand même d'y penser. C'est à cause des flash-back. J'en ai sans arrêt. Pas toi ?

— Des flash-back de ma locataire ? Oui, admet-elle en sirotant son eau pétillante. Je n'arrête pas de me revoir debout sur une corde raide au-dessus d'un canyon. Bon sang, je suis gymnaste, pas funambule ! Quand tu penses qu'ils l'ont autorisée à faire ça avec mon corps ! À l'évidence, ma locataire n'avait pas le vertige. Mais moi si !

— C'est abusé, approuvé-je. Peut-être qu'un jour on pourra se faire retirer la puce.

— Qu'on me donne un couteau ! Je le ferais volontiers moi-même, si j'avais des chances d'y survivre.

Une gymnaste qui n'a pas froid aux yeux !

— Comment tu t'en sors depuis la fermeture de Prime Destinations ? Tu arrives à joindre les deux bouts ?

— J'ai eu du flair. J'avais mis mon argent de côté.

Ses habits paraissent flambant neufs ; quant à elle, elle a l'air d'être en bonne santé, sans oublier qu'elle a réussi le test du cordon à l'entrée du club. Je ne sais pas quel est son truc pour garder la tête hors de l'eau, mais elle se débrouille pas mal.

Je l'encourage à se confier.

— Ça fait longtemps que tu fréquentes cette boîte ?

— Quelques mois. J'en ai entendu parler seulement après la fermeture de Prime.

Si elle ne fréquente le *Club Rune* que depuis peu, les chances qu'elle m'apprenne quelque chose sur mon père sont très minces, pour ne pas dire nulles. En revanche, c'est l'une des rares Metals que l'on peut encore sauver.

— Viens, je vais te présenter mes amis.

Après l'avoir remise aux bons soins de Michael, je décide d'aller parler à la seule personne pour qui le club et ses habitués n'ont aucun secret : le barman. Comme tous les employés de la boîte, c'est un Ender aux cheveux argentés. Grand et mince, il a un visage engageant. Un visage familier... Le souvenir d'Helena ! Celui où elle présente la photo d'Emma au barman. C'est là que j'ai vu ce type pour la première fois.

Je m'installe sur un tabouret au bar, commande un soda, et en profite pour lui montrer le cadre holographique de ma famille récupéré sur le perron de chez moi.

— Ce Middler, il vous dit quelque chose ?

— Difficile d'oublier un Middler quand on en rencontre un, fait-il tout en essuyant un verre. On n'en croise pas à tous les coins de rue.

Mon cœur tambourine dans ma poitrine, mais je m'efforce de rester zen.

— Vous l'avez déjà vu ?

Il me prend le cadre des mains et l'observe un instant. Puis il me dévisage.

— Tu es sa fille ?

— Oui.

Il se penche vers moi et examine mes traits avec attention.

— Et c'est quoi ton petit nom, mon cœur ?

— Callie Woodland, fille de Ray Woodland, réponds-je du tac au tac.

— Ça se voit dans tes yeux. (Il lâche son torchon.) Suis-moi.

Dans quels draps vais-je encore me fourrer ?... Je décide quand même de l'accompagner. J'attends qu'il ait fait le tour du bar et lui emboîte le pas. Il traverse le club et pousse une porte de service.

— Ne t'inquiète pas, me souffle-t-il à voix basse, j'ai quelque chose à te remettre de la part de ton père.

Nous pénétrons dans les coulisses de la boîte. Les murs sont en parpaing et le sol en béton.

Agenouillé, il sélectionne une clé dans le trousseau accroché à sa ceinture. Puis il déverrouille un meuble classeur et farfouille tout au fond à la recherche d'un objet. Enfin, il referme le meuble à double tour et se redresse.

— Tiens, prends ça, me dit-il en me tendant un bâtonnet gris de moins d'un centimètre de large sur cinq de long.

— Qu'est-ce que c'est ?

— Aucune idée. Ça ne te dérange pas si je repose mes pieds quelques instants ? Rester debout toute la nuit, c'est usant.

— Allez-y, dis-je en m'appuyant contre le bureau.

— Ton père venait très souvent ici.

— Pour quoi faire ?

— J'en sais fichtre rien. Il commandait un whisky et observait les gens.

J'examine l'objet avec curiosité.

— Une nuit, il y a près d'un an, ton père était assis au bar lorsque deux hommes l'ont accosté.

— Des Enders ?

Il hoche la tête.

— Des mecs hyper-baraqués. Ton père m'a glissé un gros billet avec cet objet en me priant de le mettre à l'abri. Je l'ai fourré dans ma poche et j'ai continué mon service comme si de rien n'était.

— Et qu'est-il arrivé à mon père ?

— Il s'est levé pour prendre congé mais les hommes l'ont immédiatement cerné. Ils l'ont ensuite escorté jusqu'à la sortie et l'ont embarqué.

— Ils ressemblaient à quoi ?

— Des Enders lambda avec les cheveux blancs. Ils étaient grands, costauds, et portaient des lunettes alors même qu'il faisait nuit.

Il hausse les épaules, m'ayant confié tout ce qu'il savait.

J'inspecte l'objet dans ma main.

— J'ignore s'il est encore en vie, laissé-je échapper d'une petite voix.

— Désolée, petite. Quel que soit cet objet, prends-en soin. C'est d'une grande importance pour qu'il me l'ait confié comme ça.

Il me tapote affectueusement l'épaule et se dirige vers la porte.

Cela ne m'apprend rien, me dis-je en mon for intérieur. Ça ne prouve ni qu'il est vivant ni qu'il est mort. Parfois, je songe que ce serait plus facile de le savoir mort, histoire de pouvoir faire mon deuil et d'aller de l'avant. Puis, un sentiment de culpabilité monte en moi. Je n'ai pas le droit de baisser les bras. S'il y a la moindre chance que mon père soit encore en vie, je suis prête à vivre dans l'incertitude pendant des décennies, s'il le faut.

Je glisse l'objet dans mon sac et rejoins le barman à la porte.

De retour dans le lounge, je trouve Michael assis à une table, seul.

— Où est Daphne ?

— Partie.

— Tu l'as laissée s'en aller ?

— Elle était complètement parano. Je n'ai rien pu faire pour la retenir. Elle a pris la poudre d'escampette. On ferait peut-être mieux de suivre son exemple et de mettre les voiles.

J'envoie un Zing à Hyden, qui nous récupère quelques minutes plus tard devant l'entrée. Je suis impatiente de lui faire part de ma découverte.

— Mon père a laissé un objet au club.

— Un objet ? Quoi ?

— Ceci…

Je le sors de mon sac à main.

— Qu'est-ce que c'est ? demande Michael.

— Pas la moindre idée, rétorqué-je.

Hyden se range sur le côté, à quelques centaines de mètres de l'emplacement des voituriers, au bout de la longue entrée circulaire.

— Fais-moi voir.

Je lui passe l'objet. Il l'examine en le tenant par un bout puis par l'autre. Pour finir, il tire dessus.

— Fais gaffe de ne pas le casser !

— C'est pour l'ouvrir, me rassure Hyden.

L'objet se sépare en deux morceaux, révélant un embout en métal. Il le brandit vers moi.

— C'est un microdrive triple Z, un support de stockage amovible doté d'une mémoire hallucinante.

Il fait signe à Michael de s'écarter et se glisse à l'arrière du véhicule.

— Tu ne peux pas utiliser l'airécran du scanner ? fais-je remarquer.

— Il n'est pas assez puissant.

Il allume l'unité centrale, à l'arrière, celle qu'on utilise également pour le processus de transposition, et branche le microdrive à l'un des ports USB.

L'airécran se matérialise et une multitude de signes indéchiffrables s'y affichent aussitôt.

— C'est encrypté, nous explique Hyden. Pas surprenant de la part de ton père. Il n'était pas stupide !

— Et tu penses pouvoir le décrypter ? l'interroge Michael.

— Je vais lancer le processus, réplique Hyden en effleurant l'airécran. Mais ça peut prendre un certain temps.

— C'est-à-dire ? demandé-je, histoire de me faire une petite idée.

— Des heures. Des jours, peut-être, répond-il en haussant les épaules. Il ne nous reste plus qu'à attendre.

Des myriades de caractères abstraits se mettent à défiler sur l'écran à une vitesse éclair.

Je me demande ce que mon père a sauvegardé sur ce disque dur. Apparemment des données d'une haute importance. Des données que ces mystérieux hommes, cette nuit-là au *Club Rune,* cherchaient sans doute à obtenir. L'ont-ils alors kidnappé ? N'a-t-il jamais été transporté au centre de traitement, contrairement à ce qu'on m'a toujours affirmé ?

— Tu ne crois pas que c'est un peu risqué de faire ça ici ? s'inquiète Michael.

— Si. Tu as raison. Mieux vaut trouver un endroit plus calme.

Je jette un coup d'œil derrière nous pour m'assurer que la voie est libre. Devant le club, des Starters attendent en file de récupérer leur voiture. Une grande blonde s'installe au volant d'une décapotable. Le voiturier lui referme sa portière. Bizarre. J'ai l'impression de l'avoir déjà vue quelque part.

Non ! Ce n'est pas possible…

Je brandis mon téléphone et vise la décapotable. En haut de mon écran s'affiche un prénom.

EMMA.

14.

Elle démarre sa voiture.

— C'est Emma !

Hyden se retourne.

— Quoi, tu veux parler de la blonde au volant de la décapotable ?

— Oui. J'en mettrais ma main au feu !

Il met l'airécran en veille et camoufle l'ordinateur sous une couverture. Puis il descend du véhicule et, à l'instant où elle passe à notre hauteur, l'interpelle.

— Emma !

Elle tourne brièvement la tête. Apercevant Hyden, elle enfonce la pédale d'accélérateur.

Agacée, je me penche par la vitre.

— Bravo ! Tu lui as fichu la frousse. Dépêche-toi de la suivre ! Il ne faut pas la perdre de vue.

Aussitôt dit, aussitôt fait. Hyden saute au volant et se lance à sa poursuite. À cette heure tardive, la circulation est fluide dans les rues de Los Angeles. Nous apercevons très vite les feux arrière de sa décapotable.

— La voilà !

Entre-temps, une fourgonnette s'intercale entre nos deux voitures.

— Surtout, ne la laisse pas nous filer entre les pattes.

— Ne t'inquiète pas, Callie. Je gère la situation. Elle ne nous échappera pas.

— Ce n'est pas juste parce que c'est une Metal, Hyden. J'ai promis à Helena de la retrouver. Je lui dois bien ça. Emma ne sait même pas que sa grand-mère est morte et qu'elle a hérité de la moitié de ses biens.

— À sa place, j'aimerais bien le savoir ! s'exclame Michael.

— N'ayez pas peur, on va la rattraper, assure Hyden.

Emma s'engage sur l'autoroute en direction de l'est.

— Elle ne nous a pas encore repérés, relève Hyden.

Je saisis mon téléphone.

— J'ai son numéro de portable, mais…

— Tu doutes qu'elle décroche, achève-t-il. De toute façon, on a beaucoup mieux !

— Le radar ! devine Michael.

Hyden met le scanner en route. Peu après, un voyant rouge apparaît sur le radar. Le détecteur de la puce d'Emma.

— Bingo !

Maintenant que le signal s'affiche à l'écran, Hyden lève le pied de l'accélérateur. Les rares voitures qui roulent encore à cette heure-ci sur l'autoroute nous permettent de passer inaperçus sans la quitter des yeux, au cas où le radar perdrait sa trace.

— Au-delà de quelle distance son signal risque-t-il de disparaître ?

— Le scanner agit sur un rayon de cinq cents mètres. Tout dépend de la configuration des lieux, de la présence ou non d'immeubles dans les parages…

Elle continue vers l'est pendant près de vingt-cinq minutes. Puis, elle se rabat sur la file de droite.

— Attention, elle va prendre la sortie, indique Michael.

— Ne t'en fais pas, je l'ai dans ma ligne de mire.

Il attend quelques secondes avant de s'engager à son tour sur la même file. Un instant plus tard, la décapotable quitte l'autoroute.

— Garde tes distances, Hyden.

— Merci, Michael. Je sais comment filer quelqu'un. À moins que tu ne veuilles prendre le volant ?

— Et pourquoi pas ?

Elle bifurque à gauche. Nous laissons passer deux voitures et prenons le même chemin. C'est un quartier louche constitué de petites boutiques aux façades barricadées ainsi que de garages ayant mis la clé sous la porte.

— Qu'est-ce qu'elle vient fabriquer dans ce coin ? Drôle d'endroit pour une gosse de riche, commente Michael.

— L'idée ne vous a pas effleurés que, peut-être, quelqu'un contrôlait son corps ? rétorque Hyden.

— Non, dis-je sans quitter le voyant lumineux des yeux. Pourquoi tu crois ça ?

— C'est juste une possibilité. Gardez cela présent à l'esprit.

J'y réfléchis brièvement. Si jamais quelqu'un a pris possession de son corps, il y a neuf chances sur dix pour que ce soit le père de Hyden ou l'un de ses hommes. Admettons. Le locataire ne l'aurait-il pas alors utilisée autrement ? En se servant d'elle pour m'aborder, par exemple ?

— Je ne pense pas.

La décapotable descend une ruelle. Hyden continue de la suivre à distance.

— Où vas-tu, ma petite Emma ?

Au beau milieu d'une rangée d'échoppes barricadées, une boutique encore ouverte. Un néon vacille au carreau. C'est un café. Enfin, plutôt une espèce de boui-boui peu ragoûtant.

— La princesse s'encanaille, observe Hyden.

Nous continuons sur une centaine de mètres avant de nous arrêter en double file pour ne pas éveiller l'attention. Elle pénètre dans un petit parking extérieur, se gare, descend de voiture, et disparaît dans le café.

Ouf ! Elle ne nous a pas repérés. Hyden me donne le signal.

— Callie, on va descendre ici. Michael, prends le volant, va te garer à quelques rues d'ici et retrouve-nous à l'intérieur.

Nous entrons dans la buvette peu après elle. Les carreaux sont noirs de crasse et les rideaux lourds de poussière. Des baffles bon marché diffusent un air de blues feutré en musique de fond. Le sol inachevé laisse encore apparaître le béton. C'est le genre d'endroit où on irait seulement pour noyer son chagrin dans un cappuccino, et donner libre cours à sa déprime.

Assis à l'une des quatre tables étriquées du café, un Ender ratatiné au visage triste sirote son espresso, tout seul à une table. À mon avis, il aurait besoin d'une boisson plus requinquante !

Emma se tient devant le comptoir, les yeux rivés au menu. De petits hologrammes s'animent dans les airs pour illustrer les spécialités du jour. Un sandwich pivote sur son axe tout en dégageant une odeur factice de bacon. Le serveur attend les bras croisés qu'elle passe sa commande.

Un chat roux hirsute saute sur une table. Je le caresse, l'air de rien, pendant que Hyden, les mains dans les poches, promène son regard dans la petite salle. Dans nos robes de soirée, Emma et moi sommes carrément trop habillées pour ce bouge.

Après avoir jeté un coup d'œil subreptice vers nous, le caissier glisse un mot à Emma. En réponse, elle lui marmonne un truc incompréhensible avant de gagner le fond du bar.

Inquiète, je me tourne vers Hyden.

— Tu crois qu'elle va aux toilettes ?

— Je pense surtout qu'elle est en train de nous filer entre les pattes.

On lui emboîte aussitôt le pas. À l'arrière du café, un rideau tient lieu de porte. De l'autre côté, un couloir sombre. Notre vision met quelques secondes à s'adapter au changement de luminosité. Des bruits de pas résonnent devant nous. Ceux d'Emma, qui nous précède de quelques mètres. En passant devant la cuisine, je suis prise d'un mauvais pressentiment. Étrange : elle est complètement vide. Nulle trace de conserves, bocaux ou ne serait-ce que de pain. Rien. Emma est déjà parvenue au bout du couloir. Elle ouvre une porte et disparaît. Une poignée de secondes plus tard, nous l'imitons et atterrissons dans une salle où il fait noir comme dans un four.

Les lumières s'allument subitement. Éblouie par leur éclat, je cligne des paupières un instant avant de retrouver l'usage de mes yeux. Nous sommes tombés dans une sorte d'entrepôt, pourvu de multiples machines et ordinateurs. Un équipement sur lequel je ne saurais mettre un nom, le tout aligné contre un mur.

Un comité d'accueil nous encercle : Emma et une poignée d'Enders, dont un arborant une marque sur le cou. J'en distingue progressivement les contours...

Une tête de léopard ! C'est le type qui a parlé à Reece juste avant l'explosion ! Je promène mon regard tout autour et découvre d'autres Enders vêtus d'une sorte d'uniforme militaire noir, bien que je n'en aie jamais vu de semblable. Ils nous mettent en joue.

Mon cœur martèle mes côtes. Nous nous sommes jetés dans la gueule du loup.

Un militaire s'avance, m'arrache mon sac des mains, me bloque les bras dans le dos et me menotte les poignets tandis qu'un de ses collègues immobilise Hyden.

— Qu'est-ce que vous faites ? m'écrié-je. Qui êtes-vous ?

Hyden ! Ils lui vident les poches, le dépouillent de son téléphone portable. Le pauvre, il transpire à grosses gouttes. Le contact de leurs mains sur ses bras est sans doute insoutenable. Et pourtant, il s'escrime à ne rien laisser paraître tandis qu'un Ender le palpe des pieds à la tête.

— Pas d'arme, déclare-t-il à son supérieur.

— Fouillez-la, elle aussi ! ordonne le type au tatouage, apparemment le patron. Qu'on ne vienne jamais m'accuser de ne pas accorder le même traitement aux femmes.

Le militaire procède à une fouille approfondie de mon corps avant de hocher la tête.

— Rien à signaler, chef !

— Vous n'avez pas le droit de nous arrêter ! Nous ne sommes pas des Starters errants ! Nous avons tous une famille.

Tous sauf Hyden, songé-je ensuite. Après tout, il a renié son père.

L'homme au tatouage s'avance.

— Si c'était vrai, vous ne seriez pas en train de poursuivre cette fille à travers toute la ville en pleine nuit, fait-il en désignant Emma. Vous seriez chez vous avec vos grands-parents, à regarder des émissions de talents à la R-TV. Non. Si vous êtes là, c'est parce que vous êtes des Metals !

Surprise, je lance un regard appuyé à Hyden, mais il garde les yeux droit devant lui. À en juger par son comportement, on croirait qu'il a déjà été arrêté et interrogé. Peut-être qu'avec son père…

Je foudroie Emma du regard.

— Tu nous as menés dans un guet-apens !

La petite-fille d'Helena reste de marbre.

Soudain, on cogne à la porte. Le chef baisse instantanément les lumières puis fait signe à un de ses hommes, qui va se poster derrière la porte et l'entrouvre. J'étrangle un cri de stupeur.

Michael !

Debout dans l'encadrement, il cligne des yeux dans la pénombre jusqu'à ce qu'un des hommes de main éclaire mon visage avec sa lampe de poing. Soulagé de me retrouver, Michael m'adresse un sourire ingénu.

— Callie.

— Non, Michael, fiche le camp ! C'est un piège !

Trop tard. Il franchit le seuil tel un animal peu méfiant qui s'aventurerait dans une clairière où sont embusqués un régiment de chasseurs prêts à l'abattre. Au bout de quelques pas, il prend conscience de la scène et se pétrifie, les yeux agrandis par la peur. Un Ender en profite pour lui passer les menottes aux poignets. Les lumières se rallument.

Focalisé sur moi, il n'a rien vu venir.

Désemparée, je ferme les yeux.

Ligotés sur des chaises en métal, nous attendons d'être fixés sur notre sort. Le chef et Emma ont disparu avec Michael dans une pièce sur notre gauche. Sur de grands moniteurs s'affichent des images du café, placé sous vidéosurveillance. À présent, il est désert. Le petit numéro nous était réservé. L'homme qui sirotait son espresso et le prétendu serveur pénètrent dans l'entrepôt, ils ont troqué leur déguisement contre un uniforme noir. Finie la comédie.

Pourquoi ont-ils emmené Michael ?

Inquiète, je me tourne vers Hyden.

— À ton avis, qu'est-ce qu'ils sont en train de lui faire ?

Un garde me rappelle à l'ordre d'un petit coup de fusil sur le bras.

— Silence !

Le contact du métal froid contre ma peau me fait tressaillir. Bon sang, qu'est-ce qu'on fiche ici ? Je voulais juste mener une vie normale avec mon frère, et voilà que je me retrouve prisonnière. Sauf que cette fois, ce n'est pas à l'Institut 37.

C'est encore pire, du moins ça en a l'air.

Outre les écrans de contrôle, la salle se métamorphose à intervalles réguliers. Une série de décors holographiques variés se matérialise tour à tour dans le hangar, le tout accompagné de senteurs et bruits de fond. En ce moment même, nous sommes au cœur d'une bambouseraie que balaie une brise parfumée. J'ignore si cette mise en scène a un but esthétique ou déstabilisant. En tout cas, chapeau ! C'est très efficace.

Hyden me coule un regard. Ses yeux trahissent une tristesse sans fond. Il pousse un long soupir et baisse les paupières un instant. C'est sa manière à lui de me dire qu'il est désolé.

Si j'avais le droit de m'exprimer, je lui dirais que non, ce n'est pas sa faute. C'est moi qui ai insisté pour qu'on suive Emma. Sans mon obstination farouche, on ne serait pas là, menottés dans un entrepôt perdu au milieu d'une banlieue sordide, et Michael n'aurait pas été emmené à l'écart, peut-être pour y être torturé.

Autour de moi, le décor se brouille soudain. Je reconnais le symptôme. C'est un nouveau souvenir d'Helena qui refait surface. Puis, ma vision devient aussi nette qu'une image d'eXperience. Je suis allongée dans le lit d'Helena. Au-dessus de moi, le ciel de lit. Le clair de lune baigne la chambre d'une lumière bleuâtre. J'allume la lampe de chevet, repousse la couette et me glisse par terre. Je me dirige vers l'armoire. Là, la moquette est légèrement tirée, révélant un compartiment secret dans le plancher. Je soulève une latte et découvre un pistolet.

Je le prends dans mes mains et le pose contre ma joue, grisée par la sensation de puissance qu'il me transmet. Le contact de l'acier me glace la peau.

Le souvenir s'interrompt brutalement comme si je m'étais réveillée en sursaut. Je suis frigorifiée. La peur, peut-être ? Un frisson me parcourt le corps. Je me secoue pour chasser le souvenir de ma tête. Les flash-back d'Helena semblent resurgir dans les moments de grand stress. Parfois, ils m'aident. Pourtant, je n'arrive pas à trouver le sens caché de celui-ci. Si ce n'est la preuve, une fois encore, que mon cerveau ne m'appartient plus vraiment.

Maintenant je suis fraîche et alerte, perdue au milieu d'une bambouseraie holographique.

Je pose les yeux sur Hyden. La tête en avant, il ferme les paupières. Dort-il ? Peut-être s'est-il retiré en lui-même. Notre capture et la fouille corporelle qui l'a suivie de près ont dû l'ébranler.

Sur notre gauche, la porte se rouvre enfin. Le chef de la clique réapparaît. Seul.

— Amenez-moi la fille !

15.

Hyden rouvre les yeux. Nous échangeons un bref regard juste avant qu'un militaire s'approche et me force à me lever.

— Et le garçon, on en fait quoi ? demande un autre garde au premier.

— Il a juste parlé de la fille, rétorque-t-il en m'entraînant dans son sillage.

Par-dessus mon épaule, je jette un dernier regard à Hyden. Ses traits sont déformés par l'angoisse.

— Attendez, hurle-t-il. Emmenez-moi à sa place.

— Ne t'inquiète pas, répond le garde posté près de lui. Ton tour viendra.

Puis il lui décoche un coup de pied dans le tibia.

— Arrêtez ! crié-je, le cœur au bord des lèvres. Il ne vous a rien fait !

Mon garde m'oblige à trottiner. Nous rejoignons la porte sur la gauche et pénétrons dans une pièce exiguë. L'hologramme projeté sur les murs reconstitue le décor d'une caverne. Le militaire m'oblige à m'asseoir sur une chaise en métal très inconfortable.

Une voix s'élève dans mon dos. Je tourne la tête : l'homme au léopard.

— Tu peux disposer, dit-il à mon garde.

Ce dernier hésite un instant à me laisser seule avec son patron, à croire que je suis une dangereuse criminelle.

— À vos ordres, chef, finit-il par dire en sortant.

L'homme au léopard est vêtu de noir de pied en cap : polo à manches longues et jean. Sa crinière argentée tombe en cascade sur ses épaules. Il arpente le rectangle de la pièce tel un fauve rôdant autour de sa proie. Il examine mon visage sous tous les angles avant de venir se poster derrière moi. Puis il fait basculer ma tête en avant et soulève ma tignasse, exposant la cicatrice de l'implant. Je sens ses doigts la palper avec précaution.

— Qu'est-ce que vous faites ?

Il ignore ma question. Au bout de quelques instants, il s'écarte et je redresse la tête.

— Vous n'avez pas le droit de nous détenir. J'exige de parler à un avocat.

Un ricanement sec s'échappe de ses lèvres.

— Tu crois qu'on en a quelque chose à foutre de tes droits ? Madame *exige* un avocat ? (Il se baisse et plante son regard dans le mien.) Écoute-moi bien, petite : tu es à moi. Et je disposerai de toi comme bon me semblera.

Je décèle un léger accent, trop subtil toutefois pour mettre le doigt dessus. Ses yeux bleu-gris sont ridés de fines pattes d'oie aux angles. À une certaine époque, son visage a dû être beau. Aujourd'hui, il est juste cruel. Il a de grosses mains noueuses et calleuses. Je ne doute pas un instant qu'elles sont capables d'infliger les pires tortures imaginables. Mon regard parcourt la pièce. Deux portes, et rien qui puisse servir d'arme. Je porte les yeux vers le haut. À travers la roche factice, je remarque des panneaux dénotant la présence d'un faux plafond. Il y a peut-être la possibilité de se planquer là-haut. À voir.

Il fait le tour et vient s'asseoir sur le bureau face à moi. Il vrille son regard dans le mien. Je n'arrive pas à voir clair dans son jeu. M'examine-t-il dans un but particulier ou cherche-t-il seulement à m'intimider ? Je soutiens son regard, résolue à ne pas me laisser impressionner. Pour finir, il se dresse et se dirige jusqu'à la seconde porte, qu'il ouvre.

Une femme filiforme aux cheveux blancs coupés au carré fait son apparition.

— Emmène-la !

Elle enfonce ses griffes dans ma peau et me tire par le bras. Juste avant de quitter la pièce, je fusille l'homme du regard pour lui montrer que je n'ai pas l'intention de me laisser démonter, quoi qu'il m'en coûte.

Et puis, le visage de Tyler me revient et mon armure se fendille. Si jamais il m'arrivait malheur, Eugenia s'occuperait sans doute de lui mais il n'aurait plus de famille. Il ne m'aurait plus, moi, à ses côtés. Il faut à tout prix découvrir ce qu'ils veulent pour tenter de négocier notre libération.

La femme m'escorte le long d'un couloir où se projette l'hologramme d'une cascade. Elle me fait ensuite pénétrer dans une sorte de cabinet médical high-tech. Sur un mur, la projection d'une forêt de pins où volettent des oiseaux. La femme m'installe de force sur une table d'examen et, d'une pression du pied sur une pédale, elle la surélève jusqu'à ce que je sois à parfaite hauteur.

Un petit Ender dodu surgit dans la pièce et me salue d'un air grave. Le médecin, sans doute.

— Je vais t'examiner, m'annonce-t-il.

Me demande-t-il mon accord ?

— Et si je refuse ?

— Je crains que tu n'aies pas le choix, rétorque-t-il sèchement. On y va ?

Mon cerveau carbure. D'ordinaire, j'écoute gentiment les médecins et me plie de bonne grâce à leurs quatre volontés. Mais là, rien ne justifie son intervention.

— Non. Je vous l'interdis. Je suis ici contre mon gré. (J'agite mes bracelets métalliques.) Vous voyez bien que je suis menottée. Et pourtant, je n'ai rien commis d'illégal !

Le médecin reste planté là, les bras ballants.

Ma voix se mue en supplication. C'est peut-être la dernière personne de bon sens qui croisera mon chemin. Autrement dit, mon ultime chance de sauver ma peau.

— Je vous en prie, soyez juste, l'imploré-je à voix basse. Laissez-moi partir.

Il échange un regard avec ma gardienne. Mes paroles ne l'ont pas laissé indifférent. Il doit bien se rendre compte de l'aberration de ma situation. On n'a pas le droit de retenir quelqu'un de force pour le soumettre à Dieu sait quelle série d'examens ! Il s'approche de la femme et lui susurre quelques mots au creux de l'oreille. Pourvu qu'il lui demande de m'ôter les menottes ! Elles sont si serrées qu'elles m'écorchent les poignets. Et je ne parle même pas de mes bras, tout ankylosés.

Synchrones, ils pivotent vers moi, les traits durcis. Voilà qui n'augure rien de bon…

La femme se place près de la table d'examen et me force à m'allonger. Puis elle me maintient dans cette position sur la surface glaciale.

J'essaie de me débattre, en vain.

— Qu'est-ce que vous allez me faire ?

Dos à moi, le médecin prépare une seringue. Il se tourne soudain vers nous et s'approche de la table en brandissant une immense piqûre hypodermique. À l'instant où il m'enfonce la longue aiguille dans le bras, la femme me plante ses doigts squelettiques dans la peau pour m'empêcher de gesticuler.

Je rêve que je suis de retour chez moi, ce joli ranch dans la Vallée où j'ai grandi. Tyler et moi sommes dans le salon, à jouer à un stupide jeu de cartes par terre, un samedi après-midi. Tyler a le même âge qu'aujourd'hui, ce qui n'est pas très logique. Mon père surgit dans la pièce. Son apparition me surprend.

— Papa ?

— Oui, ma grande ?

Pour une raison que j'ignore, il porte un costume noir. Ma mère entre à son tour, vêtue d'une longue robe de soirée fluide. Elle l'enlace par la taille.

— Maman ?

Elle incline la tête, étonnée.

— Oui, ma puce ?

— Je vous croyais partis pour toujours.

— Non, me rassure-t-elle. Nous ne sommes jamais partis, Callie.

Je me réveille en sursaut dans une pièce grande comme un placard à balais, allongée sur un lit médicalisé. Au lieu des traditionnelles barrières sur les côtés, des parois en plexiglas m'emprisonnent de toutes parts. Je me croirais dans le berceau d'un bébé à la maternité.

Au plafond, des étoiles scintillent. Un hologramme ? Un décor créé de toutes pièces pour me tranquilliser ? Ou bien pour me désorienter ?

— Elle est réveillée, murmure-t-on.

Dans l'entrebâillement de la porte, j'aperçois partiellement le corps et le visage d'une gardienne.

Une Ender vêtue d'une blouse de couleur claire ouvre la porte en grand et pénètre dans ma chambre. Dans ses mains, un stéthoscope ultramoderne qu'elle applique successivement sur mon front, mon poignet et mon cœur.

Alors, je m'aperçois que mes mains sont attachées au lit.

La femme consulte son appareil. Visiblement satisfaite des résultats, elle sort sans même m'accorder un regard.

J'agite les mains pour voir s'il y a du jeu. Même pas en rêve ! La panique s'insinue en moi comme de l'eau sous une porte. Je m'acharne contre mes liens mais ne réussis qu'à m'irriter les poignets.

La porte s'ouvre une nouvelle fois. Ce coup-ci, c'est Emma qui fait son apparition. Derrière elle, j'entrevois à nouveau la gardienne, postée dans le couloir, juste devant ma chambre. Emma referme vite la porte.

Elle porte un sachet.

— Salut, Callie, fait-elle, tout sourire.

— Qu'est-ce que tu me veux ?

La petite-fille d'Helena ne m'inspire pas confiance. Seulement, ce n'est pas comme si je pouvais me lever et lui claquer la porte au nez.

— Je t'ai apporté un smoothie. J'ai songé que tu apprécierais, dit-elle en sortant un gobelet du sachet. Parfum fraise-banane.

— Super, mais je ne peux pas le prendre. À moins que tu ne me détaches…

— Ce n'est pas grave. Je vais le tenir pour toi.

Elle vient se mettre au chevet de mon lit et approche la paille de ma bouche. J'ai envie de l'envoyer promener, mais une soif terrible me brûle la gorge. Et une faim de loup me tiraille l'estomac. J'aspire le liquide sucré. Sa fraîcheur me fait du bien.

— Vas-y doucement, me conseille-t-elle. Pas trop à la fois sinon tu vas t'étrangler !

De près, Emma est le portrait craché de sa grand-mère. Helena devait beaucoup lui ressembler au même âge. Ce visage majestueux, ces pommettes saillantes. Sauf qu'Emma s'est fait raccourcir le nez à Prime Destinations.

Elle éloigne le gobelet.

— Pourquoi tu as fait ça ? demandé-je.

— Quoi donc ?

— Tu leur as servi d'appât…

Elle baisse les yeux et triture la paille du smoothie.

— On ne m'a pas laissé le choix, me confie-t-elle à mi-voix.

Comment savoir si je peux lui faire confiance en ce moment même ? Et si ce n'était pas Emma que j'avais en face de moi, mais un locataire se faisant passer pour elle ?

— On t'a obligée ? Mais comment ?

— Ils m'ont menacée de s'en prendre à ma grand-mère si jamais je ne leur obéissais pas au doigt et à l'œil, chuchote-t-elle.

— Tu veux parler d'Helena ?

— Oui, fait-elle, la mine rembrunie.

Elle a voulu protéger sa grand-mère.

Elle tire une chaise près du lit et s'y assoit, jambes croisées. Je remarque qu'elle porte un gros bracelet de cheville très tendance avec son nom gravé dessus en lettres d'or.

— C'est joli, dis-je en le désignant du menton.

— Merci. C'est un cadeau de grand-mère.

Je prends une profonde inspiration. Visiblement, Emma n'a jamais entendu parler de moi. Elle ignore que sa grand-mère avait loué mon corps dans le but d'assassiner le sénateur Harrison. Que le plan a avorté, et qu'elle s'est ensuite lancée directement à la recherche de sa petite-fille. Cela fait beaucoup d'informations à digérer à la fois. Pourtant, il faut qu'elle sache la vérité. Surtout si elle s'imagine protéger Helena en se pliant aux ordres de ces tortionnaires. C'est sa grand-mère, après tout.

À supposer qu'elle ne mente pas sur toute la ligne…

— Emma, parle-moi de toi. Qu'est-ce que tu aimes comme bijoux par exemple ?

— Oh, tout un tas de trucs. Les broches. Des choses qui me viennent de ma mère. D'autres de ma grand-mère… Mon favori, c'est un bracelet à charms que Doris m'a offert.

Pas de doute. J'ai devant moi la vraie Emma. Ce bracelet, je l'ai vu de mes yeux dans une boîte à bijoux dans sa chambre.

— J'avais le même. Un cadeau de Doris également.

— C'était joli, commente-t-elle, le regard absent. J'aurais dû l'emporter avec moi.

Ses airs et sa manière de s'exprimer me tracassent. Quelque chose ne tourne pas rond. Elle semble ailleurs, comme ces gens retenus prisonniers pendant des années. Son expression, je l'ai déjà observée sur des jeunes filles de l'Institut… à commencer par mon amie Sara. Emma est soumise… pensive… pas totalement présente.

— Emma, quand est-ce que ces hommes t'ont abordée ?

— Pardon ?

— Tu as travaillé pour la *Banque des Corps.* Mais ensuite, que s'est-il passé ?

— Je ne pouvais pas rentrer chez moi et affronter grand-mère. Elle aurait été très fâchée en remarquant mon relooking. Et je ne vois pas comment je le lui aurais caché !

— Du coup, tu t'es enfuie ?

— Oui. Avec mon ami Kevin. Attention, ce n'était pas mon petit copain, même si je savais qu'il m'aimait bien. On a mis notre argent en commun. On avait l'intention de louer un appartement.

— Mais vous êtes tombés sur cet homme qui porte un tatouage sur le cou ?

Elle me fait signe que oui.

— Il s'appelle Dawson. Il s'est fait passer pour le propriétaire de l'appartement.

— Je vois.

— Kevin était censé me retrouver là-bas, mais il n'est jamais venu.

Les hommes de Brockman lui auraient-ils réglé son compte ? Je juge préférable de ne pas m'aventurer sur ce terrain. Emma n'est pas encore prête à entendre tout ça.

— Depuis quand travailles-tu pour l'organisation de Dawson ?

— Je ne sais pas, répond-elle en secouant la tête. Je ne connais même pas la date d'aujourd'hui !

— Emma, mes liens sont très serrés. Ils me font un mal de chien, dis-je dans un murmure. Tu ne peux pas les détendre un peu ?

La gardienne saisit cet instant pour nous rappeler sa présence en entrouvrant la porte. Emma jette un coup d'œil dans sa direction et se redresse, raide comme un piquet.

— Callie, ils ont besoin de te faire passer une série d'examens importants, reprend-elle à haute et intelligible voix.

À l'entendre, on croirait qu'elle me sort un discours archi-répété.

— On est tous passés par là, tu sais. Moi-même, je les ai faits. Ce n'est pas grand-chose. Une simple formalité.

Dans son regard, je vois bien qu'elle ment.

— Peut-être pour toi. Mais moi, je refuse de me transformer en cobaye !

Son dos se voûte.

— Callie, écoute-moi, je t'en prie. Tu n'as pas le choix. Tu vas devoir t'y soumettre, que ça te plaise ou non.

Sur ces paroles, le dénommé Dawson fait son apparition dans ma chambre.

— Emma, tu peux nous laisser ? Tu seras gentille.

Il lui parle sur ce ton ferme et sévère qu'on emploie avec les gamins. Elle reste immobile, quoique effrayée.

— Emma, tu m'as entendu ?

Cette fois-ci, elle se lève, récupère le gobelet et quitte la pièce. Dawson s'adosse au mur, au chevet de mon lit. Avec sa longue crinière blanche, il ressemble à un sorcier diabolique.

— Tu te sens comment ? me demande-t-il sans l'ombre d'un sourire.

— Quelle question ! Je suis attachée à un lit. J'ai l'impression d'être un animal en cage !

— Si tu acceptes de coopérer, on te détachera. Promis. À condition que tu me donnes d'abord ta parole.

— Libérez-moi sur-le-champ ! Je ne vous dois rien.

Dans un soupir, il actionne un bouton. Les montants transparents de mon lit coulissent jusqu'au sol dans un gros boum. Bonjour les règles de sécurité ici ! Il dégaine un grand couteau de sa poche et le déplie. La lumière se reflète sur la longue lame métallique qu'il tend vers moi. Je ferme les yeux très fort, redoutant le pire.

Lentement, je sens la lame glisser sous mes liens. Il les tranche d'un seul coup sans même m'effleurer. Je rouvre les paupières. Dawson replie la lame dans son manche et fourre à nouveau le couteau dans sa poche. Je me frictionne les poignets. Douloureux, ils portent la marque de la corde.

Libre, je repousse la couette et pose les pieds par terre, constatant du même coup que je porte encore mes habits.

— Où sont mes chaussures ?

Au lieu de me répondre, il m'empoigne le coude et m'entraîne pieds nus dans le couloir. Au bout, il tourne à droite. Derrière nous, la gardienne ferme la marche.

— Vous me faites mal !

— Ah bon ? Toutes mes excuses, Votre Majesté !

Des cris étouffés me parviennent du fond du couloir.

C'est la voix de Hyden !

La peur me gagne. Je hurle tout en me débattant.

— Salauds ! Qu'est-ce que vous lui faites ?

Il serre les doigts autour de mon bras et me traîne devant une grande vitre contre laquelle il m'écrase le visage. De l'autre côté, un immense appareil cylindrique horizontal. En arrière-plan, le décor holographique d'une forêt paisible qui jure avec la violence de la scène offerte à nous. Deux Enders maintiennent Hyden, toujours menotté. Il se débat, tente de se dégager. Face à nous, un troisième Ender observe cela amusé. En apercevant Dawson, son sourire s'évanouit.

Un individu lambda aurait déjà du mal à tolérer ce genre de traitement. Pour ce pauvre Hyden qui ne supporte pas qu'on l'effleure, ce doit être un supplice.

Dawson adresse un signe du menton aux deux hommes. Au lieu d'arrêter, ils bousculent mon ami de gauche à droite comme une balle de ping-pong. Il tient à peine sur ses jambes. Je sens qu'il ne va pas résister longtemps.

— Dites-leur d'arrêter !

Je cogne de toutes mes forces contre la vitre. Mes boyaux se tordent.

Hyden est blanc comme un linge, son front dégouline de sueur et ses yeux sont cerclés de noir. Est-ce qu'il a été battu ? Ou bien est-ce le résultat de tout ce stress ?

— Vous allez le tuer si vous continuez !

— Toi seule peux mettre un terme à son calvaire, réplique Dawson. Tu sais ce qu'il te reste à dire.

À bout de forces, Hyden finit par s'écrouler. Les deux hommes le rattrapent aussitôt et le forcent à se relever. Ils le traînent jusqu'à moi et lui plaquent le visage contre la vitre.

J'ai le cœur en charpie.

— Hyden… D'accord. Vous avez gagné. Je vais les faire, vos satanés examens !

Avec un petit rictus triomphant, Dawson indique à ses hommes de cesser. Hyden reste face à moi et remonte lentement la main le long du carreau jusqu'à ce que nos paumes se rejoignent, de part et d'autre de la vitre.

16.

Dawson me guide le long d'un couloir. Cette fois-ci, je marche seule. J'apprécierais tout de même qu'on me rende mes chaussures.

En prenant la défense de mon ami, je leur ai révélé mon point faible. À présent, ils savent comment obtenir de moi ce qu'ils veulent. Je n'avais pas le choix. Il fallait leur donner satisfaction sans quoi Hyden aurait fini par craquer. Maintenant, je suis plus déterminée que jamais à trouver un moyen de nous sortir tous d'ici.

— Je peux vous poser une question ?

— Vas-y.

Il ouvre une porte et nous pénétrons dans un laboratoire. Une Ender est sur le point d'enfiler des gants.

— Où est Michael ? Il va bien ?

— Il se repose.

Après son départ, je me demande s'il m'a dit la vérité. Michael est-il vraiment hors de danger ? La réponse de Dawson était-elle à prendre au pied de la lettre ou bien sous-entendait-elle qu'en réalité un Ender s'est emparé du corps de mon ami pendant que, soit-disant, il se repose ?

La femme porte un pantalon imperméable, des bottes en caoutchouc, ainsi qu'un tablier en latex. Drôle de tenue... Un nœud se forme dans mon ventre. Elle m'entraîne alors dans une salle de douche et son attirail prend sens. Elle me demande de me déshabiller. Nue comme un ver, je me place au centre d'une plate-forme d'où l'eau s'écoule pendant que des jets m'aspergent de tous les côtés. La femme enfile un masque et se met à me frotter le corps avec un gant abrasif. Une opération qui n'est pas sans me rappeler l'étape nettoyage à la *Banque des Corps*, moins le côté luxueux. Quel que soit cet endroit, il est évident que le budget n'est pas le même.

À la fin de la phase séchage, elle me tend une blouse d'hôpital.

Pour quoi faire ? L'inquiétude monte en moi.

— À quoi cette blouse va-t-elle me servir ?

Sans croiser mon regard, elle poursuit ses préparatifs. Ma voix ne produirait aucun son que ce serait pareil ! C'est comme si je n'existais pas, en fait. Tétanisée, je serre ma blouse contre ma poitrine. Elle m'attrape par le bras et me conduit dans une deuxième salle, où elle me confie à une de ses collègues, une petite femme au teint blafard.

Elle me prie de m'allonger sur une table et me pose un casque sur la tête qui paralyse mes mouvements et me comprime le cou. À tel point que je sens mon pouls battre à mes tempes. J'ai l'impression que mon crâne va exploser sous la pression. Boum, boum, boum. J'ai envie de crier.

— Tâche de te détendre, me suggère-t-elle. Et cesse de remuer.

Elle appuie sur un bouton et une boîte m'emprisonne le reste du corps. Je pousse un hurlement.

— Qu'est-ce que c'est que ce machin ?!

Mon corps s'insère dans l'appareil de forme cylindrique aperçu plus tôt. Un scanner ? Il fait un bruit de tronçonneuse. Une trappe s'abaisse aussitôt après mon passage. Je suis prisonnière de la machine ! J'ai la sensation d'être dans un cercueil.

La ventilation se met en marche, mais mon sentiment de claustrophobie persiste. Si seulement je pouvais m'échapper de mon corps avant que mon cœur ne finisse par éclater dans ma poitrine ! Soudain, la voix de la femme s'échappe d'un microphone.

— Retiens ton souffle. Jusqu'à ce que je te dise de respirer.

Je prends une profonde inspiration et me mets en apnée pendant ce qui me semble une éternité. La machine produit une série de déclics très secs. On croirait que quelqu'un à l'extérieur est en train de creuser la coque de l'appareil à l'aide d'un marteau-piqueur. Je suis au bord du pétage de plomb. Brusquement, la voix s'élève à nouveau.

— OK. Tu peux respirer.

Et ainsi de suite pendant un temps infini. À un moment donné, elle me reproche d'avoir repris mon souffle trop tôt, et je suis obligée de tout recommencer depuis le début. Pour finir, la trappe se relève, je ressors à l'air libre, et on m'ôte le casque.

Je me masse le cou, à la fois épuisée et soulagée.

Pour l'examen suivant, je dois rester allongée pendant qu'un Ender manie un appareil à proximité de ma tête. Devant un écran à proximité, son collègue gère le flux de données transmises à l'ordinateur afin d'interpréter les résultats. Ils débutent évidemment par l'enregistrement du numéro d'identification de ma puce.

— Pourquoi vous faites ça ? Qu'est-ce que vous cherchez ?

Malheureusement, mes questions restent sans réponse. À leurs yeux, je ne suis qu'un animal de laboratoire.

J'endure une batterie d'examens visant à évaluer mes conditions physiques et mes cinq sens. Je commence à trouver le temps long lorsque enfin on m'apporte des vêtements propres – un T-shirt et un pantalon kaki. Puis on me rend mes chaussures.

Une fois que je suis changée, on me tend un verre contenant un liquide rouge, et on m'ordonne de le vider d'un trait. Quelques secondes plus tard, je tombe dans un profond sommeil.

Je me réveille dans une pièce aux murs gris capitonnés. Par terre, à la place du béton, une sorte de gomme recouvre l'intégralité du sol. À un angle, un cube en mousse tient lieu de siège ou de coussin. Dans le coin opposé, un trou dans le sol produit un son d'aspiration continu.

Ceci est mon cachot. Spécialement conçu pour m'empêcher d'attenter à mes jours. Je balaie la pièce du regard. À part le coussin, c'est le vide absolu. Mes chaussures ont à nouveau disparu.

Même pas de décor holographique.

Je repère une caméra de sécurité encastrée au plafond et une autre dans un coin de la cellule, en hauteur. Je plante mon regard dans la lentille.

— J'ai passé tous vos foutus examens ! Laissez-moi voir mes amis !

L'objectif de la caméra m'observe en silence

Me voilà enfermée une fois de plus ! Folle de rage, je laboure le mur de coups de poing. À ma grande frustration, ils sont étouffés par le capitonnage. Alors je hurle, mais mes cris se heurtent à un silence pénétrant.

Je suis seule au monde. Isolée de tout et loin de mon frère. Pauvre Tyler ! À l'heure qu'il est, il doit se faire un sang d'encre. Et moi qui croyais le cauchemar terminé avec la chute de la *Banque des Corps.*

Avec Tyler, nous étions censés mener une vie tout ce qu'il y a de plus banal : aller à l'école, jouer à des jeux, aller à la pêche. Michael, Tyler, moi, nous étions sur le point de former une nouvelle famille. Eugenia aurait pu remplir le rôle de grand-mère.

Eugenia. Comment réagit-elle à notre absence prolongée ? A-t-elle contacté les autorités ? Va-t-elle tenter de réconforter Tyler en lui servant un pieux mensonge, lui assurant que tout va bien, que nous allons bientôt rentrer ? Jamais il n'avalera ça, il n'est pas né de la dernière pluie.

Mon petit frère me manque. Ses yeux noisette, ses cheveux tout doux et son sourire canaille. C'est à peine si j'ai pu profiter de lui depuis qu'il a recouvré la santé. Il a fallu s'enfuir et se planquer. Comme à l'époque où nous allions de squat en squat de peur d'être capturés par les marshals. La seule différence aujourd'hui, c'est que nous avons dû quitter une résidence plus luxueuse.

Que deviendra Tyler si jamais je ne reviens pas ? Eugenia pourra-t-elle le prendre sous son aile ? Lauren a beau être sa tutrice, acceptera-t-elle de l'élever ?

Je songe à mon séjour à l'Institut 37, au drame par lequel il s'est soldé…

Depuis quand suis-je enfermée là ? Le verre contenait sans doute une drogue puissante pour que je me suis endormie si subitement.

Tout à coup, une voix d'homme interrompt mes pensées. Elle s'élève dans ma tête.

Callie.

Je reste assise sans bouger, attendant que la voix se manifeste à nouveau.

Callie, tu m'entends ?

On dirait Dawson, mais je ne peux pas encore l'affirmer.

— Qui êtes-vous ?

À ton avis, Callie ?

— J'en ai assez de vos devinettes.

Peu importe qui je suis. L'essentiel, c'est que la connexion fonctionne.

C'est Dawson.

Comment tu te sens ?

Son ton est froid et détaché, dénué de toute empathie.

— Je suis fatiguée. J'en ai marre d'être ici.

Tu aimerais bien sortir de cette pièce ?

Sans blague ! Il est franchement gonflé de me poser la question !

— Oui.

La porte s'ouvre brusquement. Est-ce un piège qu'on me tend ? Tant pis. Je serais stupide de laisser filer ma chance. Je me lève et passe la tête dans le couloir. Il est désert.

Nous n'avons plus besoin de gardes pour te surveiller.

Se peut-il qu'il lise dans mes pensées ? Ou bien m'explique-t-il simplement pourquoi le couloir est vide, après l'avoir vu à travers mon regard ?

Au cas où tu te poserais la question, non, je ne peux pas lire dans tes pensées. Elles t'appartiennent.

— C'est bien la seule part d'intimité que vous nous laissez, apparemment.

J'enfile le couloir jusqu'au bout et pousse une porte donnant sur un couloir annexe. Je le remonte et tourne à droite.

Un vrai labyrinthe, cet endroit, tu ne trouves pas ?

— Dites-moi plutôt où est la sortie.

Il éclate de rire. Quelle horreur d'entendre ce ricanement résonner dans mon crâne ! Une envie irrésistible me prend de l'en déloger en me frappant la tête contre un mur.

Le couloir débouche sur une espèce de salle de jeux. Des tables sont éparpillées à travers la pièce. Dessus, un monticule de blocs en bois de diverses formes et couleurs ainsi que des puzzles à profusion. Cependant, pas un seul enfant dans les parages. Et surtout, c'est trop bien rangé.

Je vois que tu as trouvé la salle de jeux. Prends donc un siège et mets-toi à l'aise.

Je repère une seconde porte, à l'autre bout de la pièce. Je m'empresse de l'atteindre et je tourne la poignée. Elle est fermée à double tour. Je retourne à la porte par laquelle je suis entrée. Également fermée à clé !

Tu as tout intérêt à t'installer.

Je tire une chaise et m'assieds, prise au piège dans cette salle sans fenêtre.

Devant toi se trouve une variété de pièces en bois colorées. Peux-tu sélectionner l'anneau rouge ?

Je m'exécute et porte l'objet devant mes yeux pour le lui montrer.

Parfait. À présent, place-le sur le plateau face à toi.

Je suis les instructions à la lettre.

Maintenant, pose les mains à plat sur la table devant toi.

À quoi ça rime ? Jusque-là, le test est d'une facilité déconcertante.

— Si je le fais, vous accepterez ensuite de me…

Ne mettons pas la charrue avant les bœufs, Callie. Reste comme ça jusqu'à ce que je te donne des consignes supplémentaires.

Je patiente un long moment. Soudain, un phénomène très étrange se produit.

Mon pouce droit se met à remuer. Sauf que ce n'est pas moi qui le commande.

— Qu'est-ce que vous foutez ?

Chhh… Détends-toi. Et pas un mot.

Ma main droite palpite malgré moi. Tout à coup, elle décolle de la table de quelques centimètres, se dirige vers l'anneau rouge en bois et se met à planer au-dessus sans que je puisse rien faire sinon l'observer.

Les poils se dressent sur mes bras.

Détends-toi, Callie. Laisse-toi aller.

Sa voix est celle d'un homme en transe.

Ma main tombe sur l'anneau et mes doigts se referment autour du cerceau de bois comme des serres – cette scène me rappelle ces machines présentes dans les galeries marchandes, dans le temps. On y insérait une pièce et le bras de fer s'abaissait lentement vers les peluches avant de se refermer. Ça ne marchait pas à tous les coups.

Ma main se lève ensuite, transporte l'anneau jusqu'au plateau devant moi, et l'y dépose. Pour finir, elle s'écroule au-dessus.

— Qu'est-ce qui vient de se passer ?

Je t'ai contrôlée.

L'enthousiasme perce dans sa voix.

Quelle horreur ! Je me concentre de toutes mes forces pour l'expulser de ma tête. J'ignore comment m'y prendre, mais je veux à tout prix qu'il dégage. Je m'imagine une tornade faisant rage dans mon crâne et l'emportant loin, me libérant du même coup de sa présence toxique. Mon esprit recouvre alors sa pureté, son calme et sa clarté. Il est de nouveau à moi et personne d'autre.

J'ignore si ma méthode a porté ses fruits ou s'il est parti de son propre chef. Une chose est sûre, la voix s'est tue.

Un bon quart d'heure s'écoule avant qu'un garde vienne me chercher pour me conduire dans une autre salle. Un immense gymnase où est aménagé un champ de tir couvert.

— Avance-toi jusqu'au dernier pas de tir, m'ordonne une voix de femme provenant d'un haut-parleur.

Je pivote sur moi-même et l'aperçois qui m'observe du haut de son poste de contrôle surélevé, derrière une vitre. C'est une Ender grande et élégante avec un chignon blanc.

J'obtempère et rejoins le poste du bout, où m'attend une carabine. Un bref instant, je songe à m'en servir pour m'évader. La vitre de la tour de contrôle est-elle pare-balles ? Sûrement. Pas la peine de rêver.

L'arme est un peu lourde pour moi. Pendant que je l'examine, un son se déclenche au bout de la ligne de tir : le grincement mécanique d'une cible qui se met en place. À la place de la butte de tir, je distingue l'hologramme d'un Ender vêtu d'un uniforme militaire. Le visage camouflé par un masque, il braque son pistolet sur moi.

— Je vais compter jusqu'à trois, Callie, m'annonce l'Ender via le haut-parleur. Un…

Je mets la cible en joue.

— Deux…

Je me concentre, prends une grande inspiration.

— Trois !

Je vise la poitrine et fais feu. Malgré le mouvement de recul de la carabine, je ne dévie pas d'un millimètre.

Un rameneur mécanique fait coulisser la cible jusqu'à moi. J'inspecte l'hologramme qui s'est figé de manière à enregistrer l'impact. Le trou se situe pile en plein cœur. Je me retourne pour observer la réaction de la femme. Impassible, elle me demande de recommencer.

Je répète l'exercice une dizaine de fois d'affilée. L'impact est systématiquement signalé sur l'hologramme par un point rouge. Les instructions varient : on me demande de viser l'épaule, la tête, la cuisse droite... Je réalise un parcours sans faute ! Mon père serait fier de sa petite fille. C'est lui qui m'a appris à tirer.

Brusquement, ma cible change. L'hologramme d'une Ender en robe d'été apparaît dans ma ligne de mire.

— Tire ! m'ordonne la femme.

— Quoi, sur une innocente civile ?

— Tire, répète-t-elle.

— Pas question !

Elle détourne le visage pour adresser quelques mots à une autre personne présente dans la tour de contrôle.

Mon cuir chevelu commence à me titiller. Je sens que quelqu'un s'est introduit dans ma tête.

Callie ?

Dawson ! Oh non, pas lui ! Je hais le sentir à l'intérieur de mon crâne plus que tout.

Ne t'inquiète pas, petite Starter. Tu n'as rien à faire. Détends-toi, c'est tout ce qu'on te demande.

Oh oh... Cela ne me dit rien qui vaille. Il va encore essayer de me téléguider comme un joujou électrique.

Peu à peu, mes bras se lèvent et se plient en position de tir. Horreur ! Luttant contre moi-même, j'essaie de lui résister.

Peine perdue. La carabine se cale lentement au creux de mon épaule. Dawson exerce sur moi un contrôle absolu.

Ma tête bascule un peu de manière à ce que ma joue vienne se placer contre la crosse de l'arme. Mes yeux ajustent la cible. Dans ma ligne de visée, le cœur de la dame en robe d'été.

Des gouttes de sueur perlent sur mon front. J'essaie de raidir mes mains, mais en dépit de mes efforts, mon doigt fléchit peu à peu et presse la détente.

Bang !

Je lève les yeux vers le poste de contrôle. La tête tournée, la femme semble en pleine discussion avec un interlocuteur invisible.

La cible est ramenée jusqu'au pas de tir. Pauvre Ender ! Je l'ai touchée en plein cœur.

Génial.

Mes doigts se détendent soudainement, ce qui signifie que Dawson a cessé de me contrôler. Cet exercice a dû exiger de lui une concentration folle. Il est sûrement en train de recharger ses batteries.

— C'est écœurant, dis-je en m'adressant à lui. Vous êtes malade. Il faut vous faire soigner.

On est parfois obligé de faire des choses pas très jolies jolies, Callie. Pour la bonne cause.

L'hologramme s'éloigne de moi dans un grincement mécanique sinistre. Une nouvelle cible se place au bout du champ.

Voyons voir ce que tu as dans le ventre.

Ce coup-ci, la cible est un Starter. À cette distance, je devine qu'il a environ mon âge. À en juger par son look, c'est un Starter des rues : vêtements en lambeaux, bouteille d'eau en bandoulière, lampe de poing à l'avant-bras, le visage crasseux, les cheveux en bataille. Je plisse les yeux. Il me dit quelque chose....

C'est l'hologramme de Michael !

Mon estomac se retourne. Je m'apprête à poser la carabine mais une force invisible s'empare de moi et m'en empêche.

— Non non non...

L'arme se met en position de tir, mes yeux ajustent la cible.

— Arrêtez !

Mon cerveau carbure à toute allure. Il y a bien un moyen d'échapper à leur contrôle, non ? Apparemment, je leur facilite la tâche lorsque je suis détendue... Inversement, une brusque poussée d'adrénaline interromprait-elle la connexion avec mon locataire ?

— Vous ne pouvez pas me forcer à faire ça !

Et pourtant, dans un geste d'une douloureuse lenteur, mon doigt exerce une pression sur la détente. Rien n'y fait, je suis impuissante. La scène se déroule malgré moi. Je suis spectatrice de mon propre corps.

Une détonation retentit.

Dans la tour de contrôle, la femme appuie sur un bouton. Le rameneur mécanique s'enclenche et la cible se rapproche, me permettant de constater le résultat de mon tir

Un trou cerclé de rouge dans le front. La balle est allée se loger dans le crâne de l'hologramme de Michael, entre les deux yeux.

Si ça avait été lui en chair et en os, à l'heure qu'il est, il serait mort.

Une boule énorme se forme dans mon ventre. Et puis, tout à coup, mes bras me paraissent plus légers. J'ai recouvré le contrôle de mon corps.

Ni une ni deux, je saisis l'arme et me précipite vers la porte. Dans le haut-parleur, la voix de la femme éclate.

— Callie Woodland, retourne immédiatement au poste de tir. Je répète : arrête-toi sur-le-champ !

Callie !

Et rebelote, Dawson est à nouveau dans ma tête. Ça m'aurait étonnée, tiens. Je choisis de l'ignorer. À la place, je me focalise sur ma colère et m'en nourris. Dans le couloir, je repère un garde. Il s'élance déjà vers moi. Je vise sa jambe, le doigt sur la gâchette.

Rien. La détente est bloquée !

Tu nous prends pour des amateurs ? On a tout prévu, vois-tu. Les armes sont programmées pour ne pas fonctionner en dehors du stand de tir, petite Starter.

— Cessez de m'appeler comme ça !

Tant pis. J'attrape la carabine à l'envers pour me servir du manche comme d'une batte de baseball. Je l'expédie dans l'estomac du garde, qui se plie de douleur. Malheureusement, j'ai négligé de surveiller mes arrières et n'ai pas anticipé l'intervention d'un second garde. Il me bondit dessus par-derrière et me plaque un objet contre la colonne. Un Taser. Zzz ! Mes nerfs sont réduits en compote. Mes jambes se dérobent sous moi et je m'écroule comme un pantin désarticulé.

Je vois trente-six chandelles.

17.

Je me réveille dans ma cellule capitonnée avec un affreux mal de crâne et l'impression d'avoir la bouche pleine de coton. La porte s'entrouvre. Ma gardienne glisse la tête par l'entrebâillement avant de s'effacer pour laisser entrer quelqu'un. Emma. Elle referme la porte derrière elle.

— Pas de smoothie cette fois ?

Elle s'assied par terre à côté de moi.

— J'ai entendu dire qu'on t'avait enfermée.

— Et c'est tout ?

— On raconte que tu es une tireuse d'élite. Et que tu t'en es prise à un garde.

— J'ai refusé de tirer sur mon meilleur ami ni plus ni moins. Franchement, qu'est-ce qu'ils s'imaginaient ? Que j'allais obéir comme un bon petit soldat ?

— Ce n'était rien qu'un hologramme, Callie. Peut-être qu'ils cherchaient à tester ton aptitude à obéir aux ordres.

J'en doute fort.

— Ils savaient pertinemment que je n'obéirais pas. Tout ça, c'était une petite mise en scène pour me coincer. Un prétexte pour me mettre au trou.

Elle ramène les jambes contre son buste et les enlace. Une fois encore, je remarque son bracelet de cheville.

— Michael, c'est un peu comme ton petit copain, non ?

Bizarre, sa question. Ça l'intéresse vraiment ?

— Non. C'est juste mon ami. À ce propos, comment va-t-il ?

— Bien. Il a passé tous les tests, *lui*.

Elle a insisté sur le dernier mot comme pour me reprocher mon insubordination et mettre en exergue ce qu'un bon petit Starter est censé faire.

— Et Hyden ? demande-t-elle ensuite en jouant avec une mèche de cheveux.

— Il va bien ?

— Oui oui… C'est lui ton petit ami ?

Son interrogatoire me déplaît. Moins je révélerai d'informations, mieux cela vaudra pour moi. En plus, je suis sûre que les caméras ne perdent pas une miette de notre conversation.

— Non. C'est juste un ami lui aussi. Où est-il ?

— Dans une cellule. Comme toi, il a refusé d'achever les tests.

On a peut-être exigé de lui qu'il tire sur mon hologramme. J'éprouve un immense sentiment de soulagement à l'idée qu'il se soit rebellé. Par contre, Michael, lui, a exécuté la série de tests. Lui a-t-on demandé de tirer sur mon image ? Si oui, a-t-il consenti à le faire ?

Emma engouffre sa main dans sa longue chevelure blonde.

— Tu sais, ça ralentit le processus quand on refuse de coopérer, dit-elle sur un ton las.

— Comment ça ? Vous faites souvent ça ? Vous avez déjà eu d'autres Metals ici ?

Elle opine du chef.

— Et où sont-ils maintenant ?

— Je ne suis pas censée t'en parler, fait-elle, les sourcils froncés, tout en enroulant une mèche autour de son index. Écoute, je suis venue te poser une question. À ce qu'on dit, tu as connu ma grand-mère.

— Ce sont eux qui t'ont appris ça ?

— Oui. Ils m'ont raconté qu'elle avait loué ton corps. C'est vrai ?

Elle paraît moins absente que la fois précédente. Plutôt alerte, même.

— Comment savoir si tu es vraiment Emma ?

— Je pensais te l'avoir prouvé lors de notre dernier tête-à-tête. Le bracelet à charms, tu te rappelles ?

— Ça ne prouve rien. Qui me dit que notre entrevue n'a pas été enregistrée ?

— Ma grand-mère conservait toujours un pistolet à portée de main dans sa chambre.

— Comme beaucoup d'Enders.

— Dans son placard, sous la moquette, il y avait une cachette sous le plancher où se trouvait un Glock, si ma mémoire est exacte.

Voilà qui finit de me persuader.

— OK.

— Elle disait toujours qu'il valait mieux prévenir que guérir. C'est une leçon qu'elle avait dû tirer de la guerre.

— La guerre a altéré un grand nombre d'entre nous.

— Je lui en veux surtout pour une chose : je voulais à tout prix me faire refaire le nez, mais elle était braquée contre la chirurgie esthétique. Ma mère m'aurait donné son feu vert si elle avait été en vie. Je le lui ai dit, d'ailleurs. Ça l'a fait beaucoup pleurer. Ma mère lui manque beaucoup. C'était mesquin de ma part. Si jamais je retourne un jour à la maison, je m'excuserai. Cette histoire me turlupine.

Je ne peux pas lui avouer la vérité maintenant. Elle n'est pas encore prête à l'entendre.

— Mais, dans le fond, elle aurait dû me laisser subir cette rhinoplastie. J'avais un véritable bec d'oiseau !

La photo d'elle que j'ai trouvée chez Helena me revient en mémoire. Même si je comprends qu'elle ait été complexée, je songe à toutes ces stars de cinéma au nez proéminent. Un détail physique qui les distingue des autres, les rend uniques.

— Emma, j'ai vu des photos de toi, avant ton opération. Tu avais le nez de ta grand-mère. Un nez qui avait du caractère et qui était en harmonie avec le reste de ton visage. Je sais que ça semble stupide, mais c'est vrai. Et puis l'apparence, quelle importance ? Ce qui compte, c'est ce que tu as à l'intérieur de toi.

— Facile à dire pour toi, fait-elle en m'examinant du coin de l'œil.

— J'ai subi un relooking à la *Banque des Corps*, tout comme toi. Mais ça n'a pas changé qui je suis. On finira tous vieux et fripés, malgré la chirurgie au laser. Par contre, si on est bien dans sa tête, on vieillira mieux, crois-moi. Tu as des qualités autres que ton physique !

Emma se renfrogne.

— Tu parles sans savoir. Tu ne sais pas ce que c'est d'être moche.

— Toi non plus. Je ne dis pas qu'il ne faut pas se mettre à son avantage. Mais de là à avoir recours à la chirurgie esthétique à seize ans ! Je parie que tu as déjà croisé des garces qui ressemblaient à des top models.

— Oh que oui !

— Et j'imagine que personne ne voulait les fréquenter.

Mon exemple semble lui parler. Elle lève la tête, l'air songeur.

— Je vais te dire : s'il y a bien une chose que j'ai retenue de toute cette mésaventure avec la *Banque des Corps*, c'est qu'on accorde beaucoup trop d'importance à l'apparence. La beauté est éphémère. En revanche, chaque personne est unique.

Elle me regarde avec de gros yeux ronds.

— Ne te fatigue pas. Tu ne me feras pas changer d'avis, finit-elle par dire. Si c'était à refaire, je n'hésiterais pas une seule seconde. Je demanderais à ce médecin de procéder à l'opération sur-le-champ. Il fait des miracles !

— De quel médecin tu parles ?

Une voix de femme s'échappe d'un haut-parleur planqué dans le mur.

— Emma, on te demande au bureau d'accueil.

Elle se lève en roulant des yeux puis quitte la pièce.

Quelle idiote je suis de chercher à lui faire entendre raison. Une vraie perte de temps ! M'a-t-elle seulement écoutée ? J'en doute. Et pendant ce temps-là, Dawson est sûrement en train de me concocter un autre supplice sur mesure pour me punir de m'en être prise à l'un de ses hommes. Mieux vaut ne pas songer à ce qu'il me réserve.

Callie ?

Quelqu'un s'est infiltré dans ma tête. Mais ce n'est pas Dawson.

— Hyden ?

Je me mets debout.

Oui, c'est moi.

— Comment c'est possible ?

Je fixe les murs capitonnés gris.

Ils m'ont permis de me connecter à ta puce. Ils sont juste à côté de moi.

— Je vois.

Je devine qu'il s'agit d'un essai de connexion. Ou alors on se sert de lui pour me convaincre de procéder à un autre test tordu.

Je suis désolé, Callie.

— Hein ? Pourquoi tu es désolé ?

Un bref silence s'ensuit. La connexion n'a pas été interrompue. On est sans doute en train de lui dicter des consignes.

Sans même m'en rendre compte, je me suis approchée de la porte. Elle s'ouvre. Le garde s'efface sur mon passage. Je m'avance dans le couloir, le cerveau embrumé. J'ai l'impression d'évoluer dans un décor surréaliste.

Tu n'as rien à faire, Callie. Laisse-moi juste prendre les commandes.

Une étrange sensation s'empare de moi. J'ai l'impression d'enfiler le couloir en patins à glace – sans les patins. Je marche sans faire le moindre effort, comme si je glissais sur de l'eau.

Mes mouvements s'enchaînent de façon imprévisible. Vais-je m'arrêter devant une porte ou avancer jusqu'au bout du couloir ? Comme un jouet téléguidé, je pose machinalement un pied devant l'autre, incapable d'anticiper le geste suivant.

Bizarrement, je ne suis pas inquiète. Plutôt calme, à vrai dire. Peut-être parce que c'est Hyden qui me dirige ?

Callie, fais-moi confiance. D'accord ?

L'inquiétude perce dans sa voix. Je sais que ce sont eux qui lui soufflent ces paroles. Dawson a probablement un pistolet braqué sur sa tempe. Il est clair qu'ils me réservent une surprise.

Le stand de tir, c'est là qu'ils m'emmènent !

Devant le gymnase, ils ont placé un nouveau garde, plus grand, plus costaud que le précédent. Il m'ouvre la porte et je pénètre dans la salle.

En levant la tête, j'aperçois toujours la même Ender au poste de contrôle.

Cette fois, au lieu de me diriger jusqu'au dernier stand, je m'arrête à mi-chemin. Je pivote sur ma gauche et découvre un pistolet à la place de la carabine. Un Glock. Le même que celui d'Helena. Sont-ils au courant de cette histoire ?

J'ai beau plisser les yeux, je ne distingue pas de cible. J'hésite à toucher l'arme. Finalement, Hyden ne me laisse pas le choix.

Ma main se baisse et se referme autour de la crosse froide.

Dans sa tour de verre, l'Ender est en pleine discussion. Ce coup-ci, ce n'est pas un hologramme qui apparaît au bout de la piste, mais un Ender vêtu d'une combinaison noire et d'un casque. Il se tourne vers moi, version vivante de l'image sur laquelle on m'a forcée à tirer avant.

— C'est une combinaison pare-balles, n'est-ce pas ?

On m'assure que oui.

Sous l'emprise de Hyden, j'écarte légèrement les jambes, tends le bras et ajuste ma cible. Je presse la détente. Déstabilisé par l'impact, l'Ender vacille en arrière, sans tomber.

— La cible peut-elle approcher ? demande la voix de la femme dans le microphone.

L'homme s'avance et s'arrête à trois mètres de moi. La marque de l'impact dans sa combinaison est facile à distinguer grâce à la libération d'une poudre rouge à l'endroit où la balle est entrée. En plein cœur.

— Bien joué, me félicite-t-il d'un ton approbateur avant que la femme ne lui ordonne de quitter la piste.

Ma cible s'exécute sans attendre. Je me demande ce que cet exercice leur a prouvé. Que lorsque j'ai confiance en mon locataire, je suis plus docile et donc plus maniable ? Et maintenant, que vont-ils me faire faire ?

Oh non, ils n'oseront pas…

Apparemment si.

Cette fois, c'est Michael qui se place dans mon champ de vision. Il m'aperçoit, puis il remarque le pistolet dans ma main. Il porte lui aussi un casque et une combinaison.

Il esquisse un mouvement mais ses pieds restent résolument fixés au sol, comme aimantés. Ses bottes sont sûrement munies de semelles magnétiques.

Quel test atroce ! Ce n'est pas un Ender lambda mais un proche, un garçon que je considère comme un frère. Et si son costume n'était pas pare-balles ?

On me dit qu'il faut que tu te décontractes, Callie.

— Ne fais pas ça, Hyden, je t'en supplie. Tout mais pas ça.

On me dit qu'il ne risque rien.

Mon bras se lève lentement, le pistolet se braque sur ma cible.

En voyant cela, Michael tressaille.

— Arrête, Hyden ! Tu n'as qu'à refuser !

C'est exactement comme le test précédent, Callie.

— Je t'en prie, Hyden, ne me force pas à tirer !

À travers le masque, je distingue les yeux apeurés de Michael. Il les ferme.

— On ne m'obligera pas à faire ça, Hyden !

Je me débats du mieux que je peux. Mes boyaux se tordent. Impossible de reprendre le contrôle de ma main.

— Michael, je suis tellement désolée.

Mon doigt appuie sur la détente et une puissante détonation retentit. Michael tombe en arrière sur le sol.

Je redeviens aussitôt maîtresse de mes gestes. Lâchant mon arme, je me rue auprès de lui et lui ôte son casque.

— Michael, tu m'entends ?

Ses paupières remuent et s'ouvrent.

— Callie ?

Je pose les yeux sur sa poitrine. Je l'ai touché en plein cœur, comme l'Ender avant lui. Même trou cerclé de rouge causé par l'impact dans sa combinaison.

Un éclair de surprise lui voile le visage.

— Tu m'as tiré dessus !

Des gardes me conduisent dans une pièce où flotte le décor d'une plage. Pour tout mobilier, une table ovale flanquée de quelques chaises. Quelques instants plus tard, ils reviennent accompagnés de Hyden et nous laissent en tête à tête.

— Comment tu as pu me faire ça ?

Hyden lève les bras pour protester de son innocence.

— Je n'ai pas eu le choix !

— Franchement, je n'en reviens pas ! J'ai tiré sur Michael, bordel !

— Ils m'ont forcé, Callie. Ils ont menacé de te torturer si jamais je ne coopérais pas, m'explique-t-il, le regard implorant. Ils m'ont assuré que c'étaient des balles à blanc.

— Il aurait pu mourir ! Tiré de trop près, le coup est parfois fatal !

— On n'est pas tous experts en la matière, Callie.

Avec ses poches sous les yeux, il fait peur à voir.

— Ils t'ont fait du mal ?

— Tu me connais, murmure-t-il. La caresse d'une plume est insoutenable.

Je jette des coups d'œil furtifs dans la pièce. J'imagine qu'ils ont planqué des caméras et des micros un peu partout pour épier notre conversation.

— Qui sont ces gens, Hyden ?

Il se frotte le front.

— Je ne suis pas sûr, répond-il à mi-voix. C'est après la puce qu'ils en ont. Ils ont compris le fonctionnement de base. Ce sont peut-être des concurrents…

Il porte la main devant sa bouche afin que la caméra ne puisse pas lire sur ses lèvres et chuchote :

— La question, c'est de savoir s'ils travaillent pour mon père.

L'idée ne m'avait même pas effleurée. Voilà qui expliquerait comment ils ont réussi à maîtriser le processus de transposition.

Les paroles du Vieux me reviennent à l'esprit : *Ne fais confiance à personne d'autre qu'à toi-même. Et encore…*

Peu après, on nous apporte enfin à boire et à manger. Un bout de pain et une soupe claire, pas de quoi casser trois pattes à un canard, mais affamés que nous sommes, nous ne faisons pas la fine bouche. J'en profite pour questionner la gardienne.

— Où est Michael ?

Elle dépose le plateau et sort sans un regard et sans un mot.

Je me tourne vers Hyden.

— À ton avis, j'ai des raisons d'être inquiète ?

— Ils nous ont séparés. C'est peut-être une stratégie pour nous faire craquer. Qui sait, si ça se trouve, il s'enfourne un cheeseburger avec des frites à l'heure qu'il est !

Il accompagne ses paroles d'un léger sourire pour me réconforter un peu. Mais ça ne marche pas. Rongée par l'angoisse, je m'imagine les pires scénarios. Pourquoi interroger Michael ? De nous trois, c'est Hyden qui a le plus de secrets à révéler. Ignoreraient-ils qu'il est en réalité l'un des inventeurs du processus de transposition ?

Je le dévisage longuement. Il hausse un sourcil interrogateur, mais je préfère me taire, de peur de livrer des informations aux caméras, même en chuchotant.

À peine ai-je avalé la dernière miette de mon pain que la gardienne revient pour m'emmener.

— Sois forte, Callie, m'encourage Hyden avant que la porte se referme.

Je lui lance un demi-sourire, auquel il répond par un hochement de tête.

J'entre dans une petite pièce austère. Pour tout mobilier, une table et deux chaises. Une Ender vêtue d'un col roulé fait son apparition.

— Bonjour, Callie.

Elle s'installe en face de moi et pose un mini-airécran entre nous afin d'enregistrer l'entretien. L'appareil transcrit nos paroles. Les lettres s'affichent à l'envers à mesure qu'elle s'exprime.

— Dis-moi, Callie, depuis quand la puce est-elle implantée dans ta tête ?

— Trois mois, deux semaines et cinq jours.

— Présentes-tu le moindre trouble pouvant y être lié ?

— Des migraines.

— Et c'est tout ?

Je songe un instant à garder le reste pour moi. Cependant, je remarque le tracé d'une courbe sur l'écran – un graphique évolutif. C'est un détecteur de mensonge ! Il a suffi de penser à mentir pour que la courbe vacille.

— Il m'arrive d'avoir des flash-back.

Elle se penche en avant.

— C'est-à-dire ?

— Des moments où je revis certains souvenirs de ma locataire, des scènes qu'elle a vécues pendant qu'elle louait mon corps et que moi, j'étais dans une sorte de coma artificiel. Ces souvenirs me reviennent à l'improviste.

— Comment se manifestent-ils ?

Ses paroles s'inscrivent sur l'écran à toute vitesse.

— C'est comme si je regardais un film. Un film très court. Ça ne dure pas plus d'une minute.

Je hausse les épaules, l'air de rien. Mais, fascinée par mes révélations, elle insiste.

— Tu dis que c'est un souvenir de ce qu'a vécu ta locataire ? Comment le sais-tu ?

— Parce que…

Je marque une hésitation et le polygraphe s'emballe aussitôt.

— Inutile de mentir, me fait-elle remarquer. Dis la vérité, ce sera plus simple.

— Je connaissais ma locataire. J'ai reconnu les lieux des flash-back, sa chambre entre autres.

— Et ces réminiscences sont-elles accompagnées d'émotion de quelque sorte ?

Elle s'humecte les lèvres et se penche encore un peu en avant.

— Oui. C'est exactement comme si je revivais l'instant à sa place. Mais ça se produit sans raison précise. J'ignore ce qui déclenche ces flash-back. Ils ne m'apprennent rien de spécial. La séquence défile bêtement dans ma tête, et pouf, plus rien.

Étrange de voir mes mots s'inscrire à l'écran.

— Qui est le chirurgien qui travaille ici ? demandé-je à mon tour.

Elle lève la tête et me dévisage. Au lieu de me répondre, elle poursuit sa liste de questions.

— Qu'est-ce que tu peux me dire au sujet de Hyden ?

Mon corps se crispe. Le polygraphe produit alors un larsen pareil au cri d'un oiseau.

— Détends-toi, s'il te plaît.

— Je crois que vous feriez mieux de lui parler directement.

Je me décontracte et le son cesse.

— C'est à toi que je pose la question.

— Et moi je vous dis de vous adresser à lui.

Le polygraphe se tait. Elle aussi. Elle range l'appareil dans une housse et se lève. Puis, sans un mot, elle quitte la pièce.

Dawson surgit aussitôt après. Cela fait un moment que je ne l'ai pas vu en vrai. C'est presque gênant de le voir en chair et en os à présent qu'il s'est insinué dans ma tête. Cette expérience m'a laissé un arrière-goût désagréable.

— Tu es une rebelle, petite Starter, hein ?

Je soutiens son regard sans frémir. Il finit par s'asseoir.

— Bon, revenons à nos moutons. Dis-moi ce que tu sais sur Hyden.

— Comme je l'ai répondu à votre petite copine, vous feriez mieux de l'interroger, lui.

— Tu préfères peut-être qu'on emploie une méthode plus persuasive pour te faire parler ? dit-il en plissant les yeux comme s'il était déjà en train d'imaginer quelque procédé répugnant.

— Je ne sais pas grand-chose.

— Est-ce vrai qu'il a inventé la neuropuce que tu as dans le crâne ?

— Pour ça, il faudrait qu'il soit vachement malin à son âge !

— Et il l'est, n'est-ce pas ? (Il se penche sur la table et me saisit par le poignet.) Callie Woodland, tu es unique, la seule à posséder une puce altérée, sans pare-crime. Tu es la seule DAM.

Je cherche à dégager ma main mais il s'y cramponne.

— Donneuse à Accès Multiples. Autrement dit, tu es la seule à recevoir quelqu'un dans ta tête sans que le procédé de transposition soit total. Tu restes consciente du début à la fin. Tu entends tes locataires. Un « dysfonctionnement » que personne n'a encore été capable de recréer chez aucun autre Metal.

— Vous me faites mal ! Vous tenez vraiment à me blesser, moi qui suis si spéciale que vous le dites ?

Il pose les yeux sur mon bras et me lâche. Je cache ma main dans mon dos.

Les hypothèses de Hyden me reviennent à l'esprit. Ces types seraient des concurrents de son père ? Peut-être ont-ils l'intention de vendre le produit à une organisation terroriste ou à un pays rival. Ou peut-être sont-ils eux-mêmes des terroristes.

— Vous avez effectué toutes ces recherches sur la technologie de la puce…

— En effet, répond Dawson.

— Aidés d'un groupe d'experts en la matière…

— Nous avons recours à la crème de la crème. Les meilleurs dans le domaine.

— Et pourtant, vous ne pouvez pas recréer la puce vous-mêmes.

— C'est la clé de voûte. Et elle nous échappe encore

— Nous, de notre côté, nous rêvons de nous débarrasser de ces foutus bouts de métal. On vous les donne, si vous voulez. J'ai cru comprendre que vous aviez un chirurgien de pointe, ici. Il pourrait nous les retirer.

— C'est une opération très délicate comme tu le sais sûrement. Un travail extrêmement spécifique. Idéalement, il nous faudrait un homme à la fois artificier et neurochirurgien.

— D'accord. Mais vous avez parmi vous quelqu'un qui serait prêt à le faire, non ?

Il me regarde droit dans les yeux. Je vois bien qu'il envisage ma proposition comme la réponse à tous ses problèmes.

— C'est toi qui as lancé l'idée.

18.

Dawson nous réunit tous les quatre – Hyden, Emma, Michael et moi – dans le hangar où nous nous sommes fait arrêter, à notre arrivée. Cette fois, le décor représente les monts enneigés de l'Himalaya.

En apercevant Michael, je me précipite à ses côtés pour m'assurer qu'il n'a rien, mais Dawson m'arrête dans mon élan. Pour l'occasion, il a fait venir un Ender qu'il nous présente comme « le médecin » et qui possède un accent suédois ou norvégien, difficile à dire.

— L'extraction de la neuropuce est une procédure très risquée, nous explique celui-ci. D'après le scanner, nous savons qu'elle se déploie dans votre cerveau comme une toile d'araignée.

— Une toile d'araignée ?

Je décoche un regard surpris à Hyden.

— La puce est un dispositif très ingénieux, précise Dawson. Une fois implantée, elle s'étend en formant un réseau complexe et enchevêtré.

— Elle varie selon le cerveau du donneur, ce qui rend son extraction plus délicate, reprend le docteur en entrelaçant les doigts pour nous mimer le schéma. Mais, par chance, nous avons enfin réussi à mettre la main sur l'inventeur de la puce, qui va aujourd'hui pouvoir nous éclairer.

Hyden le foudroie du regard.

— C'est mon père qu'il faut interroger. J'ai mis au point le concept et les dessins initiaux, mais c'est lui qui a créé l'objet et imaginé son implantation dans le cerveau humain. Pour ce qui est de retirer la puce, je ne vais vous être d'aucune aide. Mes connaissances sont limitées.

Le sourire du médecin s'efface.

Dawson tire une chaise et s'assoit.

— Tu as déjà assisté à une opération d'implantation ?

— Plein de fois, réplique Hyden. Mais jamais à une extraction.

— Pourtant, c'est possible ? demande Dawson.

— En théorie, oui. Mais en pratique, c'est une autre paire de manches. L'architecture en toile d'araignée mentionnée… (Il secoue la tête d'un air sceptique.) Le risque est trop élevé. À votre place, je n'y toucherais pas.

— Toute opération présente un pourcentage de risques, rétorque le médecin. Ce qui ne nous empêche pas d'y procéder pour autant.

Tout le monde se met à parler en même temps, débattant en chœur des pour et des contre d'une telle opération, tant et si bien qu'on finit par ne plus s'entendre.

Soudain, Emma élève la voix.

— Je veux qu'on me retire la mienne.

Le silence est immédiat. Tous les regards se braquent sur elle.

— Enlevez-la-moi.

L'air surpris, le médecin se tourne vers Dawson.

— Il semble que nous ayons une volontaire.

— Oui. Servez-vous de moi comme cobaye.

— Emma, tu es bien sûre de toi ? dis-je, perplexe.

— Pourquoi ? Tu as envie de passer en premier ? Pas question, Callie. J'ai demandé avant toi.

— Tu as conscience du danger ? intervient Hyden.

— Pas la peine d'essayer de m'en dissuader. Je hais cette neuropuce. Signer un contrat pour Prime Destinations a été la pire décision de ma vie. Je ne veux pas être traquée comme un renard jusqu'à la fin de mes jours.

Elle a raison.

— Parce que c'est ce qui vous pend au nez, enchaîne-t-elle en nous regardant Michael, Hyden et moi. Nous serons à jamais la cible de prédateurs à l'affût de cette puce… Moi, je veux retourner chez ma grand-mère. Terminer mes études. Faire la fête comme les jeunes de mon âge. La guerre a beau être finie, j'ai l'impression de continuer à lutter jour après jour. J'en ai ras le bol. Alors, je vous supplie de me retirer cette satanée puce.

Un silence glacial s'abat sur la salle. Dawson se racle la gorge.

— Très bien. On va te préparer pour l'opération.

Ravie, Emma sourit d'une oreille à l'autre. Elle profite de ce que le médecin s'entretient avec Dawson pour me glisser en douce :

— Dépêche-toi de te faire retirer la tienne, Callie. Imagine qu'ils ne veuillent pas opérer tout le monde. Mieux vaut le faire tant que tu en as encore l'occasion.

Puis elle quitte la pièce sous l'escorte de Dawson et du médecin. Elle est aux anges.

Michael m'effleure le bras.

— Tu y crois, toi ?

Je dévisage Hyden à la recherche d'une réponse. Dépité, il secoue la tête.

— C'est de la folie.

Moi, je comprends les motivations d'Emma et partage entièrement son avis. Plus que tout au monde, je rêve de retrouver une vie normale. Or tant qu'on aura ce bout de métal dans le crâne, on ne sera pas à l'abri d'un piratage ou d'un kidnapping. Et je préfère mille fois me faire ouvrir la tête par ce chirurgien dans des conditions correctes que par la première crapule qui passe.

Pourtant les doutes de Hyden déteignent sur moi. Après tout, c'est lui l'expert en la matière et il a l'air plutôt pâle à l'idée qu'Emma passe sur le billard.

— Hyden, j'ai entendu dire que la puce s'autoneutralisait si jamais on y touchait, par mesure de précaution. J'imagine que c'est un mensonge, hein ?

— On a fait courir certains bruits pour protéger les donneurs. Maintenant, entre ce qu'on a dit et la réalité, la frontière se brouille. Je n'aurais jamais cru qu'on en arriverait là.

Michael me prend la main pour me réconforter. Hyden surprend son geste et un éclair de tristesse passe dans ses yeux. J'aimerais pouvoir les prendre tous les deux dans mes bras le temps que nous soyons fixés sur le sort d'Emma. L'une des nôtres.

Je lui tends la main.

Surpris, il fait mine de ne rien voir.

Je m'y attendais, mais ça valait quand même la peine de tenter le coup.

Un Ender nous apporte un chocolat chaud et des sandwichs. Pincez-moi, je rêve ! Qu'est-ce qu'on est maintenant ? Leurs prisonniers ? Leurs cobayes ? Vont-ils nous permettre de nous débarrasser de la neuropuce ? Ensuite, on ne leur servirait plus à rien… Peut-être sommes-nous naïfs de croire qu'ils vont nous relâcher.

En attendant de connaître le bilan de l'opération, il ne nous reste plus qu'à prendre notre mal en patience. Nous nous installons autour d'une table à un angle de l'entrepôt pour bénéficier d'un semblant d'intimité à l'abri des caméras de surveillance. Je m'assieds entre Hyden et Michael. Le goûter se déroule dans le silence ; affamés, on savoure nos sandwichs jusqu'à la dernière miette. La table, comme tous les autres meubles de l'établissement, est purement fonctionnelle. Un plateau de métal sur des pieds repliables. Il y gros à parier que l'emménagement est récent. Un ou deux mois tout au plus.

À la fin du repas, Michael rapproche sa chaise de la mienne. Il pose nonchalamment le bras sur le dossier de mon siège. Hyden nous scrute d'abord d'un air songeur puis se lève et s'éloigne. J'ai de la peine pour lui. Le pauvre, ce n'est pas sa faute s'il ne supporte pas les contacts, quels qu'ils soient. C'est un sérieux handicap. Difficile de le lui reprocher.

— Oh hé !

Michael me ramène sur terre. Il me tire gentiment les cheveux, arborant cette expression bien à lui, une expression emplie de tendresse et de clairvoyance. Il sait que je me fais du mouron pour Emma et pour nous. Admettons qu'ils arrivent à lui retirer la puce, que se passera-t-il ensuite ?

Je lui glisse une question à l'oreille, priant pour que les microphones et les caméras ne captent rien. Avec de la chance, la salle est trop grande et mes paroles se perdront dans le vide.

— Une fois qu'ils auront retiré sa puce à Emma, ils n'auront plus besoin d'elle. Je me trompe ?

Il plisse les yeux.

— Qu'est-ce que tu insinues ?

— Que vont-ils faire d'elle ? Elle en sait trop et pourrait parler.

Sur la table, je remarque des éclaboussures de peinture. Rouge sang. Je détourne le regard.

— Écoute, Callie, ça ne sert à rien d'y penser pour le moment. C'est un peu prématuré.

— Je sais. Mais admettons que l'opération soit un succès. Que feront-ils de nous, une fois qu'ils auront récupéré nos micropuces ?

— Rien. Ils nous laisseront partir.

— Tu parles ! Ils voudront au moins garder Hyden. C'est lui le créateur de la neuropuce.

— À leur connaissance, c'est plutôt son père qui en est l'auteur. À moins qu'ils n'aient pas avalé son bobard.

— On ne sait jamais. Toi, tu n'as pas été dupe.

Michael appuie la tête contre mon épaule quelques instants.

— Nan.

Il se cale contre le dossier de sa chaise.

— En plus, tu sembles oublier un détail : ma puce est unique. Qui me dit qu'ils ne vont pas vouloir la garder en l'état, dans ma tête ? Qui sait si le prochain donneur réagirait de la même façon que moi à l'implant ?

— Tu veux parler du pare-crime ?

— Non. Du fait que je ne perds pas connaissance quand on prend possession de mon corps. J'entends mes locataires me parler. Ils voient à travers mes yeux, mais je suis toujours là, consciente.

— Ouais. C'était plutôt flippant quand tu m'as tiré dessus. J'ai eu la peur de ma vie !

Je bascule les jambes d'un côté pour me placer face à lui.

— Et moi, je ne veux plus jamais qu'on s'empare de mon corps. Au début, je me disais qu'Emma avait perdu la tête. Mais maintenant, je pense que c'est elle qui a raison. Notre seule chance de nous en sortir, c'est de nous faire opérer.

— À t'entendre, on croirait que tu veux te porter volontaire après elle.

Je pèse le pour et le contre. Si je meurs, Tyler n'aura plus personne… Si je survis à l'opération, à moi la liberté !

— Imagine un peu, Michael ! Je pourrais redevenir une ado comme les autres. Je pourrais mener une vie sympa dans la résidence d'Helena avec Tyler et toi. Et Emma, si jamais elle décide de venir habiter avec nous.

Il part d'un rire léger.

— Vu qu'elle est en partie propriétaire, il y a des chances.

— Et toi ? Tu vas te porter volontaire ?

— J'ai la vague impression que la décision ne nous reviendra pas. Si on me donne le choix, pourquoi pas ? Emma n'a pas tort. Avec la puce, on ne sera jamais en paix.

Je sonde son regard. Entre-temps, sa main a glissé de mon épaule à ma paume. Sa chaleur me réconforte et me fait oublier un instant la violence de ces derniers jours. Voilà comment on est censés se traiter entre êtres humains.

Des larmes me piquent les yeux. Je m'empresse de les chasser. Ce n'est pas le moment de craquer. L'heure est grave. C'est notre sort qui est en train de se jouer.

Je lâche sa main et me lève, en proie à une inquiétude croissante.

— Ils devraient bientôt avoir fini, non ?

À l'autre bout de la salle, Hyden fait les cent pas, tel un ours en cage. Je vois bien qu'il se fait du mouron. Un coup d'œil à Michael, et je me dirige vers Hyden. Sans le toucher, j'approche ma main et tire très légèrement sur sa chemise. Un geste amical qu'il accepte sans broncher, quoiqu'un éclair d'appréhension traverse son visage.

— Tu crois que ça va durer encore longtemps ?

Il secoue la tête, l'air aussi anxieux que moi.

— Tu vas te porter volontaire ?

Il écarquille les yeux.

— Ça va pas la tête, Callie ? C'est du suicide. N'y songe même pas !

— C'est la seule solution, Hyden. Je ne veux pas passer ma vie à jouer les marionnettes. Encore faut-il qu'ils acceptent de me retirer la puce.

— J'ignore qui sont ces gens, mais ce n'est pas très malin de leur part de prendre ce risque. Il faut s'enfuir d'ici.

— Comment ? Ils sont armés jusqu'aux dents. Sans oublier les gardes postés à toutes les issues.

— Tu t'es déjà échappée d'un endroit ?

— Oui. De l'Institut 37.

— À ce qu'on dit, c'est le bagne là-bas.

En face, un gardien nous dévisage, l'expression impassible.

— Ça m'a l'air encore pire ici.

— Je ne te le fais pas dire. (Il parcourt la salle des yeux.) Je les ai entendus parler de mon père et d'une mystérieuse rencontre au sommet, me chuchote-t-il.

— Ah bon ? Et… ?

— Ils n'ont fait que confirmer mes soupçons. Mon père va réunir certains de nos pires ennemis – pays, organisations – et vendre le produit ainsi que les Metals kidnappés au plus offrant.

Je pose la paume sur mon estomac.

— C'est horrible ! Non seulement pour les Metals, mais pour notre pays.

— Mon père tout craché.

Un bruit puissant interrompt subitement notre conversation.

Une explosion.

19.

Les gardes se précipitent hors de la salle. Michael, Hyden et moi échangeons un bref coup d'œil avant de nous élancer sur leurs talons, en direction du bruit. Des Enders alertés par le son se joignent rapidement à nous.

Au bout du couloir, d'autres Enders sont attroupés devant une porte. C'est la confusion. Une odeur âcre emplit l'air, un mélange de produit chimique et de soufre qui m'irrite les narines.

Des cris à glacer le sang me parviennent. Je m'élance vers la salle mais un immense garde me bloque la vue. En m'accroupissant, j'aperçois le chirurgien avachi par terre, le bras secoué de violents tremblements. Je comprends vite pourquoi : sa main est en piteux état, son bras est dévoré jusqu'au coude, sa peau brûlée au troisième degré Ses cris s'atténuent un instant pour se muer en gémissements, des plaintes à faire frémir.

Puis les hurlements reprennent de plus belle. J'en ai froid dans le dos.

— Allez chercher un médecin ! hurle-t-on.

— C'est lui, le médecin, rétorque un garde.

Sur la table d'opération gît le corps sans vie d'Emma. Déjà, quelqu'un recouvre son buste et sa tête. J'ai tout juste l'occasion de voir ses jambes, qui dépassent du drap. À sa cheville, le bracelet offert par sa grand-mère.

~EMMA~

Mon rythme cardiaque s'accélère. Mon cerveau tente désespérément d'assembler les pièces du puzzle… La tête d'Emma… son visage… recouverts.

Dawson surgit derrière nous. Nous nous écartons de son passage. Il se dirige droit vers le médecin et s'agenouille auprès de lui.

— Que s'est-il passé ?

— Ça… a sauté, bafouille le chirurgien avec difficulté.

Mon cœur se serre.

— Quand vous l'avez touchée ?

— J'ai ouvert le crâne, dégagé la puce. Tout se passait bien, articule-t-il avec peine en serrant les dents. J'avais réalisé environ trente pour cent de l'opération. Et puis, un coup de scalpel, et boum !

Il secoue la tête.

Ses traits sont déformés par la douleur. Soudain, ses yeux roulent sur eux-mêmes et il bascule en avant. Dawson le rattrape par les épaules in extremis.

— Emmenez-le ! ordonne-t-il à ses hommes.

— Il est… ? demande un garde.

— Non. Il a seulement perdu connaissance.

Deux gardes font irruption dans la salle avec une civière. Ils le disposent dessus et le couvrent d'un drap jusqu'au cou avant de l'emmener.

Lorsqu'ils passent à notre hauteur, mon regard est attiré par une tache de sang brune qui s'épanouit comme une fleur sur le drap.

Dawson regarde fixement la dépouille d'Emma. Curieux personnage. Il est déçu et en colère, certes, mais pas chagriné le moins du monde. J'ai l'impression de me trouver face à un entraîneur de foot dont l'équipe aurait perdu un match.

Alors, la réalité me frappe en pleine figure.

Emma est morte.

Et moi, je n'ai pas pris la peine de la connaître, imaginant qu'on aurait le temps plus tard, une fois qu'elle aurait emménagé chez sa grand-mère avec nous.

— Tout le monde dehors ! s'exclame Dawson en balayant la salle d'un geste ample. Vous trois, ajoute-t-il en nous pointant du doigt, vous n'allez nulle part.

Je déglutis avec peine. Quelque chose me dit qu'à ses yeux, ce drame est en partie notre faute, et qu'il va nous faire payer les pots cassés.

Pendant que la salle se vide au compte-gouttes, des gardes viennent se poster près de nous. Nous échangeons des coups d'œil inquiets.

Bientôt, il ne reste plus que nous trois, Dawson et les gardes.

Sans oublier cette pauvre Emma.

Dawson empoigne le bras de Hyden.

— Lâchez-moi ! fait-il en grimaçant de douleur.

Dawson enfonce les doigts dans sa chair.

— Tu savais comment ça allait se finir ! Pourquoi n'as-tu rien dit ?

— Vous n'avez rien voulu entendre, rétorque Hyden.

Comment rester les bras croisés, à le regarder souffrir ?

— Laissez-le tranquille !

Hyden désigne d'un geste le corps sans vie.

— Vous voyez ce qui arrive quand on fait la sourde oreille ! Je l'avais pourtant prévenue.

Dawson nous dévisage tour à tour.

— Cette tragédie est arrivée par votre faute ! l'accusé-je. C'est vous qui donnez les ordres ici, pas Hyden.

Dawson le lâche. D'une foulée, il vient se poster devant moi. Nos visages ne sont qu'à quelques centimètres. Je soutiens son regard.

— À ton avis, j'avais intérêt à perdre un Metal ? Votre nombre est limité. Et, si je ne m'abuse, beaucoup sont prisonniers d'un seul homme. Son père, dit-il en pointant Hyden.

Ce dernier demeure de marbre.

Dawson sort en trombe dans le couloir. Nous lui emboîtons le pas, escortés par un des gardes. Les deux autres sont restés auprès d'Emma.

— Nous savons tout ! s'exclame Dawson.

Je ne mords pas à l'hameçon. Possible qu'il dise cela pour nous faire passer à table.

— Nous sommes au courant pour ton père aussi, Callie.

— Mon père ?

Mon cœur bat la chamade. Qu'a-t-il découvert ?

Dawson marque un arrêt et pose les mains sur les hanches.

— Ton père travaillait aussi sur la technologie de la neuropuce.

Les yeux écarquillés, je me fige net. Les autres m'imitent.

— Mon père a inventé la lampe de poing, dis-je, ne sachant pas où il veut en venir.

— Et après, sur quel projet s'est-il penché ? insiste Dawson.

— Je ne sais pas ! Il ne parlait jamais de son travail. Au mieux, il mentionnait ses « recherches ».

— Il essayait de reproduire l'invention de ce garçon et de son père. Il cherchait à établir le processus de transposition. Mettre au point une puce capable de communiquer avec d'autres puces. C'était son domaine d'expertise.

Que mon père ait été mêlé à tout ça me donne le vertige. Dawson a l'air si sûr de lui. Hyden et Michael me dévisagent d'un air accusateur, comme si je leur avais sciemment caché ce secret tout du long.

— Ne me dis pas que c'est le hasard qui vous a réunis, Hyden et toi, reprend Dawson. Je n'y crois pas une seconde. Qu'est-ce que vous préparez, tous les deux ?

— Rien du tout ! m'insurgé-je. Je n'étais même pas au courant pour mon père.

Hyden se tait. J'aurais mieux fait de suivre son exemple. Trop tard.

— Je voulais juste me débarrasser de la micropuce !

— J'imagine que tu as depuis changé d'avis, ironise Dawson.

Une boule se forme dans ma gorge. Je suis épuisée, mes membres sont endoloris. Je ne sais plus qui croire. Qui est vraiment Dawson ? Et s'il inventait tout ça pour nous monter les uns contre les autres ? Si papa avait vraiment travaillé sur ce projet, comment se fait-il que je ne l'apprenne que maintenant ?

— Mon père ne m'a jamais rien dit.

— Peut-être qu'il était tenu au secret professionnel, me suggère Dawson.

— Comment savoir si vous dites la vérité ?

Hyden s'interpose.

— Vous seriez prêt à inventer n'importe quel mensonge pour nous tirer les vers du nez.

— À présent, vous êtes fixé. Vous voyez bien qu'il est impossible de nous retirer la puce. Nous vous avons dit tout ce que nous savons, nous nous sommes pliés à vos desiderata. Il est temps de nous laisser partir !

Dawson nous couve de ses petits yeux de rapace. La lumière blanche du couloir se reflète dans ses cheveux argentés.

— Pas question. Hyden en sait beaucoup trop. Enfermez-les ! ordonne-t-il à son garde.

Cette fois-ci, nous sommes tous les trois enfermés dans la cellule capitonnée. À tous les coups, la pièce est truffée de micros et de caméras. En temps normal, nous nous serions tus, mais ils nous ont usés jusqu'à la moelle et nous n'en avons plus rien à faire. De toute façon, ils en savent sûrement plus que nous.

Assis par terre, nous échangeons quand même à voix basse pour ne pas leur mâcher le travail si jamais ils sont en train d'épier notre conversation.

— Pauvre Emma ! Je n'en reviens toujours pas.

Michael me masse gentiment l'épaule. Gêné, Hyden regarde ailleurs.

— Quelqu'un lui a dit au revoir avant qu'elle n'entre au bloc ?

— Avait-elle seulement des amis ? demande Hyden.

— Tout s'est passé très vite, Callie, fait remarquer Michael.

— Et puis, qu'est-ce qu'on dit dans ces cas-là ? « Je préfère te faire mes adieux maintenant au cas où tu ne survivrais pas à l'opération » ? dis-je d'une voix frisant l'hystérie.

J'enfouis mon visage dans mes mains. Michael pousse un long soupir.

— Tu ne t'es jamais doutée que ton père travaillait sur la technologie de la puce ? me demande-t-il.

— Non. Autrement je t'en aurais parlé.

Les bras croisés, Hyden renverse la tête contre le mur.

— Maintenant qu'ils ont la puce d'Emma, ils vont essayer d'en extraire un max d'informations.

— Pour la dupliquer ? questionne Michael en s'allongeant sur le dos pour s'étirer les membres.

— Non. L'implant ne leur fournira pas assez de données pour cela.

— Et toi, tu ne peux pas en fabriquer d'autres ? demande Michael.

— Pas sans mon père. Le matériel lié à la puce, c'est son domaine.

— Et lui, il peut en fabriquer sans ton aide ? continue Michael d'une voix lourde de sommeil.

— Non. Sans mon génie informatique, il est paumé. C'est pour ça qu'il récupère tous les Metals.

— Et l'attentat du centre commercial ?… balbutie Michael.

— Le signal envoyé à la puce était programmé pour causer un maximum de dégâts, explique Hyden. Dans le cas d'Emma, le chirurgien a déclenché le détonateur par accident, ce qui a limité l'explosion.

— Et qu'est-ce que tu crois qu'ils nous réservent ?

— On peut tout envisager, Callie.

Personne n'ajoute rien et le silence s'installe. Je m'allonge à même le sol et essaie de trouver le sommeil, mais mes pensées partent dans tous les sens.

Nous avons perdu Emma. Son sort aurait pu être le nôtre. En tant que Metals, nous ne sommes jamais à l'abri de rien.

Mon père aurait donc travaillé sur le processus de transposition.

La fameuse dispute de mes parents au sujet du vaccin resurgit. L'argument principal de maman ? De nombreux adultes se fournissaient sur le marché noir. Ou par le biais du gouvernement, qui en avait mis de côté pour politiciens et chercheurs indispensables au pays. Un grand nombre d'Enders et de Starters n'auront jamais reçu le vaccin. Sans oublier ces parents qui, redoutant les effets secondaires brandis par les opposants au produit, ont tout bonnement refusé qu'on l'injecte à leurs enfants. Mais elle considérait que mon père avait le devoir de s'en procurer. Elle était sans doute au courant de la nature de ses recherches et de leur importance capitale.

Ma mère n'était pas une mauvaise femme. Juste une mère se battant bec et ongles pour que perdure sa famille.

Je finis par m'endormir, accueillant le sommeil à bras ouverts.

Cette nuit-là, je rêve que mon père me parle. Il répète mon nom inlassablement.

Tout à coup, mes yeux s'ouvrent. Je l'entends encore qui m'appelle.

Callie ?

Mon cœur fait un bond.

— Papa ? dis-je dans un murmure.

Le souffle suspendu, j'attends sa réponse. Près de moi, Michael dort à poings fermés, allongé sur le flanc. Il me tourne la tête. À l'autre bout de la cellule, Hyden est étendu sur le dos, une jambe repliée. L'aspiration produite par le trou d'évacuation couvre le son de ma propre voix. Peut-être mon imagination me joue-t-elle des tours. Si ça se trouve, je suis toujours en plein rêve.

— Papa ?

Tu m'entends, Callie ?

— Oui, très bien.

Ma grande ! Enfin, j'arrive à te capter.

— Jure-moi que c'est toi, dis-je d'une voix qui se brise.

J'ai eu un mal fou à établir la connexion.

La chaleur de sa voix me fait fondre. Je meurs d'envie de me réfugier dans ses bras pour qu'il me donne un énorme câlin et me protège.

— On m'a dit que tu travaillais sur la neuropuce. Comment as-tu su qu'on m'en avait implanté une ?

Écoute-moi attentivement, Callie. Je n'ai pas beaucoup de temps. J'ai laissé un microdrive dans une boîte de nuit qui s'appelle le Club Rune.

— Je sais. Je l'ai déjà récupéré. Mais il est encrypté.

Attention, il ne faut surtout pas le perdre ! Il contient des données très précieuses.

— Papa, où es-tu ?

Ne te lance surtout pas à ma recherche, Callie. Promets-le-moi. C'est trop risqué.

— Donne-moi un indice, le nom d'une ville, n'importe quoi !

Non, c'est trop loin, Callie. Je suis en plein désert. En plus, l'homme qui me retient prisonnier est très dangereux.

Des bruits parasites brouillent le reste de ses paroles.

— Papa ? Papa ?

Mes cris réveillent les garçons, qui se mettent lentement à remuer.

— Tu parles à qui, Callie ? fait Michael d'une voix encore assoupie.

Je me bouche les oreilles en priant pour que mon père revienne, me parle encore, et me donne des détails qui me mèneront jusqu'à lui. Mais c'est comme si quelqu'un avait interrompu la connexion. Ma poitrine se vrille.

Michael se glisse près de moi.

— Qu'est-ce qui t'arrive ?

— Je viens d'entendre mon père.

— Sérieux ?

Hyden se redresse en se frottant le visage.

— Qu'est-ce qui se passe ?

— Mon père vient de me contacter via la puce.

— Qu'est-ce qui te dit que ce n'est pas *mon* père qui te fait marcher ?

Je me tourne vers lui.

— Il est au courant pour le microdrive.

Hyden se raidit.

— Et qu'est-ce qu'il t'a appris d'autre ?

— Qu'on le retient prisonnier.

— Il t'a dit où ?

— Non. Seulement qu'il se trouve au milieu du désert.

À ces mots, Hyden se renverse en arrière. À présent, il me croit. Je le lis sur son visage.

— Alors il est avec Brockman.

20.

— Mon père a toujours eu un penchant pour le désert. Le royaume des plus coriaces, d'après lui. Seuls les plus résistants y survivent.

— Si Brockman a enlevé papa, ça signifie qu'il a falsifié son certificat de décès, dis-je en secouant la tête, dubitative. Et qu'il le retient prisonnier depuis plus d'un an.

Hyden paraît tout aussi surpris que moi par cette découverte.

— Ça veut également dire qu'il est en vie, fait remarquer Michael.

Pendant une fraction de seconde, je m'imagine nos retrouvailles.

— J'espère qu'on vivra tous les deux assez longtemps pour se revoir. La tête de Tyler quand il l'apprendra !

— Si ça peut te rassurer, connaissant Brockman, il fera tout pour le garder en vie. Afin de lui soutirer un maximum d'informations sur ses recherches, commente Hyden.

— Au bout d'un an, tu ne penses pas qu'il en aura fait le tour ? Il faut qu'on le retrouve sans tarder. Tu n'as vraiment pas la moindre idée de l'endroit où se situe son labo ?

Un drôle de déclic se produit. Nous cessons aussitôt notre discussion pour nous tourner du côté du bruit. La porte, elle est entrouverte !

Hyden est le premier à réagir. S'approchant de la porte sur la pointe des pieds, il glisse un coup d'œil par l'entrebâillement.

La voie est libre. Il nous fait signe de le suivre.

Quelques secondes plus tard, nous voilà dans le couloir désert. Pas l'ombre d'un garde dans les parages. Hyden en tête, nous dévalons le corridor où se projette le décor d'une forêt tropicale. Je reste sur le qui-vive, me préparant à ce qu'on nous saute dessus à tout instant.

Parvenu devant une porte, il l'entrouvre et jette un œil à l'intérieur. D'un geste, il nous invite à entrer. La pièce est sombre, mais un écran en mode veille diffuse un mince filet de lumière qui nous permet de nous orienter.

Hyden agite la main devant l'airécran, qui s'anime, baignant la pièce d'un éclairage satisfaisant. Un pan de mur est couvert par l'hologramme d'un glacier, seul détail superflu dans ce décor réduit à l'essentiel : la table sur laquelle trône la console informatique, une seconde table où est disposé le matériel bureautique, le tout accompagné de deux ou trois chaises pliables.

Le numéro d'identification de la puce de Hyden s'affiche bientôt sur l'airécran. Suivi de deux autres.

Hyden indique chacun des codes-barres.

— Voici le mien. Celui-ci, c'est le tien, Callie. Et le dernier, c'est celui de Michael.

Puis il clique sur son propre numéro et l'airécran se connecte immédiatement à sa puce.

— Ça y est, mon cerveau est relié à l'ordinateur, chuchote-t-il.

Sous nos regards admiratifs, Hyden se concentre. Les yeux plissés, il passe en revue les archives informatiques en se servant de son esprit, sans même effleurer l'airécran. Il cherche l'entrée « Brockman », sans succès. Aucun dossier sous ce nom.

— Pas de trace de lui, déclare-t-il.

Il quitte ensuite les archives pour pénétrer dans la zone sécurité de l'ordinateur. Il finit par dénicher le système d'activation de l'alarme et le neutraliser en un rien de temps.

— Waouh ! murmure Michael, épaté. Tu n'as pas exagéré : tu es un vrai petit génie de l'informatique.

À cet instant, la porte s'ouvre et une Ender en combinaison noire apparaît dans l'encadrement. Élancée, les pommettes saillantes, et une longue crinière blanche flottant sur ses épaules. Elle est sublime.

Elle entre dans la pièce en refermant la porte derrière elle.

— Ne vous inquiétez pas, nous rassure-t-elle d'emblée. Je suis venue en amie.

Je reconnais sa voix.

— C'était vous dans la salle de contrôle, au stand de tir.

Elle hoche la tête en signe d'acquiescement et reprend à voix basse :

— J'ai assisté aux traitements qu'ils vous ont infligés. J'y ai participé malgré moi...

— Pourquoi nous aider maintenant ? demande Hyden, sur la défensive.

— Je suis moi-même grand-mère. Tout du moins, je l'étais. J'ai perdu non seulement mes enfants mais aussi ma petite-fille lors de la guerre. Elle avait refusé de se faire vacciner par méfiance vis-à-vis du gouvernement.

Je remarque que Hyden a fait disparaître l'écran. Sans doute par mesure de précaution.

— Vous risquez gros en restant ici. Voilà pourquoi je suis prête à vous aider à vous évader.

On échange des regards inquiets.

— Il faut que vous déguerpissiez sans attendre, insiste-t-elle.

Je comprends enfin.

— C'est vous qui avez déverrouillé la porte de notre cellule ?

— Oui. J'étais sur le point de vous montrer la voie, lorsqu'un garde s'est manifesté. Il m'a fallu détourner son attention.

Elle fourre la main dans sa poche. Hyden tressaille. Elle sort un trousseau de clés et me le tend.

— Tiens, Callie.

— Les clés de la voiture, fais-je en les prenant.

— J'ai vu que tu avais désactivé l'alarme, dit-elle à Hyden avec un sourire quasi imperceptible. Maintenant, partez !

— Merci, lui dis-je simplement.

Et, sans savoir pourquoi, je l'enlace soudain dans mes bras. Surprise, elle se crispe un instant avant de se détendre.

— Dépêchez-vous ! Il n'y a pas une minute à perdre.

Nous nous précipitons vers la porte. Dans le couloir, notre mystérieuse sauveuse nous indique une autre porte sur la gauche.

— C'est par là, chuchote-t-elle. Bonne chance.

Nous dévalons un petit couloir annexe où flotte l'hologramme d'un pré. Au bout, une dernière porte. Elle s'ouvre sans un bruit. Ouf ! L'alarme ne s'est pas déclenchée.

Nous nous élançons dans la nuit, le visage caressé par une brise rafraîchissante. Libres. Enfin.

Parvenus au bout de la ruelle, nous parcourons la zone du regard. Rien à signaler. Le quartier semble désert.

— Michael, où as-tu garé la voiture ?

— Là-bas, à deux rues du parking.

Nous reprenons notre course tout en nous faufilant dans l'ombre des voitures garées sur le bas-côté. Soudain, la voiture apparaît dans notre champ de vision. J'appuie sur la télécommande et nous grimpons dedans.

Je jette les clés à Hyden et il met le contact. Le ronflement du moteur transperce le silence de la nuit. Je redoute que ce bruit ne nous trahisse.

— Grouille-toi !

Le SUV quitte son emplacement et enfile la rue plongée dans le noir. Michael se penche vers moi pour me toper dans la main.

— Ne vous réjouissez pas trop vite ! rétorque Hyden. Attendons d'avoir roulé un peu.

Je jette un coup d'œil vers l'arrière du véhicule. L'airécran est éteint mais, près de lui, une faible lueur s'échappe de sous la couverture.

— Le microdrive de mon père ! Il a peut-être fini de charger.

Il nous faut trouver un endroit tranquille et sûr pour visionner les données qu'il y a stockées. Hyden connaît justement le lieu idéal à proximité : un jardin coopératif souterrain, spécialisé dans les fruits et légumes hydroponiques.

— On pourra en plus manger de la nourriture saine, ce ne sera pas du luxe, ajoute-t-il.

— Et ces cultures sont en sous-sol pour éviter la contamination par des spores ? hasardé-je.

— Il y a de ça, et aussi le fait que beaucoup d'Enders sont devenus paranoïaques et se préparent à l'éventualité d'une nouvelle attaque.

Cinq minutes plus tard, nous sommes d'ailleurs accueillis par le Starter qui a désinfecté notre voiture au Marché aux Puces. Il règne une chaleur humide ici et ça sent fort la terre. Nous devons tout d'abord marcher dans des bassines rectangulaires remplies d'un fond de liquide saumâtre. Cela semble être la procédure standard pour être autorisé à rentrer dans le marché bio.

— C'est pour ne pas rapporter de germes ou de spores à l'intérieur ? demandé-je à Hyden en passant consciencieusement mes semelles dans la solution chimique.

— Tout à fait, acquiesce-t-il. On a du bol que la chef jardinier ne soit pas là aujourd'hui. Avec elle, il faut enfiler une combinaison intégrale !

Sur ma droite, Michael égoutte ses chaussures mouillées comme un chat victime d'une averse. Un Ender en tablier nous donne accès à une salle gigantesque où Starters et Enders s'affairent autour de tables garnies de tomates, de concombres, de laitues et autres.

— Ils créent leur propre électricité grâce à des panneaux solaires en surface, ça permet d'alimenter toutes les cultures en lumière, explique Hyden.

Le jardin hydroponique se trouve juste derrière les rangées de tables : de larges cagettes de légumes reposent dans d'immenses bacs d'eau d'où sortent de nombreux tubes transparents.

Michael est déjà en train de remplir un panier de tomates et de concombres auxquels nous ajoutons des jus de fruits frais. Nous réglons nos achats et repartons au 4×4 visionner le microdrive sur l'airécran.

L'ordinateur a fini de déchiffrer l'encryptage et le disque dur est prêt à être lu. Hyden le met en marche et le visage de mon père se matérialise aussitôt.

Papa a l'air soucieux. Il a les cheveux en bataille, les yeux cernés de noir. Son discours m'est adressé à moi personnellement, comme s'il savait déjà, à l'époque de l'enregistrement, que je retrouverais la trace du disque et prendrais connaissance de la vidéo.

— Ce microdrive contient l'ensemble de mes recherches brevetées, régies par le code de la propriété intellectuelle. Si jamais je venais à décéder, moi, Ray Woodland, déclare que les présents travaux reviennent de plein droit à mes deux enfants, Callie et Tyler.

Mon père a fait cela pour moi, pour nous. J'ai un pincement au cœur.

— Callie, si tu visionnes ce film, sache que les travaux de recherche que je te lègue vous aideront, Tyler et toi, à subvenir à vos besoins. J'ai mis au point un processus de transposition permettant à l'esprit de se téléporter dans un autre corps. Je sais que je ne suis pas le seul à m'intéresser à cette technologie, que d'autres m'ont déjà surpassé. Toutefois, je pense qu'à ce jour, à part moi, personne n'a encore réussi à mettre en place le processus de transposition inversé. Aussi, cette découverte, si tu la vends, vous procurera une coquette somme qui vous mettra à l'abri du besoin pour le reste de votre vie.

— Le processus de transposition inversé ? répété-je, perplexe. Qu'est-ce que c'est ?

D'un clic sur l'écran, Hyden suspend l'image.

— C'est lorsqu'un donneur – toi par exemple – investit à son tour le corps de son locataire pour en prendre le contrôle. C'est un processus que personne n'a encore réussi à mettre au point.

Un concept révolutionnaire !

— Prendre possession du corps de mon locataire ? Voir à travers ses yeux ? Le faire bouger comme une marionnette et le contrôler à ma guise ? Ce serait carrément génial !

— Attention, nous n'en sommes encore qu'au stade théorique. Ça n'a jamais été appliqué.

Hyden effleure l'airécran et la vidéo reprend. Mon père poursuit ses explications. Je ne lui ai jamais connu d'expression aussi grave.

— Au moment où tu regarderas ce film, je ne serai peut-être plus en vie.

Ces paroles me font frissonner. Pourtant, je sais qu'il est encore là, quelque part. Je l'ai entendu pas plus tard que cette nuit. Il est vivant, je le sens.

— Voilà un mois qu'on me suit, me menace et me harcèle sans relâche. Tout cela parce que j'ai refusé de travailler pour un homme qui n'a pas la même vision que moi de l'utilité de la technologie. Mes recherches ont été stockées sur ce disque, au cas où il m'arriverait malheur. Je te le confie, Callie. Garde-le précieusement et fais-en bon usage.

Son visage disparaît brusquement pour laisser place à des colonnes de formules défilant à toute vitesse à l'écran. Hyden les fixe d'un air fasciné. Soudain, Michael roule sur un nid-de-poule et l'écran se volatilise.

Hyden sort de ses gonds.

— Fais un peu gaffe !

— Désolé.

Michael nous jette un regard contrit dans le rétroviseur.

— Qu'est-ce qui s'est passé ?

— Ne te fais pas de bile, Callie. Tout est là, me rassure Hyden. J'examinerai le disque plus tard, histoire d'être sûr que les données n'ont pas été endommagées.

La vidéo est d'une brièveté douloureuse. Je voudrais la repasser en boucle, encore et encore.

— Tu as vu ces nombres défiler à l'écran ? C'est la clé de tout. Je peux maintenant me servir de son programme pour actualiser ta puce. Ce qui devrait ensuite te permettre d'inverser le processus de transposition.

— Autrement dit, si jamais Brockman s'empare de mon corps, je pourrai à mon tour me transporter dans le sien, voir à travers ses yeux, et lui faire faire ce que je veux ?

— En théorie, oui. Mais c'est sûrement plus compliqué que ça.

Mon père était loin de se douter que sa découverte me bénéficierait un jour, que je serais l'une des premières à l'expérimenter. Pourvu que ça marche !

21.

Hyden pense que la transmission sera de meilleure qualité à l'extérieur. Le temps presse, aussi souhaite-t-il mettre toutes les chances de notre côté. Michael nous conduit près d'un mini-golf désaffecté. Je ne peux m'empêcher de noter le fil barbelé en haut de la clôture. Malgré l'obscurité ambiante, on distingue aussi un moulin à vent auquel il manque deux ailes. Ça me rappelle la dernière fois que j'y ai joué. Avec ma mère. Le jour où les spores sont tombées.

— Tu viens, Callie ?

La main de Michael sur mon épaule me fait sursauter. Nous rejoignons Hyden qui a ouvert le coffre et allumé l'airécran.

À l'aide du logiciel créé par mon père, il fait au mieux pour actualiser ma neuropuce via une connexion sans fil. C'est une expérience nouvelle pour lui et il ignore si la mise à jour a fonctionné. Il va falloir faire un essai pour s'en assurer.

Il m'indique un emplacement à trois mètres de la voiture.

— Mets-toi près de l'arbre.

Hyden garde les yeux rivés à l'écran où s'affichent une multitude de nombres. Curieux, Michael s'approche de lui et jette un œil par-dessus son épaule.

— Qu'est-ce que tu fais ?

— J'entre le numéro d'identification de sa puce. Ça y est. Le contact est établi.

Hyden grimpe dans le coffre, se carre dans son fauteuil en cuir, et ferme les yeux. Une poignée de secondes plus tard, sa voix s'élève dans ma tête.

Callie, tu me reçois ?

— Cinq sur cinq.

Bizarre de l'entendre à nouveau dans mon crâne. La dernière fois, c'était chez Dawson, lorsqu'il m'a forcée à tirer sur Michael au stand de tir. La différence, maintenant, c'est que nous ne sommes plus à la merci de personne.

OK. Ne bouge pas. Je vais maintenant prendre le contrôle de ton corps.

Je reste immobile, les bras ballants. Tout à coup, ma main droite me chatouille. Les fourmillements gagnent mon bras, qui se met à palpiter. Puis, lentement, il s'élève jusqu'à ce qu'il soit tendu au-dessus de ma tête.

Bien, Callie. À présent, voyons voir si tu peux me résister. Je vais maintenir ton bras en l'air pendant que tu essaieras de le baisser.

C'est comme faire un bras de fer avec un adversaire invisible. Hyden est fort mentalement, et je ne marque pas le moindre progrès. J'ai beau me concentrer de toutes mes forces et serrer les dents, mon bras reste résolument levé. Découragée, je finis par jeter l'éponge.

— Je n'y arrive pas.

C'est parce que tu manques de stimulation extérieure, telle que la peur. Tu te sais hors de danger… Bon, on va arrêter là pour le moment.

Mon bras redescend peu à peu. J'ai l'impression d'avoir échoué à un examen.

Écoute, Callie, on va tenter d'inverser les rôles. À ton tour, tu vas essayer de t'infiltrer dans ma tête, et de prendre les commandes de mon corps.

— Comment ?

Ton père suggère une astuce dans ses notes informatiques. Le sujet A doit se figurer un cordon invisible le reliant au sujet B. Un cordon tendu le long duquel court une lumière bleue. Le but étant que le sujet A se réapproprie la lumière bleue pour la transformer en lumière dorée.

Imagine ce flux d'énergie circulant entre nous, Callie, et transforme-le par la force de ton esprit.

Je fais mon possible pour mettre en pratique ses consignes. Bien que l'idée paraisse simple, réussir à l'appliquer est une autre paire de manches. Je m'escrime dessus pendant de longues minutes, sans parvenir à me télétransporter dans sa tête. Je suis arrimée à mon propre corps.

Cet échec finit de me démoraliser. Je me sens encore plus nulle qu'avant.

— Ça ne marche pas !

Hyden se décolle de son fauteuil pour examiner l'écran. Puis il descend du coffre et vient me retrouver.

— J'ai vérifié le logiciel. J'ai tout fait selon la procédure décrite par ton père. Il n'y a pas de raison, ça devrait marcher comme sur des roulettes.

Michael s'approche et passe son bras autour de mes épaules pour me réconforter. Inutile de dire que Hyden détourne aussitôt les yeux.

— Essayons à partir d'un autre lieu, suggère-t-il.

— Toute cette exposition, ce n'est pas un peu risqué ? s'inquiète Michael.

— Si jamais le Vieux en profite pour s'infiltrer dans la tête de Callie et la contrôler, nous aurons alors l'occasion de procéder à un véritable test, rétorque Hyden.

Nous grimpons en voiture. Hyden s'installe au volant cette fois-ci.

Je prends soudain conscience de l'absence d'un élément essentiel.

— Nos téléphones ! Où sont-ils passés ?

— Dawson nous les a confisqués, répond Hyden. Tu veux qu'on retourne les chercher ? ajoute-t-il avec un sourire espiègle.

Je sors une bouteille d'eau de la glacière et me tourne pour la tendre à Michael. Derrière nous, je remarque alors la silhouette d'un véhicule, seul sur la route déserte. Un énorme 4×4.

Ses phares sont éteints.

— Je crois qu'on nous file.

Michael se tourne pour vérifier de ses yeux. Le véhicule semble s'être encore rapproché.

— Ça fait longtemps qu'il nous colle aux basques ? demande Hyden en jetant un coup d'œil dans le rétroviseur.

— Je viens tout juste de m'en apercevoir.

— C'est peut-être un type qui a oublié d'allumer ses phares ? suggère Michael.

— Ça m'étonnerait, réplique Hyden.

— Un des hommes de main de Brockman ? deviné-je.

Hyden hoche la tête, l'air ennuyé.

— Je n'aurais pas dû faire les essais en plein air. Il nous a repérés sur son scanner. (Il donne un coup de poing sur le volant.) Cramponnez-vous. Je vais le semer.

Pied au plancher, il s'engage dans un méandre de ruelles semi-industrielles. Soudain, un chat surgit de nulle part.

— Fais gaffe, Hyden !

— C'est bon, je l'ai vu.

Il donne un coup de volant à droite, esquive l'animal de justesse et renverse au passage une poubelle dont le contenu est projeté dans les airs.

Je me retourne.

— Michael, ce ne serait pas un Starter au volant ?

Il regarde à son tour.

— Si. Un mec.

Je plisse les yeux.

— Un mec canon. Vraiment canon.

— Téléguidé ? demande Hyden.

— Un peu qu'il l'est ! (J'écarquille les yeux.) Tu sais où tu vas ?

— Non ! J'essaie juste de le semer, rétorque Hyden en s'agrippant au volant.

Je sors le GPS pour localiser notre position. Nous fonçons tout droit dans un cul-de-sac.

— La rue est bloquée. Il n'y a pas d'autre issue !

— Tant mieux !

— Comment ça, *tant mieux* ? s'exclame Michael en se dressant comme un ressort.

Hyden enfonce la pédale d'accélérateur. Entre-temps, le Starter nous a rattrapés et a allumé ses phares. Nos pare-chocs se touchent presque. Face à nous, un mur en béton.

— On va s'écraser !

— Je sais, réplique Hyden.

À la dernière seconde, il pile et enclenche la marche arrière.

— N'ayez pas peur, je gère. Soufflez et détendez-vous, nous crie-t-il.

Le SUV emboutit notre véhicule dans un crissement de tôle assourdissant. Nos airbags se déploient aussitôt pour amortir le choc.

— Rien de cassé ? s'enquiert Hyden.

Les coussins de sécurité se dégonflent immédiatement après et disparaissent dans leur compartiment avec un bruit d'aspiration.

— Je crois que ça va, dis-je. Et toi, Michael ?

— Beaucoup mieux que ce mec, réplique-t-il en se retournant.

Hyden s'empare d'un pistolet et je l'imite. Nous sortons et nous approchons du véhicule avec méfiance.

Je savais que Hyden conduisait une sorte de char d'assaut. De là à m'attendre à ce qu'il sorte indemne de cet accident ! Pas l'ombre d'une bosse. Par contre, l'autre véhicule s'est aplati comme une crêpe dans notre coffre. Ce n'est plus qu'un amas de ferraille fumant.

Dans la nuit noire, les phares encore allumés représentent la seule source de lumière. Hyden brandit son arme. Il jette un œil par la vitre avant d'ouvrir la portière côté conducteur.

Le Metal s'écroule sur le bitume.

— Il n'avait pas sa ceinture de sécurité. Mort sur le coup !

Un filet de sang dégouline le long de son front, ses yeux sont grand ouverts, dans un regard figé à jamais.

J'inspecte le reste du SUV pour m'assurer que personne d'autre ne s'y dissimule. Je commence par ouvrir la portière côté passager et parcours l'habitacle des yeux. Pas de papiers, rien qui puisse nous indiquer l'identité de ce mystérieux Starter

Hyden enjambe le corps sans vie et s'installe au volant.

— Qu'est-ce que tu fous ?

Il se met à tripatouiller le système de navigation.

— Je cherche à retrouver la dernière destination de ce véhicule.

Il s'ingénie sur l'appareil jusqu'à ce qu'apparaissent les coordonnées exactes de ce qui fut jadis un parc national.

— Bingo ! s'exclame-t-il. Le GPS indique Joshua Tree.

Je le dévisage en silence. Voilà enfin une piste !

— C'est dans le désert.

Le repaire de Brockman.

Deux heures plus tard, nous roulons à travers le désert dans la nuit noire. Ici et là se dressent des cac tus illuminés par la lune. Ils ressortent telles des sentinelles postées sur notre chemin pour nous mettre en garde de ne pas nous aventurer plus loin. Dehors, le vent hurle et tourbillonne autour de la voiture, transportant le parfum de l'herbe fine qui s'engouffre par les ventilateurs. Je frissonne à la fois de crainte et de plaisir. Le désert me terrifie depuis ma plus tendre enfance. Pourtant, malgré mon appréhension, j'ai toujours ressenti une sorte de fascination. Un climat extrême qui vous transforme en glaçon la nuit et vous réduit en cendre la journée, et nulle part où s'abriter et se désaltérer à des kilomètres à la ronde.

Pas franchement ma tasse de thé. Toutefois, c'est comme avec les films d'épouvante ; ils ont beau me ficher la frousse, j'aime parfois en regarder un, tout du moins un extrait. Il est minuit passé, mais je ne suis pas fatiguée. Au contraire, notre équipée nocturne me grise et me revigore.

— Qu'est-ce que tu as prévu de faire une fois sur place ? s'enquiert Michael.

Bonne question. J'interroge Hyden du regard. Il m'adresse un bref coup d'œil avant de reporter son attention sur la route, un léger sourire aux lèvres.

— Je ne sais pas. Prendre le bâtiment d'assaut, je suppose ?

— Peut-être qu'on ferait mieux d'attendre le lever du jour. Contacter du renfort, Lauren par exemple, alerter les marshals ou un truc dans le genre, suggère Michael.

Hyden se tourne vers moi.

— Tu préfères attendre ?

Les yeux fermés, je revois mentalement le visage épuisé de mon père sur la vidéo.

— Non. On est si proches du but. Imaginez que le Vieux nous file sous le nez.

— On va en discuter. OK ?

Michael se carre dans son siège. Il est sans doute en train de se dire qu'on est complètement fous. Je ne peux pas lui en vouloir. Seulement, ce n'est pas la vie de son père qui pèse dans la balance.

Le GPS nous avertit que nous sommes presque arrivés à destination. Droit devant, je distingue la silhouette fantomatique d'un bâtiment peu élevé, plongé dans la pénombre. À mesure que nous avançons, les contours se précisent : il s'agit en fait d'une sorte de complexe industriel composé de constructions de taille variable. Autour, le désert s'étend à l'infini.

— C'est là que Brockman se planque ?

— Oui. On y est presque, me répond Hyden.

— Si ça se trouve, c'est lui qui imite la voix de ton père depuis le début, commente Michael, toujours sceptique.

— Tu oublies la vidéo. Je l'ai vu de mes yeux !

— Et alors ? Ça ne prouve rien. Toi-même tu as bien réalisé et diffusé une vidéo truquée de Tinnenbaum et Doris à partir de fichiers numériques afin de persuader les locataires de retourner à Prime Destinations. Tu es bien placée pour savoir que les images sont souvent trompeuses.

Là, il m'a cloué le bec. Son discours tient la route. Hyden continue pourtant sa progression, comme si la question soulevée par Michael n'avait pas plus d'importance que le dernier bulletin météo.

— Et si c'était un traquenard ? s'obstine Michael.

Je monte au créneau.

— Qu'est-ce que tu préconises ? Qu'on rebrousse chemin ? Qu'on aille s'enterrer comme des taupes dans un parking pendant que mon père est sans doute retenu prisonnier dans ce bâtiment ? Ça fait un an que je le crois mort. Il faut que je le voie en chair et en os afin d'être fixée pour de bon ! Pas question de rester les bras croisés. Je veux au moins essayer.

— Écoute, Michael, si tu n'as pas envie de nous suivre à l'intérieur, tu peux rester dans la voiture, intervient Hyden. Si jamais il y a du grabuge, tu pourras nous cueillir à la sortie.

Michael pousse un soupir exaspéré. Le bâtiment ne se trouve plus qu'à cinq cents mètres de nous. Hyden ralentit la voiture avant de marquer l'arrêt. Puis, il coupe le contact. Je lui lance un regard interrogateur, le sourcil dressé.

— Il vaut mieux garder un peu de distance. Le ronronnement du moteur risquerait de donner l'alerte.

— Tu oublies un détail, dis-je. Nos micropuces vont forcément apparaître sur leur radar. À moins d'un miracle.

— Ils retiennent prisonniers tout un tas de Metals à l'intérieur. Avec un peu de chance, nos détecteurs, noyés dans la masse, passeront inaperçus. (Il se tourne vers la banquette arrière.) Alors, Michael, qu'est-ce que tu décides ? Tu restes ou tu nous accompagnes ?

— Je viens avec vous. Mon aide ne sera pas de trop, soupire-t-il.

Hyden attrape les pistolets au plafond et m'en tend un.

— Attention, il est chargé. Michael, tu sais tirer ?

Je réponds à sa place.

— Bien sûr que non.

— En fait, si, me contredit-il. J'ai suivi un entraînement dans un centre de tir avec mon père.

— Pourquoi tu ne m'en as jamais parlé ?

— Je n'en voyais pas l'utilité. On n'avait pas de pistolet sous la main.

Hyden lui tend une arme.

— En voilà un. Il est chargé mais la sécurité est enclenchée.

Il nous passe ensuite des holsters d'épaule.

— Enfilez-le sous votre veste. Et prenez aussi ça, fait-il en nous remettant des couteaux.

J'ôte ma veste et fixe l'étui autour de mon thorax.

— Et voici des fleximenottes. Elles peuvent s'avérer utiles.

— Ça fait beaucoup de matériel, fait remarquer Michael.

— Mon père est un ennemi dangereux. Nous aurions tort de le sous-estimer. Plus on sera équipés, mieux ce sera.

— N'empêche qu'on pourrait quand même alerter les marshals.

— Dis-moi, Michael, les marshals volent-ils souvent au secours des Starters ? l'interroge Hyden. Et comment tu leur présenterais les choses ? (Il brandit son pistolet.) Ces flingues vont nous servir à *éviter* une fusillade. Si jamais les marshals rappliquaient – et, crois-moi, ils ne bougeront pas le petit doigt –, c'est précisément l'inverse qui se produirait.

Une brise légère transporte le parfum du genévrier. Les cactus nous dévisagent sur notre passage, éclairés par la lune.

Un scorpion détale devant moi, pressé de passer son chemin.

22.

Nous avançons en silence. Par souci de discrétion, nous avons préféré ne pas emprunter la route. Je songe à toutes ces choses que je rêve de concrétiser. Revoir mon père. Me débarrasser de la puce et redevenir une Starter normale – peut-être qu'en forçant Brockman, ce sera possible.

Au fil de mes pas, je scrute mes pieds de peur de marcher sur de petites bestioles bizarroïdes. Les yeux orientés sur le sable, je n'ai pas remarqué la jeep qui se dirige lentement vers nous, phares éteints. Lorsque je l'aperçois enfin, elle n'est plus qu'à une centaine de mètres de nous.

— Tiens tiens, on dirait qu'on a de la visite, s'écrie Michael.

La dernière fois qu'un véhicule nous a approchés, ça s'est fini dans le sang. Que faire ? Retourner à la voiture ? Pas la peine d'y songer, elle est trop loin derrière. Tous ces efforts pour finir par se faire capturer en plein désert, au milieu de la nuit !

— Éparpillez-vous. Planquez-vous derrière un truc, n'importe quoi ! crie Hyden. Et dégainez votre flingue !

Michael se réfugie derrière un buisson. Je me jette à plat ventre sur le sable, mon arme pointée vers la jeep. Les garçons m'imitent. Nous sommes disposés en triangle.

Le véhicule est quasiment parvenu à notre niveau. Il s'arrête à quelques mètres de nous. Le conducteur coupe le moteur et la portière s'ouvre lentement. Pas un bruit. Toutes les petites créatures qui vivent dans le sable semblent retenir leur souffle. Le désert est plongé dans un silence angoissant.

Mon cœur résonne dans mes oreilles.

C'est un homme qui émerge de la voiture. Un type avec de longs cheveux blancs et des lunettes à épaisse monture noire sur le nez. Élancé, il porte un jean et un T-shirt à manches longues.

C'est Trax, l'ancien technicien de Prime Destinations !

— Tout doux, les amis. Je viens en paix, dit-il en levant les mains.

Son regard se pose d'abord sur Hyden puis sur moi. Tapi derrière son buisson, légèrement en retrait, Michael n'a pas encore été repéré.

— Trax ?

Je n'en crois pas mes yeux.

— En personne... Callie ?

Hyden se lève en pointant son pistolet sur lui.

— Qu'est-ce que tu fous ici ?

— Hyden ? Enfin... si c'est sous ce nom que tu te balades maintenant...

Le flash-back de Michael resurgit aussitôt dans ma tête. Une question me brûle les lèvres. Je ne peux pas m'empêcher de la lui poser.

— Trax, c'est toi qui as tué Helena ?

Il pivote face à moi. Je tiens toujours mon arme, mais j'ai cessé de le braquer.

— Pourquoi est-ce que j'aurais fait ça ?

— Parce que tu travaillais pour mon père, réplique Hyden.

— Erreur. J'étais au service du Vieux. Le Vieux... Tu sais, c'est en souvenir du bon vieux temps que je suis venu t'avertir, Hyden. Brockman n'est pas au courant de ma petite escapade nocturne.

Je tends l'oreille.

— Nous avertir de quoi ?

Trax s'approche de moi, les mains dans les poches.

— Vous avertir qu'il ne vaut mieux pas vous aventurer à l'intérieur. C'est très dangereux.

Il dégaine aussitôt un pistolet de son pantalon, m'attrape par les épaules et me ramène contre lui, le bras plaqué contre ma gorge. Il met Hyden en joue.

— Lâche ton flingue !

Hyden évalue rapidement la situation. Je tiens toujours mon arme mais mon bras est bloqué vers le bas. Du coin de l'œil, j'aperçois Michael qui se coule lentement vers nous. Trax n'a toujours pas relevé sa présence.

S'agenouillant, Hyden dépose son arme sur le sable.

— Maintenant, les mains en l'air !

— Je crois qu'il est temps de passer à table, Trax, rétorque Hyden. C'est toi qui as tué Helena, n'est-ce pas ?

— Tinnenbaum me l'avait ordonné. Il avait lui-même reçu cet ordre de ton père. Cette femme n'était qu'un aimant à problèmes. Elle nous aurait tous fait tomber.

Tout en parlant, Trax recule lentement vers sa jeep, m'entraînant avec lui.

— Elle aurait révélé l'affaire au grand jour, ruinant du même coup notre réputation à tous, poursuit-il. Ton père ne pouvait pas permettre ça.

— Du coup, le Vieux l'a fait liquider, interviens-je.

Je me tortille pour me libérer. Impossible de bouger le bras. Mon pistolet reste fermement braqué au sol. Et si je visais son pied ? Hum… Trop hasardeux. Je risquerais de me blesser à la place.

Trax marque un arrêt.

— Ça m'étonnerait que notre petite Callie connaisse la véritable identité du Vieux… (Il me dévisage.) Je me trompe ?

— Je sais qu'il s'appelle Brockman…

Il éclate de rire.

— Non. Brockman, c'est le père du Vieux !

Qu'est-ce qu'il raconte ?

— Brockman est un Middler, il ne peut pas être le père du Vieux ! C'est forcément lui !

Je consulte Hyden du regard, mais il garde les mâchoires serrées.

— Hyden voit très bien où je veux en venir, n'est-ce pas ? rétorque Trax. Qui est le Vieux ? Qui est ce mec qui terrifie tout le monde ? Ce type qui se cache derrière un masque effrayant ? Hyden, si tu ne le lui dis pas, je le ferai.

J'observe mon ami sans rien dire.

C'est la première fois que je surprends pareille grimace sur son visage... On dirait qu'il a bu une gorgée d'acide et que le liquide est lentement en train de lui ronger les entrailles.

Au bout d'un long moment, il répond du bout des lèvres :

— C'est moi.

— Plus fort, fait Trax d'une voix chantante. Comment veux-tu qu'elle t'entende ?

— C'est moi, répète Hyden. Le Vieux, c'est moi ! Du moins, ça l'était.

Je pars d'un petit rire nerveux.

— Mais c'est pas possible, tu es un Starter !

— Si, Callie, c'était bien moi...

— Mademoiselle a besoin d'une preuve ? La voilà.

Trax sort un objet de son sac et le jette aux pieds de Hyden.

Il atterrit dans le sable. Ce n'est que lorsque Hyden le ramasse que je prends conscience de ce que c'est… Le masque. Le masque du Vieux.

— Mets-le, ordonne Trax en le menaçant.

Hyden n'esquisse pas le moindre geste. Il regarde le masque comme Hamlet le crâne de Yorick.

Je reste persuadée que c'est une manigance de Trax. Comment mon ami pourrait-il être le Vieux ?

— Il ne veut pas le mettre car la preuve serait trop accablante : ce masque n'est biocompatible qu'avec sa peau. Hyden est le seul à pouvoir l'activer. Vas-y, enfile-le-lui, tu verras, m'enjoint Trax en me poussant vers lui.

Il me désarme et je prends le masque des mains de Hyden. Il faut que j'en aie le cœur net.

Je le lui passe sur la tête et ajuste l'attache. Il se laisse faire sans broncher. Le masque lui va comme un gant…

— Patiente quelques secondes, il va se mettre en marche avec son joli scintillement et tout le tralala, me dit Trax d'un air goguenard.

De fait, le masque ne tarde pas à s'illuminer. Argh ! Cette lumière bleue me fait toujours le même effet. Des milliers de pixels. Une succession d'images s'enchaînant à l'infini.

— Tadam ! s'exclame Trax. Et voici le fameux masque aux mille visages !

Hyden actionne un bouton situé au niveau du cou, qui module sa voix.

— Je suis désolé, Callie. Je voulais tout te dire, fait-il d'une horrible voix mécanique.

Celle du Vieux !

— Ah, cette voix ! s'écrie Trax, survolté. Elle me file des frissons. Comme elle m'a manqué !

Je refuse d'admettre l'évidence, malgré la chair de poule qui me parcourt.

— Non. Tu n'es pas ce monstre. Il était plus grand. Plus large.

— Fais preuve d'un peu d'imagination, ma chère, me suggère Trax. Figure-toi qu'il avait un costume bourré de gadgets. Le manteau, les gants, ses chaussures à semelles compensées… Sans oublier la petite touche finale : la perruque et le chapeau qui lui ont permis de se couler dans la peau d'un Ender. Moi-même, je n'y ai vu que du feu. Jusqu'à ce que Brockman – son père – m'apprenne la vérité.

On nage en plein délire. Je suis au milieu du désert en train de me faire enlever par un ancien technicien de la *Banque des Corps* qui semble avoir pété les plombs. Pendant ce temps-là, Hyden avoue se cacher derrière le personnage du Vieux depuis le début. Non pas son père, mais lui !

— Tu n'aurais jamais dû me donner en pâture aux autorités à la chute de Prime Destinations, *patron*, poursuit Trax. J'aurais croupi en prison avec Tinnenbaum si ton père ne m'avait pas tiré de là.

— J'ai découvert que vous étiez tous les deux de mèche avec lui, réplique Hyden. Vous m'espionniez pour son compte. Pourquoi aurais-je volé au secours d'un traître ?

Le masque s'entoure d'un halo bleu inquiétant tandis qu'une multitude de visages y défilent au hasard.

Je le lui arrache brutalement, déchirant l'attache et le rebord au passage, et le jette par terre. Le masque reste animé comme s'il refusait de mourir. Les portraits s'y succèdent encore quelques secondes avant de redevenir une bouillie de pixels bleutés.

— Tu m'as menti depuis le début ! crié-je, hors de moi.

— Si je t'avais tout avoué de but en blanc, tu m'aurais écouté ? Tu aurais accepté que je te protège ?

Je lui décoche mon poing dans la mâchoire. Hyden ne fait même pas mine de se défendre. Je suis tellement furieuse contre lui que je me prépare à le rouer de coups, mais Trax me ceinture et me traîne vers sa jeep. Il s'apprête à me pousser sur la banquette lorsque Michael bondit de sa cachette et lui saute à la gorge. Surpris, l'Ender relâche son emprise sur moi.

J'en profite pour m'échapper. Quelques mètres plus loin, je me retourne et assiste au corps à corps entre les deux hommes. Michael retient le bras armé de Trax qui ne se laisse pas faire, orientant l'arme dans toutes les directions. Si jamais un coup part, quelqu'un risque d'être blessé.

En un éclair, Hyden vole au secours de Michael, pistolet en main. D'un coup de crosse, il éjecte l'arme de Trax qui valdingue dans les airs pour retomber à quelque distance de là en tournoyant sur son axe. Trax tente de la récupérer mais c'est sans compter sur Michael, qui le rattrape par le col et le tire en arrière en l'étranglant.

Hyden lui passe ensuite les fleximenottes aux poignets et aux chevilles.

Mes bras sont tout endoloris. Je les frictionne pour faire circuler le sang. Les doigts de Trax se sont imprimés dans ma peau.

— Brockman ignore-t-il vraiment que tu es venu à notre rencontre ?

Trax hoche la tête.

— Comment as-tu su que nous arrivions ?

— J'ai intercepté votre signal sur le radar. Ça fait partie de mon boulot.

— Pourquoi tu n'as rien dit aux autres ? demande Michael.

— Il espérait se venger de moi à sa manière, rétorque Hyden.

— J'ai eu ce que je voulais : tu t'es humilié devant ta petite amie.

— Je ne suis pas…

— Jamais je n'ai vu Hyden se soucier à ce point de quelqu'un, reprend Trax.

Le silence s'installe, bientôt rompu par Michael.

— Et maintenant, on fait quoi ?

— On va le laisser ici, fait Hyden.

Il palpe les poches de Trax et en retire un objet en métal.

Michael en profite pour m'entraîner à l'écart.

— Callie, tu veux quand même continuer ?

Abasourdie, je me masse les tempes. J'ai l'impression de succomber au mirage du désert, les cactus dansant devant mes yeux.

— Je ne peux pas laisser tomber mon père.

— À ton avis, on peut faire confiance à Hyden ? Et si jamais il nous tendait un piège ?

— Vous devez me faire confiance, nous crie celui-ci.

— Pourquoi ? lui demandé-je en me rapprochant de quelques pas.

— Parce que ce que Trax a dit au sujet de toi et moi… c'est vrai.

— Il essaie encore de t'amadouer, ne l'écoute pas ! me conjure Michael.

J'en ai l'estomac noué. Il a sans doute raison, mais nous avons besoin de Hyden.

— Si c'était le cas, Trax ne serait pas intervenu. Non… En plus, Hyden nous a aidés à le stopper. (Je secoue la tête.) Je ne sais pas, Michael… J'ai l'esprit si chamboulé que je n'arrive pas à y voir clair.

— Et dire qu'il nous a bernés depuis le début !

Je repense à tous ces moments passés en compagnie du Vieux sans le savoir, lorsqu'il se faisait passer pour Blake. Je songe à quel point je l'appréciais – lui et non pas Blake. Combien j'ai été écœurée en apprenant qu'il s'agissait en fait du Vieux. Voilà que je découvre que derrière ce masque se cachait en réalité un Starter, et non pas un vieux dégoûtant. Mais dans le fond, qui est-il vraiment ?

Surtout, peut-on lui faire confiance ?

Ces mensonges, aussi cruels soient-ils, ne sont rien en comparaison de la détermination qui m'anime et surpasse de loin tout le reste.

— Mon père. Il faut que je le sorte de là. Allons-y !

— Avec lui ? s'exclame Michael. On lui passe au moins les menottes ?

J'y réfléchis une seconde.

— Non. Il ne nous servirait plus à rien. Nous allons avoir besoin de son aide pour venir à bout de Brockman. Quoi qu'il en soit, je reste persuadée que Hyden déteste son père et souhaite sa perte, tout comme nous.

Je jette un dernier regard au masque resté sur le sable. Quelques pixels grésillent encore aléatoirement à sa surface, offrant leur chant du cygne aux cactus et aux étoiles. Puis nous abandonnons Trax, menotté, à l'arrière de sa jeep et nous remettons en marche. L'ex-technicien informatique de Prime Destinations a beau nous avoir fourni des renseignements sur les lieux et le nombre de gens qui s'y terrent, nous préférons rester sur nos gardes.

La marche est encore longue et c'est Hyden qui, le premier, rompt le silence.

— Parle-moi, Callie ! Je sais que tu as mille questions à me poser.

— Je ne m'adresse pas aux sales menteurs de ton espèce.

— Sincèrement, je n'ai plus rien à cacher, je te le jure...

— Par où commencer ? soupiré-je. Par Prime Destinations peut-être : pourquoi avoir ouvert la *Banque des Corps* ?

— Ce n'est pas ce que vous imaginez. J'essayais en réalité de venir en aide aux Starters sans famille.

— En les transformant en donneurs permanents ? dis-je avec une pointe d'ironie. En les mettant dans un coma artificiel pour le restant de leurs jours ?

— Non. C'est ce que je voulais faire croire aux Enders, mais ça n'était pas le plan. Je maîtrisais totalement la situation. Jamais je n'aurais laissé personne faire du mal aux Metals.

Je m'arrête un instant, le temps de m'imprégner de ces nouveaux éléments.

— Pourtant, tu t'es servi de nous. Tu as tiré profit de notre corps en le louant à des vieux dégueulasses.

— Il a d'abord fallu que je monte l'affaire et la fasse prospérer afin d'attirer les Enders les plus riches. Il s'agissait de les mettre en confiance, les habituer à changer de corps peu à peu. En plus, le coût d'une révolution, ce n'est pas donné, tu sais.

— En résumé, tu avais l'intention de supprimer les Enders qui auraient adhéré au Programme Permanence ?

— Les supprimer, non, juste les maintenir dans un coma profond. Callie, c'est à cause d'eux si nous sommes dans un tel merdier aujourd'hui. Il fallait bien que quelqu'un réagisse ! J'aurais fini par réveiller tous ces gens. Après avoir remis un peu d'ordre dans le pays.

J'ai bien du mal à digérer ces nouvelles données. Mon univers est sens dessus dessous. Jamais je n'aurais imaginé le Vieux en sauveur de l'humanité !

— L'idée, c'était de découvrir où tous ces Enders richissimes planquaient leur argent pour ensuite vider leurs comptes en banque.

— En gros, tu es un voleur ?

— Pour la bonne cause ! Cet argent m'aurait servi à financer le changement. À sortir tous les Starters des instituts avant de démanteler complètement ce système arbitraire.

— Et Helena, que vient-elle faire dans cette histoire ?

— Je me méfiais d'elle. Je l'ai suivie au *Club Rune* et c'est là que je t'ai rencontrée.

— Ce qui explique la raison de ta présence là-bas. Tu espionnais Helena. Et tu t'es mis à me filer pour la tenir à l'œil, elle.

— En partie.

— Ensuite, tu as su qu'on avait neutralisé mon pare-crime… et ta curiosité l'a emporté sur tout le reste.

— En partie.

— Tu as fait ami-ami avec moi afin de voir si j'étais capable de tuer. Ce qui a bien failli se produire !

— Tu oublies une chose : j'étais avant tout là pour toi, pour t'aider et te protéger.

Michael marche en silence près de nous, les mains dans les poches. Je lui glisse un regard.

— Tu en penses quoi, toi ? À ton avis, on peut lui faire confiance ?

— Tu plaisantes ? Ce mec a kidnappé ton frère et lui a implanté une puce dans la tête !

— Jamais je n'aurais fait ça, proteste Hyden. C'est Trax, Tinnenbaum et un médecin aux ordres de mon père qui ont fait le coup.

— Je n'arrive pas à comprendre comment tu t'es retrouvé à diriger Prime…

— Lorsque mon père a voulu vendre le fruit de nos recherches aux mauvaises personnes, j'ai dû me créer une fausse identité. Celle d'un Ender. Pour diriger Prime Destinations, je devais donner le change. Et ça a marché. Tout le monde s'y est laissé prendre. Je portais déjà plusieurs couches de vêtements en raison de mon hypersensibilité. Ça m'a permis de faire d'une pierre deux coups. Prime a été fondé pour que cesse le calvaire des Starters. Il faut me croire ! (Hyden contemple la lune au loin, surplombant le désert.) Sauf que, lorsque tu as fait couler la *Banque des Corps*, mon plan est tombé à l'eau.

— Et comment je sais que tu n'es pas de mèche avec ton père ? Ton père s'est aussi servi de la voix électronique du Vieux, non ?

— Oui. C'était lui dans la galerie marchande. Depuis la chute de Prime Destinations, il se l'est appropriée.

— Dans quel but ? demande Michael.

— Pour des millions de raisons. Mais avant tout pour faire un test grandeur nature. Une fois Prime démantelée, Trax lui a ramené tout le matériel qu'il avait pu récupérer. Brockman a voulu s'assurer qu'il pouvait se connecter à ta puce, la cartographier… et te manipuler, Callie.

— Comme tu m'as manipulée, toi. Il y a d'autres choses que je devrais savoir ? D'autres mensonges ?

— Tout le reste, c'est la vérité. Mon père est le mal incarné. Il a planifié une vente aux enchères réunissant les Enders les plus puissants au monde. Il vendra les Metals ainsi que la technologie au plus offrant, qui s'en servira ensuite contre notre pays. En tout cas, il y a de grandes chances.

— Le portrait que tu as brossé de lui, sa manière de s'insinuer dans ma tête, son amour du pouvoir… En réalité, tu parlais de toi-même !

— Non, Callie. Tu te trompes.

— Après tout, ton père et toi, vous avez énormément de points communs. Voilà pourquoi tu le comprends si bien !

Mes paroles ont l'effet souhaité. Hyden a l'air profondément chagriné.

Je reporte les yeux sur le vaste complexe industriel. Nous y sommes presque. Je marque alors une pause et pivote vers Hyden.

— Écoute, on a besoin de toi. Nous allons devoir unir nos forces si nous voulons vaincre ton père. Ce qui ne veut pas dire que je passe l'éponge ou te fais confiance.

— Je ne peux pas te le reprocher. Donne-moi juste une chance de me racheter.

Pour l'instant, je ne suis pas prête à lui pardonner. Michael a les yeux rivés sur le bâtiment. Comme lui, je ferais mieux de rester concentrée sur notre but.

23.

Quoique la base de Brockman se situe en plein désert, elle semble étrangement accessible. Ni périmètre de sécurité ni sentinelles à l'approche des bâtiments.

— Aucune enceinte, fait remarquer Michael. Vous ne trouvez pas ça bizarre ?

— On est au beau milieu de nulle part, dis-je.

Hyden a une autre théorie sur la question.

— Un grillage risquerait d'attirer l'attention sur les lieux. En plus, il existe des remparts plus efficaces contre les indésirables. L'absence d'enceinte revient à avertir les intrus que la base est équipée d'un système de sécurité bien plus performant qu'un stupide grillage de rien du tout.

— Ça ne nous dit pas par où on va entrer, fait Michael.

— L'entrée de service, répond Hyden. Elle se trouve toujours à l'arrière.

Les abords du bâtiment sont très dépouillés. À peine aménagés. De rares fenêtres situées en hauteur laissent sans doute filtrer les rayons du soleil durant la journée. Après avoir fait le tour, Hyden nous prie d'attendre dans un buisson, le temps qu'il aille inspecter l'entrée de service. Mon regard se promène sur le parking. Immense, il peut contenir une centaine de véhicules au bas mot. À cette heure de la nuit, je n'en compte que sept. Un nombre qui recoupe les indications fournies par Trax. Voilà qui m'insuffle un regain d'espoir : peut-être a-t-on une chance de remporter la bataille si les troupes de Brockman sont en effectif réduit.

Hyden tire un objet de sa poche. Une sorte de badge qu'il agite devant un boîtier à droite de la porte. Un déclic retentit. Immédiatement après, la porte s'ouvre en silence.

Hyden brandit le badge à notre attention.

— C'est un multipasse qui va nous permettre d'accéder à l'ensemble de la base. Merci, Trax !

Il le glisse dans sa poche et nous invite à le suivre à l'intérieur.

L'entrée de service, quoique réservée aux employés, est d'une surprenante élégance. Il y règne une ambiance zen et détendue. Sous un carrelage en verre s'affiche l'hologramme d'un tapis en bambou. Sur la droite, je remarque deux portes arborant l'inscription « Réservé au personnel ». L'une pour les hommes, l'autre pour les femmes. Je pousse cette dernière tandis que Hyden et Michael s'engouffrent dans le vestiaire des hommes.

Le décor de la pièce ressemble à s'y méprendre à celui des spas de luxe que j'ai eu l'occasion d'apercevoir dans des films. Un sol holographique, des placards en teck, le tout agrémenté de bambous géants et d'orchidées ornementales. Une jolie cascade ruisselle le long d'un mur. Je parie que dans la journée, on diffuse en musique de fond un air de flûte japonaise apaisant.

En ouvrant un casier, je mets la main sur la version locale de la blouse de laborantin : un kimono blanc. Je l'enfile par-dessus mes habits et noue la ceinture à la taille. Je passe ensuite un bonnet chirurgical sur ma tête dans lequel je fourre ma longue chevelure. En ressortant du vestiaire, les garçons m'attendent, tous deux vêtus du kimono et du bonnet.

— Et maintenant ? demandé-je à mi-voix.

— Au boulot ! déclare Hyden.

Après avoir étudié un plan interactif des lieux, il s'engage seul dans un long couloir sombre. Nous le regardons s'éloigner. À mesure qu'il avance, de petites lampes s'éclairent sur son passage, produisant une lumière diffuse. Au bout, il tourne et disparaît de notre champ de vision. Nous avons décidé de nous disperser : pendant qu'il part en quête de l'ordinateur central censé régir l'ensemble de la base, je dois me lancer à la recherche de mon père et Michael est supposé fermer la marche tout en gardant l'œil ouvert, au cas où il repérerait des gardes… ou nos amis Metals !

À mon tour, je m'engouffre dans le couloir à l'éclairage tamisé. Je palpe mon kimono et devine les contours de mon arme sous mon épaule. Je la presse contre ma poitrine tout en priant pour ne pas avoir à m'en servir.

Au fond, j'ouvre une porte non verrouillée et demeure plantée sur le seuil un instant, stupéfiée par la vue qui s'offre à moi. La salle s'étend à l'infini, abritant une végétation luxuriante – plantes et arbustes à profusion. Une fois le choc passé, je pénètre dans la serre géante. L'air est saturé d'une douce humidité où flotte un parfum de terre entêtant. L'endroit semble avoir été développé sur le modèle de la forêt tropicale. Quel contraste avec le désert au milieu duquel est située la base !

Dans une petite pièce latérale, j'aperçois Hyden, les yeux rivés à un airécran. Il lève la tête et me fait signe de le rejoindre. Je m'exécute.

— Tiens, Callie, prends la carte d'accès. Je vais rester ici, tu en auras plus besoin que moi, dit-il en me tendant le badge de Trax.

Bien qu'il s'arrange pour ne pas m'effleurer les doigts, comme à son habitude, je remarque que pour une fois il fait preuve de délicatesse dans ses gestes, se contentant de déposer l'objet au creux de ma paume au lieu de me le lancer.

Disons qu'il y a une très légère amélioration. Mais s'il croit que cela suffira à effacer ses mensonges, il se fourre le doigt dans l'œil. J'accepte le multipasse sans un sourire. Je le glisse dans la poche de mon pantalon et reprends mon incursion.

À l'extrémité de la serre, je déniche une porte, l'ouvre discrètement et passe la tête dans l'entrebâillement. Elle donne sur un nouveau couloir. Il est vide à l'exception d'une fontaine qui s'écoule à l'autre bout. Les bouillonnements de l'eau résonnent dans le silence, emplissant l'espace. Je m'avance avec méfiance tout en aventurant mon regard par les portes restées ouvertes pour inspecter les pièces l'une après l'autre. Chacune d'entre elles est décorée dans le style d'un pays – l'Inde, la Turquie, la Russie et le Japon. Je les reconnais pour les avoir étudiés à l'école avant la guerre. Une certaine nostalgie s'empare de moi. Aurai-je un jour l'occasion de retourner à l'école ?

Je tire sur la ceinture de mon kimono pour le détendre un chouia, prête à dégainer mon pistolet si nécessaire.

Je m'avance jusqu'au bout et colle l'oreille contre la dernière porte. En vain. La fontaine masque tous les autres sons. Brandissant le passe de Trax, je le présente devant le boîtier métallique fixé au mur. La porte se déverrouille dans un petit déclic. Je la pousse lentement.

Ma vision s'adapte vite à l'éclairage diffus. Un décor d'hôpital, froid et dépouillé, se révèle à ma vue. Cette salle jure nettement avec le reste du bâtiment, où règne une ambiance propice à la détente : ni plantes ni tableaux, et des rangées de tables d'examen en inox servant de lits. De petites veilleuses au plafond illuminent des corps endormis. Des silhouettes plus sublimes les unes que les autres. Et des visages parfaits. Ce sont les Metals ! Tous attachés à leur lit par les poignets.

Mon cœur chavire. Hyden n'a vraiment pas exagéré au sujet de son père : Brockman est un barbare de la pire espèce.

Je contemple un moment cet étrange tableau. Curieux… chaque corps est équipé d'une perfusion.

Parcourant les visages un à un, j'en reconnais certains pour les avoir fréquentés du temps où j'étais donneuse pour la *Banque des Corps*. Briona. Raj. Lee. Leurs corps avaient servi de couverture à Doris, Rodney et Tinnenbaum, les employés de Prime Destinations. Ils avaient pris l'apparence de ces adolescents, aujourd'hui étendus face à moi, pour me suivre sans éveiller mes soupçons. Du moins, c'est ce que je croyais à l'époque. Depuis, j'ai appris la vérité : c'est Hyden qui avait chargé Doris et Rodney de me tenir à l'œil, pour s'assurer que je ne tue pas le sénateur. Et peut-être aussi pour me protéger.

Quant à Tinnenbaum, il m'épiait pour le compte de Brockman.

Mes semelles crissent sur le carrelage lustré. Près de moi, un Metal cligne des paupières.

C'est Lee, le sublime Asiatique.

— Qui es-tu ? me demande-t-il, les yeux bouffis de sommeil.

Sur la table voisine, Briona tourne la tête vers moi et me dévisage. Je retire mon bonnet.

— Regardez. Une nouvelle !

Plus belle que jamais avec son impeccable peau cuivrée, elle a pourtant un regard que je ne lui reconnais pas. Désemparé et tourmenté.

— Dépêche-toi de mettre les voiles avant qu'il ne soit trop tard ! Si tu restes, ils vont t'inscrire dans leur base de données et tu te retrouveras coincée ici avec nous.

Je remarque de petits boîtiers métalliques sur les menottes qui les retiennent à leur lit. Je sors le multipasse de Trax et le glisse sur le poignet de Lee. Clic. Les bracelets se déverrouillent aussi sec.

— Qu'est-ce que tu fous ? s'exclame-t-il. Tu vas m'attirer des ennuis !

— Qu'est-ce qu'ils vous ont fait ? leur demandé-je. Qu'est-ce que c'est que tout ce bazar ? Ces tuyaux, cette poche de liquide…

— C'est un liquide nutritif, répond Lee. Il nous maintient à notre poids idéal en l'absence d'exercice physique.

— Il nous rend également dépendants d'eux, précise Raj.

— Détache-moi ! m'implore Briona. Je fais tout le temps des cauchemars. Les choses qu'ils m'ont obligée à faire durant mes locations, je les revis. Encore et encore.

Alertés par le bruit, d'autres Metals se réveillent à leur tour.

— La ferme, Briona ! s'emporte Raj avec son accent indien chantant. Cette fille ne peut rien pour toi. Pour le moment, elle est bloquée ici, comme nous.

Je m'occupe des menottes de Briona. Elle se redresse ensuite en se frottant vigoureusement les poignets.

— C'est ça, Raj, le nargue-t-elle. Vise un peu : je suis libre.

— Moi aussi, je veux que tu me détaches, s'écrie une blonde.

— Chut, dis-je à voix basse. Je vais tous vous libérer. On ne va pas pouvoir vous évacuer du bâtiment maintenant, mais je vous promets qu'on le fera en temps voulu. Pour le moment, dites-moi ce qu'il y a à savoir sur cette base.

Pendant que je les détache les uns après les autres, j'évalue rapidement l'ensemble du groupe. Une vingtaine de Metals sont réunis dans cette seule salle. L'un d'eux me paraît familier… Je m'approche de lui.

Blake !

L'esprit encore embrumé, il se met lentement en position assise.

— Blake, c'est moi, Callie !

Je lui ôte ses bracelets en métal.

Le pauvre. Avec son tube dans le nez et sa perfusion, il fait vraiment peine à voir.

— Ça fait longtemps que tu es là ? demandé-je.

— Trop longtemps, me rétorque Blake, mais pas aussi longtemps que d'autres… Certains croupissent ici depuis des mois. Ils t'ont attrapée, toi aussi ?

— Non. Je suis venue de mon plein gré vous libérer. Vous êtes nombreux ?

Il hoche la tête.

— Il y a encore deux autres dortoirs comme le nôtre, m'informe Lee.

Autrement dit, une soixantaine de Metals sont retenus captifs sur cette base.

— L'un d'entre vous aurait-il déjà entraperçu un Middler dénommé Ray Woodland ? Un grand brun, plutôt bel homme ? Il a une cicatrice sur la joue, juste là, dis-je en désignant l'endroit en question sur mon visage.

Ils secouent la tête.

Je refuse de croire qu'il n'est pas là. Brockman le retient prisonnier dans le plus grand secret, j'en mettrais ma main au feu. Je poursuis mon investigation.

— Où sont les gardes ?

— Va savoir. Ils sont sûrement en train de dormir, répond Briona.

— En réalité, il y a toujours un gardien de nuit, intervient Raj.

Pourvu que ce soit Trax !

— Vous vous sentez en forme ? Assez pour vous battre, si besoin est ?

— Absolument ! s'exclame Lee.

Ils répondent à toutes mes questions de bonne grâce. Je m'engage ensuite à les aider à s'évader, avec l'aide de mes deux acolytes. Mais d'abord, il faut que je retrouve mon père.

Tout à coup, une voix résonne dans ma tête.

Callie Woodland ?

— Qui est-ce ? m'écrié-je, tout en sachant pertinemment que ça ne peut être que Brockman.

D'une certaine manière, j'avais espéré qu'il serait en train de dormir et ne saurait jamais que je suis rentrée par effraction dans sa base.

— À qui elle parle ? s'étonne Briona en me voyant discourir avec moi-même.

Je m'éloigne du groupe et me colle face au mur près de la porte pour ne pas révéler ma position exacte.

Je suis déçu, Callie. Tu m'avais pourtant l'air intelligente.

— Vous m'avez manqué, Brockman ! Peut-être préférez-vous que je vous appelle autrement ? Comment le père de Hyden souhaite-t-il qu'on le nomme aujourd'hui ?

Il lâche un petit ricanement.

Je suis ravi que tu sois enfin venue à moi. Pour tout te dire, je t'attendais !

— Vous m'attendiez ?

J'ouvre la porte et fais signe aux Starters de me suivre. Briona, Lee, Raj et le reste d'entre eux m'emboîtent le pas. J'évite de les regarder afin que Brockman ne les voie pas.

Ah, sacrée Callie, tu m'as fait une petite frayeur. J'ai envoyé un jeune ami te chercher. Malheureusement, il a échoué en pleine mission.

— Le mystérieux Starter qui nous filait en voiture. Il est mort sur le coup.

Je sais bien. Quel gâchis ! Un Metal de moins. C'est une denrée si rare de nos jours.

Sans me tourner, je remets discrètement le multipasse à Briona. Puis, j'attends que les Starters soient tous sortis de la salle. Quelques instants plus tard, je risque un coup d'œil dans le couloir. Personne. Ils se sont probablement réfugiés dans un autre dortoir bondé de Metals encore endormis.

Pendant ce temps, Brockman poursuit la conversation.

J'avais besoin de vous attirer ici tous les deux. Hyden ne donne pas souvent de nouvelles à son papa, tu sais !

— Vous vous doutiez que votre Starter échouerait à nous attraper. Vous vouliez juste qu'il nous mène jusqu'à vous.

Et mon plan n'a-t-il pas fonctionné à merveille ?

Constatant que je ne lui réponds pas, il reprend.

Que viens-tu chercher ici, Callie ?

— Mon père. Qu'avez-vous fait de lui ?

Ça te ferait plaisir de revoir ton papa, Callie ?

— À votre avis ?

Je peux arranger ça. Mais tout d'abord, pourquoi ne pas profiter de l'occasion pour nous rencontrer toi et moi, en chair et en os ?

Soudain, mes jambes se figent sur place. On est en train de prendre possession de mon corps ! Les pieds arrimés au sol, j'ai l'impression qu'un jet de mercure gagne progressivement mes vertèbres. La sensation d'engourdissement commence par s'emparer de mes pieds, puis elle remonte le long de mes mollets jusqu'à mes cuisses pour gagner ensuite mon bassin et se répandre dans mon ventre, ma poitrine et mes bras. À cet instant, une Metal surgit dans le couloir. Je profite de ce que je suis encore maîtresse de ma voix pour l'avertir.

— File ! Va te cacher !

Ses traits s'empreignent de terreur. Elle hésite une seconde avant de s'enfuir à toutes jambes pour aller prévenir les autres.

L'engourdissement se poursuit. Mon cou se crispe, suivi de ma tête. C'est comme si je m'étais soudain transformée en statue de pierre.

Mon pied droit esquisse un pas en avant, puis c'est au tour du gauche. Mes mouvements sont tout d'abord saccadés, maladroits, pour ne pas dire robotiques. Passé quelques instants, je me déplace d'une démarche fluide qui duperait n'importe qui.

— Vous m'emmenez où ?

Patience, Callie. Tu verras bien.

Au fond du couloir, il me fait tourner à droite. C'est à la fois étrange et atroce ! Rien à voir avec le jour où Hyden me gouvernait, chez Dawson. Non, ce jour-là, j'étais comme une petite fille qui danse avec son père, les pieds posés sur ses chaussures. Alors que ce coup-ci, j'ai l'impression d'être envahie par une force invisible, d'être possédée.

Parvenue au bout du couloir, je me retrouve face à une porte. Mieux vaut ne pas songer à ce qui m'attend derrière. J'inspire un grand coup, tâchant de refouler ma peur. Soudain, je me souviens – le processus de transposition inversé ! J'ai beau avoir essuyé un échec lors de ma première tentative, rien ne m'empêche de retenter l'expérience.

Bloque ta main, récupère ton bras avant qu'il ne soit trop tard ! me dis-je en mon for intérieur. Trop tard. Mes doigts agrippent déjà la poignée. Non ! Arrête tout de suite ! Lâche-la !

Rien n'y fait. Brockman me surpasse. Ma main tourne la poignée et la porte s'ouvre.

Je pénètre dans un genre d'atrium ouvert sur un second étage, cloisonné de verre Un petit groupe de gardes me cerne aussitôt.

Je leur tends toutes mes armes malgré moi. Mes propres mains me palpent de bas en haut pour s'assurer qu'il ne me reste plus rien.

Progressivement, je redeviens maîtresse de mes gestes. À l'inverse de tout à l'heure, la sensation commence par le haut du corps. Des chatouillis s'annoncent au sommet de mon crâne, gagnent lentement mon visage, mon cou, puis ma poitrine, mon ventre et mon bassin, pour finir par mes jambes et mes pieds. Je m'ébroue pour chasser la sensation d'engourdissement.

Mon regard navigue d'un bout à l'autre du vestibule, et je m'élance à la recherche d'une issue. Soudain, un bruit retentit au-dessus de moi. Je me fige

— Où cours-tu comme ça, chère Starter ? Tu préfères peut-être que je t'appelle Metal ?

En levant la tête, j'aperçois un Middler debout derrière la vitre du second étage. Il est appuyé avec nonchalance contre l'épaisse cloison de verre, sans doute pare-balles, et m'adresse un large sourire, comme le Chat du Cheshire dans son arbre perché.

Environ la quarantaine et bien bâti, il fait sophistiqué dans son costume aux multireflets. Ces traits raffinés, ces pommettes saillantes, jusqu'à la posture qu'il adopte en ce moment même…

Hyden lui ressemble à s'y méprendre. C'est Brockman.

Son père.

24.

Du haut de sa tour de verre, Brockman me toise, le torse bombé et les bras croisés, dans la posture d'un dictateur pompeux. Je cherche des yeux une porte ou un escalier qui me mène jusqu'à lui.

Dans l'atrium, un microphone amplifie le son de sa voix.

— Ton corps est si facile à contrôler, Callie. Un vrai jeu d'enfant !

Je perds patience.

— Où est mon père ? Qu'est-ce que vous lui avez fait ?

— Chaque chose en son temps, petite. Tu ne vas pas tarder à le revoir, répond-il, le visage déformé par un rictus cruel. En fait, je meurs d'impatience d'assister à vos retrouvailles. Mais avant cela, causons un peu. Tu es un vrai spécimen, Callie Woodland.

Une fille unique en son genre. Ma seule DAM, Donneuse à Accès Multiples. Ah, si seulement nous avions plus de Metals comme toi !

— Dommage, ce n'est pas le cas ! Quant à moi, je n'ai pas dit mon dernier mot, et vous ne m'avez pas encore capturée !

— C'est là que tu te méprends, Callie, rétorque-t-il en portant le regard derrière moi. Et tu sais qui d'autre nous avons attrapé ?

Sur ces mots, il se tourne de trois quarts et adresse un ordre à ses gardes. Deux d'entre eux avancent près de la vitre en traînant derrière eux un prisonnier récalcitrant. Michael ! Il se dégage brusquement et vient se jeter contre le carreau, les mains ligotées dans le dos.

— Ne lui faites pas de mal, Brockman !

— À mon avis, ça ne sera pas nécessaire. Car tu vas m'obéir bien gentiment.

D'un geste, il ordonne à ses hommes d'embarquer Michael. Mon ami disparaît de mon champ de vision aussi vite qu'il est apparu.

— Qu'est-ce que vous voulez ?

— Il se trouve que j'accueille en ce moment même quelques invités de marque venus de lointains pays. À présent que tu nous as rejoints, nous allons pouvoir procéder à une démonstration exceptionnelle de notre produit. Au terme de laquelle nous lancerons les enchères.

Mon pouls s'accélère.

— Vous allez nous vendre au plus offrant, comme des esclaves ?

— Non. Pas comme des esclaves. Je dirais plutôt comme la denrée rare que vous êtes. N'aie crainte, personne ne vous veut du mal. Mes clients veilleront à prendre particulièrement soin de leur investissement.

— Il n'y a donc que l'argent qui vous intéresse ?

— Les gens sont prêts à tout pour l'argent, dit-il simplement en s'examinant les ongles de la main. Depuis le temps, tu n'as toujours pas compris ?

Je déteste cet homme de tout mon être. Il est aussi cruel que son fils me l'a dépeint. Ça me fend le cœur de retrouver autant de Hyden chez ce monstre, depuis les traits de son visage jusqu'à la gestuelle, sans oublier le timbre de sa voix. Pourquoi les gens bien comme ma mère doivent-ils mourir quand des ordures dans son genre continuent de mener la belle vie et de polluer la surface de la Terre ? Quelle injustice !

— Mon fils s'est entiché de toi. Ça saute aux yeux. Et maintenant, je comprends mieux pourquoi. Tu as tout : l'intelligence, la beauté, le courage… et une micropuce modifiée ! Autrement dit, tu es la seule Metal capable de tuer.

Il pivote sur lui-même et descend l'escalier jusqu'à se retrouver au rez-de-chaussée, face à moi. Il parcourt la distance qui nous sépare.

— Oui. Tu es absolument exquise. Les enchérisseurs seront très enthousiastes lorsque je te présenterai. On les a prévenus de ton arrivée et ils se préparent à la vente aux enchères.

Un garde s'approche de Brockman et lui glisse un mot à l'oreille.

— Merveilleux ! Amenez-le.

Une porte s'ouvre et Hyden apparaît dans l'atrium, escorté par un molosse. Brockman le mesure du coin de l'œil.

— Tu as l'air plutôt en forme. Quel plaisir de te voir enfin sans ton stupide accoutrement !

Hyden couve son père d'un regard assassin avant de se tourner vers moi.

— Ça va, Callie ? Il ne t'a rien fait ?

— Il m'a piqué mon pistolet, lui dis-je aussitôt pour l'avertir du danger.

Il m'adresse un regard appuyé. Je comprends qu'on l'a lui aussi dépouillé de ses armes.

— Trêve de bavardage, mes petits ! Maintenant que nous sommes au grand complet, je vais pouvoir procéder à ma petite démonstration.

Sans me quitter des yeux, Brockman actionne un bouton situé sur son oreillette, un dispositif que je ne remarque que maintenant. Je suis aussitôt gagnée par cette atroce sensation d'engourdissement, qui s'empare de mes orteils et remonte jusqu'au sommet de mon crâne. Impossible d'articuler la moindre syllabe ou de signaler à Hyden, par mon expression, ce qui est en train de se produire.

Mais les mots ne sont pas utiles. Il a tout de suite deviné. Son visage s'enflamme.

— Arrête ! crie-t-il à son père. Fous-lui la paix !

Mon corps pivote lentement vers Hyden, mon bras se lève et ma main s'abat violemment sur sa joue. Le tout sous le regard extatique de Brockman, qui esquisse un sourire absolument réjoui et étrangle un petit ricanement.

— Comme j'aime piloter les Metals ! s'exclame-t-il. Et tu me rends la tâche encore plus jouissive, Callie, parce que tu en es à cent pour cent consciente. C'est une expérience très intime, un véritable échange. Ah, j'en ai des frissons dans le dos !

Furieux, Hyden bondit vers lui et lui écrase son poing dans la mâchoire. Surpris, Brockman tombe à la renverse. Hyden se jette à califourchon sur lui, prêt à lui asséner un nouveau coup. La colère ! Et si c'était ça, le remède à son problème ? Elle semble lui insuffler la force nécessaire pour qu'il surmonte sa phobie du contact. Les gardes se précipitent vers lui et l'empoignent par-derrière pour l'immobiliser.

Quant à moi, j'ai recouvré la maîtrise de mon corps à l'instant où Hyden a frappé son père.

— Hyden !

Pendant qu'un garde le plaque au sol et le maintient dans cette position, Brockman s'empare d'un Taser et l'enfonce dans les côtes de son fils. Une étincelle bleue en jaillit. La décharge arrache un cri à Hyden, qui se tord de douleur. Puis son père l'électrocute à nouveau au poignet, histoire d'être sûr qu'il a compris la leçon.

— Assez, Brockman !

Il éteint le Taser. L'appareil a rempli son rôle : paralysé, Hyden gît par terre, au supplice. Quelques secondes plus tard, ses gémissements s'atténuent puis cessent. L'inquiétude me gagne et je m'agenouille auprès de lui pour m'assurer qu'il respire encore. Je pose la main sur sa poitrine.

— Hyden ?

Il hoche la tête et… m'effleure la main. Non, je ne rêve pas, il m'a bien touché la main ! Dans ses yeux, la souffrance est encore visible, mais sur ses lèvres flotte l'ombre d'un sourire.

Je lève la tête afin d'examiner la réaction de Brockman. Zéro trace de remords. Au contraire, il a l'air de prendre un malin plaisir à voir souffrir son propre enfant, la chair de sa chair.

— Qu'est-ce que j'avais dit ? Mon fils prend toujours les mauvaises décisions. Voilà pourquoi c'est moi qui vais me charger de la vente de la technologie, le fruit de notre collaboration familiale !

Le garde force Hyden à se mettre debout en le tirant violemment par le bras. Je me lève en même temps.

— Espèce d'ordure, tu as tué Reece ! accuse-t-il son père. Et Helena !

— Bien sûr ! Elle s'apprêtait à assassiner un sénateur, rétorque Brockman avant de se tourner vers son homme de main. Emmenez-les dans la salle 14, et qu'ils y restent jusqu'à ce que le spectacle commence.

On nous enferme dans un cachot sans fenêtres aux surfaces en inox. La porte blindée rend toute tentative d'évasion impossible. Une lumière blanchâtre vacillante nous est fournie par les néons au plafond.

J'observe mes poignets.

— Ils n'ont même pas pris la peine de nous passer les menottes.

— C'est parce qu'il n'y a aucun moyen de s'enfuir.

— Pourquoi nous a-t-il enfermés dans la même cellule ?

— Nous sommes ses « produits » les plus précieux. Il préfère nous garder bien au chaud, dans sa pièce la plus sûre. Il sait qu'il est impossible de s'échapper d'ici.

Assis par terre, nous sommes tous deux adossés contre le mur en acier froid.

— Pas un seul Metal n'a aperçu mon père, dis-je, dépitée.

Hyden baisse soudain la voix.

— Mieux vaut éviter de les mentionner, tu sais, au cas où...

— Tu crois qu'il est en train d'épier notre conversation ? chuchoté-je.

Il hausse les épaules.

— À moins qu'il ne soit trop pris par les préparatifs de sa petite fête.

— Peu importe ce qu'on dit désormais ! m'écrié-je, découragée. De toute façon, on va nous exiler quelque part, très très loin, à Perpète-les-Oies ! Dans un pays dont on ne parlera même pas la langue.

Hyden prend un air abattu. Vaincu.

— Tu sais, il y a peu de chances qu'on soit emmenés ensemble, réplique-t-il.

— Tu avais vraiment l'intention de fermer les instituts avec l'argent que tu aurais volé ?

— Tout était minutieusement planifié. Des lobbyistes aux sénateurs, j'allais me mettre tout le monde dans la poche. J'avais tout calculé. J'aurais converti les instituts en établissements scolaires que j'aurais équipés d'un matériel informatique de pointe.

Ses yeux trahissent son enthousiasme. Si seulement son projet avait fonctionné. Si seulement je n'avais pas...

— Je suis désolée d'avoir interféré dans tes projets, Hyden.

— Non. Je t'interdis de dire ça. La modification de ta puce m'a beaucoup appris. Si je me suis servi de Blake, c'est pour veiller sur toi après la désactivation de ton pare-crime. Avant tout pour te protéger. Je me sentais responsable de toi. Sans Prime Destinations, sans mon plan fou, ta vie aurait été radicalement différente.

— Tu veux dire que... tu avais de la peine pour moi ?

— Non... pas du tout. Je suis... tombé amoureux de toi, Callie.

J'en reste bouche bée.

— Imagine un peu, reprend-il rapidement pour dissimuler son embarras manifeste. Un type qui ne supporte pas qu'on le touche, tombant amoureux. Et moi qui croyais que le fait d'être coincé avec mon père, à la mort de ma mère, était d'une cruelle ironie, la pire blague que l'univers ait pu me faire... (Il détourne le regard.) Tant pis ! Je voulais au moins être auprès de toi, même si je ne pouvais pas te toucher.

Je ne sais pas quoi répondre. Découvrir que le Vieux est en réalité Hyden explique beaucoup de choses. Maintenant, je comprends mieux pourquoi je me suis sentie si proche de lui dès le départ. Nous avons partagé tant de moments extraordinaires ensemble, lorsqu'il habitait le corps de Blake. J'étais attirée par le Vieux tout en le haïssant, me maudissant du même coup pour mes sentiments. Parce que j'ignorais alors qui se cachait vraiment derrière le masque, sous son déguisement grotesque. Et pour cause : il s'était donné beaucoup de mal pour me tromper.

Sur son poignet, je remarque une brûlure de la forme d'un diamant.

— Le Taser, dis-je.

Il pose les yeux sur la marque et acquiesce.

— Tu as réussi à vaincre ton problème, ajouté-je d'une voix pleine de sollicitude.

— La décharge n'y est pas pour rien, je suppose, ironise-t-il. Ça reste un peu douloureux, mais c'est supportable. Peut-être que les mauvais traitements subis aux mains de Dawson avaient commencé à me désensibiliser…

Moi, je crois surtout que c'est le fait d'avoir dû affronter le monstre à l'origine de ses tourments qui l'a guéri. Mais les garçons préfèrent de loin les explications techniques.

Paume en l'air, je tends lentement la main vers lui. Je me demande s'il se souvient de la fois où nous étions séparés par la vitre, au laboratoire de Dawson.

À son tour, il lève la main. Nos paumes se rencontrent et s'effleurent dans les airs.

Nous restons comme ça quelques instants. Hyden ferme les yeux. Je me demande s'il a mal. Il rouvre les paupières et me décoche un léger sourire. Et voilà la réponse à ma question.

Il entrelace ses doigts aux miens, m'attire près de lui et se penche sur mon visage pour m'embrasser. Nos lèvres se joignent. Il m'embrasse en tant que lui-même. Sans l'intermédiaire de Blake ou de Jeremy. Sans porter de masque.

C'est le paradis.

La porte s'ouvre d'un coup, interrompant cet instant de pur bonheur.

25.

Briona glisse la tête dans l'embrasure de la porte. Hyden s'empresse de s'éloigner de moi.

— Dépêchez ! fait-elle à voix basse, le multipasse à la main.

Elle nous fait signe de la suivre et disparaît dans le couloir. Nous lui emboîtons le pas. Ça fait plaisir de la voir se mouvoir librement comme à l'époque, sans sa perfusion. Je lui demande où sont passés les autres.

— Ils se planquent. Certains avaient faim et sont partis à la recherche d'un peu de nourriture.

— Personne ne s'est fait attraper ? demande Hyden.

— Difficile à dire vu que tout le monde s'est dispersé. Pas que je sache, en tout cas.

— Je n'aime pas trop ça, marmonne-t-il, la mine sombre.

— Callie, reprend Briona, je sais où se trouve ton père. Son nom, c'est bien Woodland ?

— Oui ! m'écrié-je avec un regain d'espoir. Où est-il ?

— Je vais te conduire à lui. L'un des Metals a déniché un fichier portant son nom. Suis-moi.

— Il va bien ? Tu l'as vu ?

— Pas eu le temps. Je voulais d'abord vous sortir de là.

Mon cœur bat la chamade à la simple pensée que je vais enfin revoir mon père vivant…

Après un virage se présente une porte arborant le numéro 511.

— Il est censé se trouver dans cette salle, m'informe-t-elle.

Toutefois, elle se fige, l'air perplexe.

— Qu'est-ce qu'on attend pour entrer ? m'impatienté-je.

— Il me semblait que cette porte débouchait sur les coulisses du théâtre, fait-elle remarquer, soucieuse.

— Ce serait la salle de bains que je n'en aurais rien à foutre ! répliqué-je en poussant la porte. Du moment que mon père y est, rien ne me fera reculer.

Quand je pénètre dans la salle, une salve d'applaudissements me prend au dépourvu. Brockman se tient à l'autre extrémité d'une scène circulaire, à environ cinq mètres de moi.

— Mesdames et messieurs, voilà notre vedette ! s'exclame-t-il dans un microphone en m'apercevant. Pile à l'heure !

Puis, tournant le dos à son public, il se campe face à moi.

— Callie, reviens ! C'est un piège ! m'avertit Hyden.

Il a raison. Ma sonnette d'alarme se déclenche. Nous faisons demi-tour pour déguerpir en quatrième vitesse lorsque trois gardes se postent dans l'encadrement, nous bloquant le passage. Ils nous forcent à retourner sur scène.

— Tu ne crois pas qu'on a des caméras de surveillance un peu partout ? me souffle un garde à l'oreille.

Briona semble sincèrement bouleversée. Elle est embarquée sur-le-champ. La pauvre, ils se sont servis d'elle à son insu pour nous mener dans ce traquenard ! Peut-être que si j'avais donné foi à ses doutes, au lieu de foncer tête baissée, nous aurions pu nous enfuir à temps. Quoi qu'il en soit, les hommes de Brockman ont sans doute épié nos moindres faits et gestes tout du long.

Nous sommes dans un vaste amphithéâtre. La première rangée de fauteuils se trouve séparée de la scène par une fosse. Les projecteurs braqués sur moi m'éblouissent, m'empêchant de voir mon public. Toutefois, dans les premiers rangs, je distingue environ une vingtaine d'Enders en costume trois pièces et robe de soirée ou bien dans l'habit traditionnel de leur pays. On dirait qu'ils se sont mis sur leur trente et un pour assister à la première d'un ballet à l'opéra. De lourds bijoux scintillants ornent le cou de ces dames. Ajoutés à la mer de tissus chatoyants qu'elles portent, ils me filent le tournis.

Hyden est emmené à l'écart, sur ma droite, tandis qu'un garde m'escorte jusqu'à Brockman, au centre de la scène. Sur ma gauche se trouve une petite table et du côté opposé une grande où sont disposés une variété d'objets colorés.

— Mesdames et messieurs, pardonnez à ma jeune amie. Elle est un peu timide. Je vous présente Callie Woodland, la seule donneuse à pouvoir accueillir plusieurs locataires en même temps. Dans notre jargon, nous parlons de DAM, Donneur à Accès Multiple. En outre, les locataires peuvent communiquer entre eux. Vous avez déjà fait du tandem ? Eh bien, disons que c'est un peu pareil !

Il rit de toutes ses dents. J'ai très envie de le gifler. Mais cela ne m'apporterait rien. Ce n'est pas le moment de faire l'andouille. Je dois garder la tête froide, survivre et porter secours à mon père.

— Et ce n'est pas tout, reprend Brockman. La neuropuce possède en théorie une fonction parecrime. Une option qui empêche les donneurs de commettre un meurtre durant leur location. Tous, à l'exception de Callie. Elle est la seule donneuse à pouvoir être employée comme arme. La coordination de ses gestes est absolument phénoménale. C'est une tireuse d'élite, capable de se servir de n'importe quelle arme afin de liquider tout opposant, terroriste ou compétiteur. Imaginez : vous pourriez transférer une équipe entière à l'intérieur de son corps – un expert en espionnage, un pirate informatique, un spécialiste du nucléaire. Le tout en un. Et une fois qu'elle se sera infiltrée dans la cachette de ce terroriste ou de cet ex-employé qui vous a volé vos secrets, vous serez aux premières loges. Vous aurez la satisfaction de voir votre ennemi mourir sous vos yeux – sauf que ce seront ceux de cette jeune fille. Existe-t-il plus grande jouissance ?

L'assemblée reçoit son discours avec des applaudissements. Des éclats de rire fusent çà et là. Je lance un regard inquiet à Hyden. Il me fait signe de ne rien tenter d'imprudent.

— Assez blablaté. Et si nous passions maintenant à une petite démonstration ? propose Brockman.

Il détourne la tête. Je distingue alors une sorte de casque perdu dans sa tignasse, se fondant quasiment avec le brun de sa chevelure. Au bas de sa nuque est pressé un petit disque. Voilà qui doit fonctionner comme une connexion sans fil pour lui éviter de se relier à un ordinateur durant les transferts.

— Je vais avoir besoin d'un volontaire. Qui se jette à l'eau ?

Une femme vêtue d'une longue robe soyeuse et coiffée d'un chignon sophistiqué lève la main. Un garde l'escorte jusqu'à la scène. Elle se place derrière la petite table où l'attend une pile de grandes cartes blanches.

— Je pourrais procéder au tour moi-même mais alors comment sauriez-vous qu'il n'est pas truqué ? Pour vous prouver la réalité du processus, je vous laisse choisir vous-même les objets qu'elle devra soulever à son insu. Prête ?

Le regard de Brockman se perd dans le vide l'espace d'une seconde. Tout à coup, une force extérieure s'insinue dans mes membres pour en prendre le contrôle. À présent, Brockman habite mon corps. J'ai l'impression d'être violée dans mon intimité. Il me force à pivoter sur moi-même pour me placer dos à la femme et face à une table remplie d'objets de toutes sortes.

— Chère madame, je vous prie de choisir une carte parmi celles qui sont devant vous, de la montrer au public et de me la montrer à moi… Excellent choix ! Je vous remercie.

Mon bras se tend comme un ressort et s'agite au-dessus des divers objets. Il y en a une vingtaine. Ma main se pose sur un nounours en peluche rose hideux et l'agrippe. Je le brandis dans les airs à la vue de tous. Des « Oh ! » et des « Ah ! » parcourent le public. S'ensuit une salve d'applaudissements.

Et ainsi de suite jusqu'à ce que Brockman invite la femme à regagner son siège.

— À présent, qui veut prendre ma place et lui faire esquisser des mouvements ? demande-t-il à la cantonade.

La moitié des spectateurs lèvent la main. Un très vieil Ender aux longs cheveux argentés vêtu d'une robe verte d'un pays indéterminé double les autres en s'invitant lui-même sur scène. Brockman l'équipe d'un casque quasi invisible similaire au sien.

— Elle est à vous ! Rappelez-vous ce que j'ai dit tout à l'heure. Et concentrez-vous.

Brockman leur a sans doute fait un topo avant notre arrivée. Je sens son emprise sur moi se relâcher, un bref instant. Trop vite hélas, l'Ender s'approprie mon corps. Étrangement, je me rends compte du changement de locataire.

Le vieil homme me fait pivoter face au public. Je les salue d'un geste de la main.

— Très bien, l'encourage Brockman. Vous avez tout de suite compris le fonctionnement. Vous voyez à quel point c'est facile ?

Mon nouveau locataire s'amuse ensuite à me faire défiler sur la scène tel un top model sur un podium, m'obligeant à rouler des hanches de façon très exagérée. Je m'arrête un instant, décoche un sourire charmeur à mon public, puis fais volte-face et retourne sur mes pas en ondulant du bassin. Il me fait marquer une pause, dos à la salle, et voilà que cette ordure me fait me trémousser du derrière ! Je suis submergée par la honte. Il me fait me retourner et mes lèvres s'entrouvrent lentement. Non, il ne va quand même pas me faire parler ! Eh bien, si.

— Je suis tellement jolie ! lâché-je à contrecœur.

Ma voix me surprend. Les inflexions ne sont pas les miennes. Ce ne sont pas les siennes non plus. Un étrange mélange des deux, je suppose.

— Excellent ! s'exclame Brockman. Vous avez vu à quelle vitesse vous avez pris le pli ?

À présent, tous les hommes lèvent la main pour se porter volontaires. Certains d'entre eux crient dans leur langue maternelle. Un homme en costard s'élance sur la scène pendant que l'Ender en vert ôte son équipement et le remet à Brockman. J'ai beau récupérer le contrôle de mon corps, mon esprit est encore embrumé. Ces va-et-vient incessants me donnent le tournis.

Je jette un coup d'œil à Hyden. Ses joues sont écarlates, il n'a pas l'air bien. Un garde le retient par le bras.

Le volontaire suivant a le teint hâlé, les cheveux blancs coupés en brosse, et un diamant gros comme un œuf au doigt.

Brockman fixe le casque sur la tête de l'homme, qui se concentre un moment. Mais rien ne se passe. Dans la salle, le public commence à s'impatienter. Les gens se tortillent sur leur siège, toussotent nerveusement. Soudain, ma main se met à remuer. Elle se pose sur le col de mon chemisier, et s'attaque au premier bouton.

Ah non, il ne va pas oser !… Apparemment, si. Pourquoi se gêner, après tout ? Alors que ma main défait les boutons de mon haut, un à un, mes hanches se trémoussent de manière ridicule, me transformant temporairement en strip-teaseuse de bas étage en pleine danse du ventre. Mes paupières se ferment et ma tête bascule en arrière, comme si j'étais carrément en transe. Ma chemise s'ouvre sur mon caraco. Dieu merci, j'ai eu la bonne idée de mettre une seconde couche de vêtements ! Mais jusqu'où mon locataire est-il prêt à aller ?

Tout le monde retient son souffle, y compris moi. Il me force ensuite à ôter mon chemisier, puis à le faire tournoyer au-dessus de ma tête pour le lancer au public. Un homme en boubou s'en saisit et le brandit comme un trophée.

Mes mains se placent ensuite sur mon ventre, et je relève peu à peu ma chemisette. Nombril à l'air, j'étire le tissu d'un côté puis de l'autre, pour attiser le désir des spectateurs. Le locataire passe bientôt à la vitesse supérieure en me contraignant à retrousser le vêtement jusqu'à mon cou. J'exhibe mon soutien-gorge à la vue de tous. L'instant d'après, j'ai ôté le caraco et l'ai envoyé rejoindre le chemisier dans le public, au grand bonheur d'un autre vieux dégoûtant.

L'Ender m'oblige à pivoter face à lui, la poitrine quasiment à l'air. Je me dirige langoureusement vers lui. Quelle autre humiliation me réserve-t-il à présent ? Au fil de mes pas, les pires scénarios se bousculent dans ma tête.

— Arrêtez ça ! s'écrie Hyden.

Son intervention perturbe momentanément mon locataire. Une interruption qui me permet de recouvrer le contrôle de mon corps un bref instant pour glisser un regard vers mon ami. Il est maintenant cerné par deux hommes.

— Ça suffit, déclare Brockman pour mettre un terme à ce petit jeu. Je vous propose de passer à une démonstration assez sensationnelle, qui vous prouvera sans conteste la puissance de cette technologie. L'expérience à laquelle vous allez assister est unique. Je vous garantis que vous ne l'oublierez pas de sitôt.

Un garde me tend mon chemisier. Je m'empresse de l'enfiler tout en foudroyant du regard l'Ender au gros diamant.

— Espèce de pervers, lui glissé-je.

— Que le spectacle commence ! déclare Brockman.

À ma droite, une porte coulisse lentement. Un homme apparaît, les bras et les jambes attachés à une large planche verticale sur roulettes que l'on ramène sur le devant de la scène. On se croirait dans un numéro de magie périlleux. Sa tête est recouverte d'une épaisse tignasse brune et son visage d'une barbe. C'est un Middler.

À mesure qu'il se rapproche, ses traits se précisent. Et je le reconnais !

Un Middler que je n'ai pas vu depuis plus d'un an. Un Middler dont on m'a annoncé le décès et que je ne pensais donc jamais, au grand jamais, revoir. Un Middler avec lequel j'ai toute une vie de souvenirs.

Mon père !

Je m'élance vers lui.

— Papa !

— Callie, me répond-il, d'une voix affaiblie.

Ses yeux sont encore plus cernés que dans la vidéo. Le père dont je me souviens n'était pas aussi maigre et émacié.

— Au cas où tout le monde n'aurait pas bien entendu, intervient Brockman, voici le père de Callie !

— Espèce de monstre ! Que lui avez-vous fait ? m'écrié-je en me retournant vers lui, des éclairs dans les yeux.

— Que vas-tu lui faire, toi ? Telle est la vraie question…, me rétorque-t-il avec un sourire cruel.

Ces paroles me soulèvent le cœur.

Une force invisible s'accapare soudain mon corps. Brockman est de nouveau aux commandes. Il me force à aller me poster à trois mètres de mon père. Puis un garde m'apporte un plateau où repose un pistolet.

— Attention, mesdames et messieurs, annonce Brockman. Cette jeune fille est sur le point d'abattre d'une balle son propre père, un final censé vous prouver l'efficacité de la technologie. Si nous sommes capables de lui faire faire ça, la personne qui repartira ce soir avec le produit pourra l'utiliser pour assassiner qui bon lui semblera, sans restriction.

Non ! Il ne peut pas me faire commettre pareille abomination ! S'il veut continuer à exploiter les ressources scientifiques de mon père, il va devoir le garder en vie !

Un murmure d'excitation parcourt l'assemblée. Seule une Ender se lève et quitte la salle pour marquer sa désapprobation. Brockman éteint son micro et se tourne vers moi.

— Ton père ne m'est plus d'aucune utilité, si c'est la question que tu te poses. J'avais seulement besoin de ses travaux de recherche. Merci de nous avoir livré le microdrive, Callie. Nous avons commencé le processus de décryptage. Dans quelques heures, nous posséderons enfin toutes les connaissances de ton père sur la technologie de la puce.

Ses hommes ont mis la main sur la voiture de Hyden... Brockman a obtenu ce qu'il désirait. Et c'est moi qui le lui ai apporté sur un plateau d'argent. Sans le savoir, j'ai signé l'arrêt de mort de mon père.

— Mesdames et messieurs, ouvrez grand vos yeux !

Ma main se saisit du pistolet.

Mon père me dévisage.

Il y a tant de choses que je voudrais lui dire. J'aimerais qu'il sache que j'ai fait de mon mieux pour que Tyler ne manque de rien, jouant à la fois le rôle de père et de mère, faisant mon possible pour le protéger.

Malgré tous mes efforts, j'ai échoué. Je voudrais être de nouveau sa petite fille, me réfugier dans ses bras pour m'entendre dire que tout va bien se passer, comme dans le temps.

Mais le cauchemar se poursuit. Mon bras est parcouru de fourmillements. Puis il se lève à mon insu jusqu'à ce que le pistolet dans ma main soit braqué sur la tête de mon père.

Il n'a pas posé les yeux sur mon visage depuis plus d'un an et pensait sans doute ne plus jamais le revoir. Et me voilà face à lui, un pistolet pointé sur son crâne.

Je suis maître absolu de ton corps, Callie. Quelle jouissance ! Tu n'as pas idée !

Rien que d'entendre la voix de Brockman dans ma tête, je meurs d'envie de m'extirper de ma propre enveloppe charnelle. Rassemblant toutes mes forces, j'essaie de reprendre le contrôle, de remuer mes bras ou mes jambes, d'abaisser l'arme – qu'importe pourvu que je ne commette pas l'irréparable !

Toutefois, seules les larmes qui ruissellent le long de mes joues sont dépendantes de ma volonté.

Pitié, qu'on ne me force pas à tirer sur mon père !

À nouveau, la voix de Brockman s'élève.

Un test idéal, chère Callie. C'est ironique, tu ne trouves pas ? Tu t'apprêtes à abattre celui-là même qui t'a appris à tirer !

— Ne t'en fais pas, ma grande, intervient mon père. Ce n'est pas ta faute. Quoi qu'il arrive, n'oublie pas que je t'aime. Je sais que tu n'es pas responsable.

Son regard affligé n'a rien perdu de sa gentillesse ni de sa douceur.

— Callie, c'est le moment ou jamais ! hurle soudain Hyden.

Sous le coup de l'émotion, j'avais oublié ! Mais l'intervention de Hyden provoque un déclic en moi. Le processus inversé ! La méthode de papa : imagine un cordon lumineux te reliant à Brockman. La lumière… de quelle couleur déjà ? Bleue. La lumière bleue courant de Brockman à mon corps, concentre-toi et transforme-la en lumière dorée.

La voix de Brockman explose dans ma tête.

Inutile de te donner du mal, Callie. Tu ne peux pas échapper à mon contrôle.

Pâle comme un linge, mon pauvre père se prépare à une mort imminente. Mon pistolet est toujours braqué sur lui. J'essaie de me focaliser sur le cordon imaginaire. Je me représente le bleu virant au doré, puis j'expulse Brockman de mon corps. Je le visualise debout face à moi, si fier de lui, si imbu de sa personne. Alors je me figure le repoussant de toutes mes forces, aussi loin que possible.

La main tenant le pistolet se met à trembler.

C'est le défi le plus ardu que j'aie jamais eu à relever. Une nanoseconde de déconcentration, et ma main se stabilise à nouveau. Fais le vide dans ta tête, oublie le pistolet, ton père, et tout le reste, pour ne garder que le cordon présent à l'esprit. Je persévère et m'acharne, même si j'ai l'impression de retenir mon souffle pendant une éternité. Ma main palpite fébrilement.

Callie...

C'est Brockman. Sa voix est troublée. Ça me donne la force de continuer.

Dans ma tête, je le pousse avec une telle force qu'il tombe à la renverse. Son image rétrécit peu à peu.

Bingo ! Je recouvre soudain la maîtrise de ma main et lâche mon arme. Le public pousse un cri de stupeur. Brockman me lance un regard assassin.

Je n'ai qu'une envie, m'élancer auprès de mon père. Mais je dois rester concentrée. La connexion avec Brockman n'est pas interrompue, tout juste vacillante. Il me faut inverser le processus afin de me retrouver à mon tour dans son corps. Lentement, je sens mon esprit s'emparer de lui. Un frisson me parcourt, comme si de l'eau glacée coulait dans mes veines à la place de mon sang. Ça y est, je me suis glissée dans sa tête, et je prends possession de son corps.

Je le guide jusqu'au pistolet. Il est réticent, je le sens. S'ensuit un dialogue intérieur entre nous deux.

Pas la peine de résister, Brockman.

Tu ne peux pas faire ça, Callie ! s'insurge-t-il.

À votre tour d'être le clou du spectacle, rétorqué-je.

Je le force à ramasser le pistolet. Il cherche à se rebeller, mais ses tentatives sont vaines. Il est en train de perdre la bataille.

Qu'est-ce que ça fait de se retrouver à la place de la marionnette, Brockman ?

Je le fais pivoter sur lui-même et l'oblige à braquer le pistolet sur le garde à l'arrière de la scène. Puis je le contrains à parler.

— Baissez vos armes ! dis-je à travers ses lèvres.

Les gardes hésitent, en proie au doute.

— Dépêchez ! leur ordonne Brockman malgré lui. Et lâchez aussi vos menottes.

Les hommes s'exécutent.

— Les mains en l'air, crie Brockman.

Un bourdonnement de confusion balaie l'assemblée. Certains se demandent si ce numéro fait partie du show.

— Pour une démonstration, c'est une démonstration, s'exclame le pervers au gros diamant en explosant d'un rire gras.

D'autres l'imitent, partant d'un rire nerveux. Je force Brockman à pointer son arme sur le pervers, qui cesse aussitôt de glousser.

— Le petit spectacle est terminé, articule Brockman à contrecœur.

Je lui fais pointer l'arme en hauteur, au niveau des derniers rangs. Il presse la détente. Plusieurs coups de feu partent.

Paniqués, les spectateurs bondissent de leur fauteuil et se ruent vers les sorties de secours, trébuchant dans leurs longues robes et butant les uns contre les autres dans leur affolement.

Nouveau volte-face et Brockman se retrouve face aux gardes. Ils sont en train de se disperser tout en évitant la foule terrorisée, de peur de se faire piétiner. Je tire une autre salve en direction du mur, derrière eux, et les gardes restés à la traîne se précipitent à leur tour vers les portes.

Seuls demeurent mon père et Hyden. Mais je n'ai pas le temps de penser à eux. Je vois encore à travers les yeux de Brockman, je suis toujours maîtresse de son corps. Je le conduis jusqu'aux menottes abandonnées par terre. Sous ma direction, il dépose son pistolet au sol, saisit une paire de menottes, et les enfile autour de ses chevilles. Puis il prend une seconde paire qu'il passe à ses poignets.

Voilà qui est fait. Il est temps de quitter le corps de ce monstre. Je relâche ma garde et bientôt me retrouve à voir la salle à travers mes propres yeux.

Brockman hurle à pleins poumons.

Je me précipite auprès de mon père.

— P'pa…

— Callie.

Je m'accroche à son cou et dépose un gros baiser sur sa joue. Entre-temps, Hyden, qui s'est approché de nous, dénoue les liens qui le retiennent à la planche. Mon père s'en éloigne à tâtons. Les jambes flageolantes, il esquisse un pas. Puis un autre. Et me serre fort contre lui.

— Ma grande.

D'une main protectrice, il plaque ma tête contre son torse.

26.

Trois douzaines de marshals surgissent dans le désert, parmi lesquels un inspecteur et deux représentants officiels du gouvernement. Brockman, ses hommes et les quelques milliardaires qui n'ont pas eu le temps de s'enfuir par hélicoptère avant leur arrivée sont immédiatement mis en état d'arrestation et embarqués. Les lieux sont passés au peigne fin et les ordinateurs confisqués.

Pendant ce temps, les Metals sont priés de se mettre en file indienne pour effectuer, chacun à tour de rôle, une déposition et décliner leur identité. Les renseignements sont consignés. Tous les Starters kidnappés au centre de recherche clandestin de Hyden sont là, y compris Savannah, Avery, Lily et Jeremy. Puis je repère Kevin, le petit-fils disparu de Lauren. J'en connais une qui va sauter de joie !

Après cela, réunion extraordinaire dans l'atrium. Mon père s'assoit avec moi sur le sofa, juste en dessous de l'endroit où j'ai vu apparaître Brockman en chair et en os pour la première fois.

Les marshals reviennent accompagnés d'un Starter. C'est Michael, sain et sauf ! Je me précipite vers lui et me jette dans ses bras.

— Que t'est-il arrivé ?

— Les gardes m'ont capturé, mais j'ai réussi à leur échapper et à rejoindre le reste des Starters.

Je me réinstalle près de mon père, qui passe un bras autour de mes épaules. Il a perdu une bonne douzaine de kilos et n'a plus que la peau sur les os, son regard trahit sa longue année de captivité. Mais il est en vie, c'est le principal !

Hyden apparaît dans le hall, suivi d'un groupe d'Enders tout de noir vêtus. Dawson et sa dangereuse clique ! Je me crispe, prête à avertir les marshals. Mais Dawson me devance. Il sort son portefeuille et brandit un airbadge sous les yeux de l'inspecteur en chef. Je distingue un insigne fluorescent en forme d'étoile. L'inspecteur répond par un hochement de tête et lui adresse quelques mots en privé. Curieusement, personne ne semble affolé par la présence de notre ancien tortionnaire.

Je donne une gentille tape sur la main de mon père et me lève pour aller trouver à mon tour l'inspecteur, lorsqu'il est de nouveau seul.

— Cet homme nous a retenus prisonniers, déclaré-je en désignant Dawson d'un doigt accusateur.

Ce dernier, qui a surpris mes paroles, s'approche aussitôt. J'esquisse un mouvement de recul, le corps tendu à la vue du léopard tatoué sur son cou.

— Callie Woodland. Je me présente : Matt Dawson, chef de l'équipe de recherche du Centre de Transposition.

— Vous travaillez pour le gouvernement ?

Michael et Hyden viennent me rejoindre.

— Nous sommes obligés d'opérer incognito. D'agir sans tenir compte des règles, autrement nous ne survivrions pas. Je suis désolé que nous ayons dû vous garder dans l'ignorance.

Des flash-back de l'enfer qu'ils nous ont fait vivre, lui et ses hommes, me reviennent en mémoire. Et surtout, le terrible incident survenu…

— Emma… ?

— Ce qui s'est produit est une tragédie. Elle a été le dommage collatéral d'une guerre qui se poursuit en sourdine.

— Mais vous nous avez traités comme des brutes.

— Nous sommes des militaires, Callie. Tu ne connais pas nos manières de procéder. Sache qu'à ce stade-là de notre investigation, nous n'étions pas autorisés à divulguer le moindre renseignement. Nous ignorions si nous pouvions vous faire confiance.

— Et tous ces examens que vous nous avez infligés ?

— Nous voulions être sûrs et certains que la technologie fonctionnait. Nous avions reçu l'ordre de ne rien laisser au hasard, et surtout, de ne rien vous révéler. Il s'agissait tout de même d'une menace contre la sécurité internationale.

Les pièces du puzzle s'assemblent peu à peu.

— Vous nous avez suivis jusqu'ici. Tout était prémédité, en fait.

Il acquiesce.

— Nous connaissions la base mais ne pouvions pas lancer l'assaut. Brockman aurait tout détruit : les Starters, les scientifiques, ton père…

— Et la technologie, ajoute Hyden.

— Nous devions le prendre en plein délit de trahison pour pouvoir l'arrêter lui et tous ceux intéressés par le produit. Le timing était crucial. Donc oui, nous nous sommes servis de vous trois. Et nous avons eu le nez creux.

— Vous nous avez utilisés comme de vulgaires appâts ! s'étrangle Michael.

— Vous n'en n'aviez rien à cirer qu'on en réchappe ou pas ! enchéris-je.

— Le fait est que vous avez survécu. Vous avez mené votre mission à bien comme des pros, répond Dawson. Et c'est pour cette raison que nous voulions vous recruter comme pionniers dans notre nouvelle académie.

J'échange un regard avec Michael puis Hyden. Pourquoi diable accepterions-nous de travailler sous les ordres de Dawson ?

Derrière lui se tient la femme qui nous a aidés à nous évader. L'Ender qui a fait semblant de compatir avec nous.

Une remarque m'échappe.

— Pas étonnant qu'on ait pu s'enfuir si facilement !

Elle s'avance vers nous et enlace Dawson par la taille.

Un sourire éclaire les traits sévères du militaire.

— Ma femme, nous apprend-il.

27.

Trois jours plus tard, me voilà aux grilles de l'Institut 37. Un garde Ender me passe le corps au scanner, puis une femme se charge de la fouille.

— C'est bon, elle est clean.

Le garde appuie sur un bouton et la grille coulisse lentement dans un grincement odieux. Je ferme les yeux un instant en mémoire de Sara, elle qui s'est sacrifiée pour que je puisse m'évader…

Flanquée des deux agents de sécurité, j'arrive au bâtiment administratif. À l'intérieur, l'écho de nos pas se réverbère dans le long couloir sombre qui sent le renfermé. La porte du bureau du directeur s'ouvre avant même que le garde n'ait eu le temps de toquer.

Beatty se découpe à contrejour dans l'encadrement de la porte. J'ai entendu l'Ender à la grille lui annoncer mon arrivée. Elle m'attend le visage serein, dépourvu de toute surprise. Sur elle, le dispendieux tailleur sans doute sur mesure ressemble à un sac à patates. Il n'y a que l'uniforme qui lui aille correctement, et encore… Cette fois, ses cheveux sont coupés court sur les côtés et montent en une sorte de choucroute informe.

— Callie, quelle délicieuse surprise !

Les gardes font mine de vouloir rentrer dans le bureau avec moi, mais Beatty les arrête d'un geste.

— Nous allons nous entretenir en tête à tête, annonce-t-elle. Vous pouvez disposer, merci.

En les voyant hésiter, elle ajoute :

— Vous l'avez soigneusement fouillée ? Tous les deux ?

— Bien entendu, madame, s'empresse de répondre la femme Ender.

— Dans ce cas, vous pouvez nous laisser, je peux m'occuper d'elle. Je l'ai toujours fait auparavant.

À ces mots, elle m'attrape par le poignet et me tire dans la pièce avant de claquer la porte au nez des deux Enders médusés.

— Je tiens à te rappeler que j'ai toujours mon Taser, Callie, dit-elle en tapotant la poche déformée de sa veste.

— Et je suis censée être étonnée ? rétorqué-je, un pincement au cœur en pensant à Sara.

Son faciès est toujours aussi hideux et cruel, et pourtant, il semble lui manquer quelque chose…

— Je sais ! Vous vous êtes fait retirer vos vilains grains de beauté !

Sa réaction est instantanée : ses yeux s'écarquillent et sa mâchoire tombe.

— Alors c'est là-dedans que passe votre salaire de directrice ?

— Je vois qu'on ne t'a toujours pas appris les bonnes manières.

Elle contourne son bureau rangé au cordeau : en tout et pour tout, celui-ci ne comporte qu'un airécran, son ouvre-lettre serpent, deux verres à pied en cristal et un décanteur à moitié rempli d'un liquide ambré. Elle en verse un doigt dans chacun des verres.

— Portons un toast à ta visite, déclare-t-elle en m'en tendant un.

Je décline l'offre d'une main levée.

— Juste une goutte ?

— Qu'est-ce que c'est ?

— Un whisky de deux cents ans d'âge. Largement meilleur que du sirop d'érable.

— Je suis mineure, je n'ai pas le droit.

— Tant pis pour toi, dit-elle en en dégustant une gorgée. Alors, Callie, qu'est-ce qui t'amène ici, toute seule qui plus est ? Je te croyais plus maligne que ça… Tu as eu des bouleversements dans ta vie ? Ta tutrice ne veut plus de toi ?

Apparemment elle n'a pas eu vent de l'arrestation de Brockman.

— Je suis juste passée vous apporter quelques nouvelles. Saviez-vous par exemple que le Vieux n'était en fait qu'un adolescent ?

Je vois que ses pupilles se dilatent. Elle n'était pas vraiment au courant.

— Et alors ? demande-t-elle, faisant son possible pour masquer sa stupéfaction.

— Il s'est servi de vous pour faire libérer des Starters retenus prisonniers dans votre institution.

Elle repose son verre et croise les bras.

— C'est plus mon problème, le Vieux m'a payée pour ça !

— Ça n'a pas dû vous rapporter des mille et des cents. Un Starter comme lui ne devait pas avoir beaucoup de moyens.

— Dix mille dollars par tête. Je ne crache pas dessus !

— Vous les avez vendus, tout en sachant qu'ils allaient être utilisés par des Enders, peut-être jusqu'à la fin de leurs jours !

Je vois sa main remonter furtivement vers son Taser.

— Vous ne me tuerez pas avec, pas comme Sara.

— Sara souffrait hélas d'une faiblesse cardiaque.

— Vous étiez au courant, et pourtant vous avez donné l'ordre aux gardes de l'utiliser sur elle.

— Personne ne s'évade de mon institut, martèle-t-elle en reprenant son scotch. Ni Sara ni toi !

Elle me lance le contenu de son verre à la figure, et le temps que je m'essuie, elle s'est saisie de l'ouvre-lettre qu'elle tient comme un poignard.

Je fais un pas en arrière. Un affreux sourire aux lèvres, elle s'avance. Je ne m'étais pas préparée à ce scénario et suis complètement désarmée.

Mon cœur bat à cent à l'heure lorsque je la vois lever l'ouvre-lettre. Mais au lieu de l'abattre sur moi, elle le plante dans son propre avant-bras. Son cri me glace jusqu'à la moelle.

— Non ! s'écrie-t-elle. Ne me tue pas, par pitié !

Un épais filet de sang lui coule le long du bras et elle jette la dague improvisée dans ma direction. Celle-ci tombe à mes pieds.

J'entends alors la porte s'ouvrir derrière moi. Je me retourne, croyant une fraction de seconde que ce sont ses gardes qui arrivent à la rescousse. Mais non, c'est bien sûr Dawson, accompagné de deux marshals.

— Elle m'a poignardée ! gémit Beatty en tendant son bras ensanglanté.

— Arrêtez-la, ordonne Dawson aux marshals.

Le temps qu'ils approchent, Beatty me glisse un sourire victorieux à l'insu des autres.

— Dieu soit loué, mes gardes vous ont alertés à temps. Elle m'a attaquée avec ça, dit-elle en pointant l'ouvre-lettre du doigt.

— C'est faux, réplique Dawson, les yeux rivés aux siens.

— Je vous assure, cette fille est dangereuse !

— Pour ça, je vous crois volontiers, rétorque Dawson, mais elle ne vous a pas touchée.

— Laissez tomber, Beatty, lui dis-je. Il a vu la scène à travers mes yeux, et a aussi tout entendu.

La mâchoire de la vieille femme tombe en un rictus incrédule.

— Il était… en toi ?

À la voir immobile comme ça, en état de choc, on dirait un troll pétrifié par un rayon de soleil.

Dawson adresse un signe de tête à ses marshals. L'un panse rudimentairement sa plaie tandis que l'autre lui passe les fleximenottes.

— Joli travail, Callie, me félicite Dawson.

— Je n'ai fait que remplir ma part du contrat.

— Quel contrat ? demande Beatty, hébétée.

— J'ai accepté de travailler pour lui à condition qu'il me laisse exposer vos crimes au grand jour.

— Vous n'avez pas le droit ! Je suis la directrice, et je connais des gens haut placés, croyez-moi ! hurle-t-elle, de rage.

— Plus maintenant, non, lui dis-je, un grand sourire aux lèvres, histoire qu'elle emporte cette image de moi dans sa cellule.

28.

Une semaine plus tard, je me retrouve à nouveau en plein désert. Face à moi, un ensemble de bâtiments gris béton top secret, très différent de la base extravagante de Brockman. Au-dessus de l'entrée, une inscription. Une grande plaque sur laquelle les lettres CRT sont gravées en capitale d'imprimerie : Centre de Recherche sur la Transposition.

Mon père se tient près de moi, le bras autour de mes épaules. Michael s'occupe de Tyler, à quelques pas de là.

Pendant ce temps, ma conversation avec Dawson repasse en boucle dans ma tête.

— Nos ennemis ont la ferme intention de nous envahir, de l'extérieur, mais aussi de l'intérieur. Nous ne pouvons pas les laisser faire.

— Vous voulez que je sois votre espionne, si j'ai bien compris.

— Ça n'est pas juste pour protéger ton pays. Les acheteurs qui ont réussi à s'échapper ne resteront pas bien longtemps les bras croisés. Toi et Tyler serez traqués pour vos puces. Ils essaieront de capturer ton père pour son expertise. Travailler pour moi est la meilleure option pour la survie de ta famille.

Mon vœu le plus cher, ce serait de mener une vie normale avec mon père et mon frère, mais la puce dans ma tête me condamne à un futur bien différent. Je ne peux pas vivre en permanence dans la paranoïa.

Je suivrai l'entraînement avec les autres Metals. Seuls certains d'entre nous seront sélectionnés à l'issue des trois mois de stage intensif. Mais le seul Metal auquel je tienne vraiment y sera-t-il ?

Je n'ai pas eu de nouvelles de Hyden depuis l'arrestation de son père. Il ne répond pas au téléphone. Je ne l'imagine guère rejoindre les troupes de Dawson après ce que ses mains ont subi, mais je ne peux m'empêcher d'espérer…

Le véhicule qui nous a menés jusqu'ici ronronne derrière nous. D'autres voitures se garent pour déposer le reste des nouvelles recrues.

Savannah, la fille ceinture noire qui possède aussi des compétences médicales. Lily, l'acrobate. Jeremy, le champion d'arts martiaux. Briona. Lee. Raj. Blake. Tous les Metals que je connais et d'autres encore. Michael vient se poster à mes côtés.

Passant devant moi un à un, ils me saluent, et puis s'engouffrent dans le Centre. Moi, je reste devant à attendre.

— Peut-être qu'il est arrivé en avance, suggère Michael.

— Il n'est jamais en avance, rétorqué-je. Il a dû changer d'avis.

Mon père me donne une tape affectueuse sur l'épaule.

— Il est l'heure de se dire au revoir, ma petite Callie.

Je le serre fort dans mes bras, avant de faire un câlin à Tyler.

— C'est toi la plus forte, Callie-Coquine. Tu vas nous protéger !

Non, je ne veux pas le lâcher.

— Sois sage, petit monstre ! (Je m'écarte de lui à regret.) On se voit dans trois mois.

Ils remontent dans la voiture, qui s'éloigne bientôt. Michael et moi commençons à nous diriger vers l'entrée lorsque nous apercevons, au loin, un nuage de poussière. Un véhicule approche.

Nous nous arrêtons net.

La portière s'ouvre et Hyden descend.

Il nous rejoint aussitôt.

— Quel endroit ! s'exclame-t-il en portant sa main en visière.

Il est venu.

Nous contemplons tous les trois le bâtiment. Un souvenir refait surface. Le jour où je suis arrivée pour la première fois devant l'immeuble de Prime Destinations, entreprise en laquelle j'avais fondé tant d'espoirs. Tout ne s'est pas franchement déroulé comme prévu.

Aujourd'hui, devant ce bâtiment, je suis à nouveau emplie d'espérance. Pourvu que nous parvenions à unir nos forces. Starters et Enders, Metals et scientifiques travaillant enfin de concert, pour la bonne cause. Un jour, les Starters deviendront des Middlers, et puis des Enders, à leur tour. Ainsi va la vie. La prochaine génération ne connaîtra pas l'écart considérable d'âge dont nous avons tant souffert. Avec un peu de chance, l'âge, la richesse et l'apparence n'auront plus autant d'importance.

Je prends une profonde inspiration. Ce jour a beau me rappeler mon arrivée à Prime Destinations, il y a une différence majeure : aujourd'hui, je ne relève pas le défi seule.

— Tu es prête ? me demande Michael.

— Allons-y ! dis-je avec un hochement de tête.

Je lui prends la main. De l'autre, je tiens celle de Hyden. Ensemble, nous nous dirigeons vers notre destin, un destin dont nous serons désormais les maîtres.

Remerciements

Merci à tous les Starters, Middlers et Enders qui m'ont aidée pour la rédaction de *Enders.*

À Dean Koontz, le maître du suspense, c'est vraiment un coup de pouce énorme pour une jeune auteure comme moi d'avoir reçu votre soutien enthousiaste pour *Starters.* Je n'oublierai jamais ce jour. Merci pour ce précieux cadeau, aujourd'hui et pour toujours.

À mes formidables agents Barbara Poelle et Heather Baror, et à mon éditrice dévouée Wendy Loggia, merci mille fois pour votre aide et votre soutien constants.

À mon éditeur français, Glenn Tavennec, je vous serai éternellement reconnaissante d'avoir apporté *Starters* au public français. Vous avez eu le don et la vision pour présenter cette série sous un jour fantastique. Votre collaboration avec l'artiste Bob Lea a permis de créer cette couverture géniale qui fera le tour du monde. *Je vous remercie de tout cœur* (en français dans le texte).

Aux talentueux collègues et amis de mon groupe d'écriture, Derek Rogers et Liam Brian Perry, ce sera bientôt votre tour. À mon amie Dawn, aux auteures S. L. Card, Suzanne Gates, Gina Rosati et Lorin Oberweger, merci pour vos apports inestimables.

À Kami Garcia, toute ma gratitude pour avoir soutenu la série dès le début, et vos encouragements tout du long.

À mon mari Dennis, qui ne m'en a jamais voulu d'annuler sorties au cinéma et au concert parce qu'il fallait que j'écrive.

À tous les autres qui m'ont aidée, de mes merveilleux éditeurs tout autour du globe aux blogueurs, libraires, bibliothécaires et professeurs, merci d'avoir cru en moi dès le premier tome.

À mon formidable lectorat français, j'espère bientôt pouvoir vous rencontrer. Merci d'avoir tenté votre chance avec l'auteure débutante que je suis, et merci pour vos nombreux messages qui m'ont beaucoup touchée.

Vous pouvez toujours m'écrire sur Twitter ou sur www.lissaprice.com.

DÉJÀ PARUS

LA 5e VAGUE

de Rick Yancey

Tome 1

1re Vague : Extinction des feux. 2e Vague : Déferlante.
3e Vague : Pandémie. 4e Vague : Silence.

À L'AUBE DE LA 5e VAGUE, sur une autoroute désertée, Cassie tente de *Leur* echapper... *Eux*, ces êtres qui ressemblent trait pour trait aux humains et qui écument la campagne, exécutant quiconque a le malheur de croiser *Leur* chemin. *Eux*, qui ont balayé les dernières poches de résistance et dispersé les quelques rescapés.

Pour Cassie, rester en vie signifie rester seule. Elle se raccroche à cette règle jusqu'à ce qu'elle rencontre Evan Walker. Mystérieux et envoûtant, ce garçon pourrait bien être son ultime espoir de sauver son petit frère. Du moins si Evan est bien celui qu'il prétend...

Ils connaissent notre manière de penser. *Ils* savent comment nous exterminer. *Ils* nous ont enlevé toute raison de vivre. *Ils* viennent maintenant nous arracher ce pour quoi nous sommes prêts à mourir.

Le premier tome de la trilogie phénomène,
bientôt adapté au cinéma par Tobey Maguire
et les producteurs de *Word War Z*, *Argo*, *Hugo Cabret*,
***The Aviator*, *Gangs of New york*, *Ali*.**

Tome 2 à paraître en mai 2014

VERSION BETA

Rachel Cohn

Elle est l'absolue perfection.
Son seul défaut sera la passion.

Née à seize ans, Elysia a été créée en laboratoire. Elle est une version BETA, un sublime modèle expérimental de clone adolescent, une parfaite coquille vide sans âme.

La mission d'Elysia : servir les habitants de Demesne, une île paradisiaque réservée aux plus grandes fortunes de la planète. Les paysages enchanteurs y ont été entièrement façonnés pour atteindre la perfection tropicale. L'air même y agit tel un euphorisant, contre lequel seuls les serviteurs de l'île sont immunisés.

Mais lorsqu'elle est achetée par un couple, Elysia découvre bientôt que ce petit monde sans contraintes a corrompu les milliardaires. Et quand elle devient objet de désir, elle soupçonne que les versions BETA ne sont pas si parfaites : conçue pour être insensible, Elysia commence en effet à éprouver des émotions violentes. Colère, solitude, terreur... amour.

Si quelqu'un s'aperçoit de son défaut, elle risque pire que la mort : l'oubli de sa passion naissante pour un jeune officier...

« Un roman à la fois séduisant et effrayant,
un formidable page-turner ! »

Melissa De La Cruz,
auteur de la saga *Les Vampires de Manhattan*

Tome 1 d'une tétralogie bientôt adaptée au cinéma
par le réalisateur de *Twilight II – Tentation*

Tome 2 à paraître en octobre 2013

LES CENDRES DE L'OUBLI

-Phænix-

Livre 1

de Carina Rozenfeld

Elle a 18 ans, il en a 20. À eux deux ils forment le Phœnix, l'oiseau mythique qui renaît de ses cendres. Mais les deux amants ont été séparés et l'oubli de leurs vies antérieures les empêche d'être réunis...

Anaïa a déménagé en Provence avec ses parents et y commence sa première année d'université. Passionnée de musique et de théâtre, elle mène une existence normale. Jusqu'à cette étrange série de rêves troublants dans lesquels un jeune homme lui parle et cette mystérieuse apparition de grains de beauté au creux de sa main gauche. Plus étrange encore : deux beaux garçons se comportent comme s'ils la connaissaient depuis toujours...

Bouleversée par ces événements, Anaïa devra comprendre qui elle est vraiment et souffler sur les braises mourantes de sa mémoire pour retrouver son âme sœur.

La nouvelle série envoûtante de Carina Rozenfeld, auteure jeunesse récompensée par de nombreux prix, dont le prestigieux prix des Incorruptibles en 2010 et 2011.

Second volet : *Le Brasier des souvenirs*

LA
SÉLECTION
de Kiera Cass

35 candidates, 1 couronne, la compétition de leur vie.

Elles sont trente-cinq jeunes filles : la « Sélection » s'annonce comme l'opportunité de leur vie. L'unique chance pour elles de troquer un destin misérable contre un monde de paillettes. L'unique occasion d'habiter dans un palais et de conquérir le cœur du prince Maxon, l'héritier du trône. Mais pour America Singer, cette sélection relève plutôt du cauchemar. Cela signifie renoncer à son amour interdit avec Aspen, un soldat de la caste inférieure. Quitter sa famille. Entrer dans une compétition sans merci. Vivre jour et nuit sous l'œil des caméras... Puis America rencontre le Prince. Et tous les plans qu'elle avait échafaudés s'en trouvent bouleversés...

Le premier tome d'une trilogie pétillante, mêlant dystopie, téléréalité et conte de fées moderne.

Bientôt adaptée en série TV par les réalisateurs de *The Vampire Diaries* !

Tome 2 : *L'Élite*

Tome 3 à paraître en avril 2014

Nouvelle numérique inédite : *Le Prince*,
à paraître en juin 2013

Night School

de C.J. Daugherty

Tome 1

Qui croire quand tout le monde vous ment ?

Allie Sheridan déteste son lycée. Son grand frère a disparu. Et elle vient d'être arrêtée. Une énième fois. C'en est trop pour ses parents, qui l'envoient dans un internat au règlement quasi militaire. Contre toute attente, Allie s'y plaît. Elle se fait des amis et rencontre Carter, un garçon solitaire, aussi fascinant que difficile à apprivoiser… Mais l'école privée Cimmeria n'a vraiment rien d'ordinaire. L'établissement est fréquenté par un fascinant mélange de surdoués, de rebelles et d'enfants de millionnaires. Plus étrange, certains élèves sont recrutés par la très discrète « Night School », dont les dangereuses activités et les rituels nocturnes demeurent un mystère pour qui n'y participe pas. Allie en est convaincue : ses camarades, ses professeurs, et peut-être ses parents, lui cachent d'inavouables secrets. Elle devra vite choisir à qui se fier, et surtout qui aimer…

Le premier tome de la série découverte par le prestigieux éditeur de *Twilight, La Maison de la nuit, Nightshade* et de Scott Westerfeld en Angleterre.

Tome 2 : *Héritage*

Tome 3 à paraître en septembre 2013

PARALLON

de Dee Shulman

Tome 1

Un gladiateur romain
Une jeune fille du XXI*e siècle*
Deux mille ans les séparent
Un mystérieux virus va les réunir...

152 après J.-C.

Au sommet de sa gloire, Sethos Leontis, redoutable combattant de l'arène, est blessé et se retrouve aux portes de la mort.

2012 après J.-C.

Élève brillante mais rebelle, Eva a été placée dans une école pour surdoués. Un incident dans un laboratoire fait basculer sa vie à jamais.

Un lien extraordinaire va permettre à Sethos et Eva de se rencontrer, mais il risque aussi de les séparer, car la maladie qui les dévore n'est pas de celles qu'on soigne, et leur amour pourrait se révéler mortel...

Leur passion survivra-t-elle à la collusion de deux mondes ?

Tome 2 à paraître en septembre 2013

LE PRINCE D'ÉTÉ

de Alaya Dawn Johnson

Sur la côte de ce que l'on appelait jadis le Brésil, ce sont les femmes qui dirigent la légendaire ville-pyramide de Palmares Três. La Reine ne cède le pouvoir à un homme qu'une fois tous les cinq ans, à un Roi d'été dont l'histoire enfiévrera la cité l'espace d'une année.

Pour June Costa, la vie n'est qu'Art. Ses œuvres impressionnent ses professeurs autant que ses camarades. Elle rêve de remporter le prestigieux Trophée de la Reine. Un rêve qu'elle n'avait jamais remis en question… jusqu'à ce qu'elle rencontre Enki.

Fraîchement élu Roi d'été, Enki est le garçon dont tout le monde parle. Mais lorsque June le regarde, elle voit bien au-delà de ses fascinants yeux d'ambre et de sa samba ravageuse : elle reconnaît en lui un artiste total. Follement amoureuse, June décide alors de créer avec lui un chef-d'œuvre qui restera gravé à jamais dans les mémoires. Mais le temps leur est compté. Car, comme tous les Rois d'été qui l'ont précédé, Enki va devoir être sacrifié.

« *Un roman sublime, mené tambour battant,*
dont les héros prennent tous les risques
au nom de l'Amour et de l'Art, dans un monde
à la fois imaginaire et magnifiquement réel ! »

Scott Westerfeld,
auteur de la série best-seller *Uglies*

Cet ouvrage a été imprimé
en avril 2013 par

CPI

FIRMIN-DIDOT

27650 Mesnil-sur-l'Estrée
N° d'édition : 52682/01
N° d'impression : 117963
Dépôt légal : mai 2013

Imprimé en France

Composé par Nord Compo Multimédia
7, rue de Fives, 59650 Villeneuve-d'Ascq